DALIBOR FRIOUX

VIES ÉLECTRIQUES

roman

BERNARD GRASSET
PARIS

Le plan de la zone d'Auschwitz en fin d'ouvrage est inspiré des références suivantes :
Auschwitz-Birkenau Zone, Marek Rawecki (2009) ;
Auschwitz-Geschichte und Nachgeschichte, Sybille Steinbacher, C.H. Beck (Verlag, 2004) ;
Carte des environs d'Auschwitz en 1944, du Musée du Mémorial de l'Holocauste aux États-Unis.

Photo de la bande : © Gettyimages

ISBN 978-2-246-83588-2

Publié en accord avec l'Agence littéraire Astier-Pécher.

Pour Sonya

Qu'y a-t-il donc dans l'air aujourd'hui ?
Mais qu'a-t-on mis dans l'air aujourd'hui ?
Regardez là : dans les airs déjà filent
Images, radio et coups de fil
Sans un câble, tout passe à travers
L'air est confus, ne sait plus que faire
Avions dirigeables, s'y amassent au passage
Écoutez-moi ces grondements dans les airs
Appels longue distance et sons de Wagner
Et à travers tout cela se faufile une image

Extrait de la revue *Es liegt in der Luft* (1928)

1878

Tandis que le jeune Hans, dans un habit bleu et blanc quasi princier, s'apprête à souffler les cinq bougies d'un gâteau à la framboise, que sa mère Sophie s'affaire en tous sens autour des convives, du regard son père Paul tient en respect cet échantillon dissipé de la jeunesse de Coburg, avant de repartir dans son bureau. Comblé de cadeaux dans la grande maison familiale, Hans virevolte et sautille. Il porte au cou, en médaille offerte par une tante, un des tout premiers marks allemands. Il lui reste quelques décennies avant de rassir pour devenir, pour ses collègues et étudiants, « ce chef tendu, qui nous parlait à peine, dont le seul sujet de conversation était les affaires de l'hôpital, toujours soucieux d'éviter les dérangements, rarement capable de nous aider dans nos problèmes ».

Il se rue sur ses trois sœurs comme sur des quilles, en fait tomber deux, rit et tombe lui-même, avec ses regards francs et ses longs cils de garçon unique. C'est Pauline, du haut de ses seize ans, qui s'élance et relève son frère.

« Alors, petit œuf, on veut finir en gelée ?

— C'est pas parce que tu es la plus grande que tu peux toujours l'avoir ! crie Bertha.

— Calmez-vous, les filles, lance leur mère, et attention à Maria, derrière vous !

— Elle ne veut pas me laisser Hans ! gémit Bertha.

— Pauline ! Repose ton frère, s'il te plaît, on va passer à table.

— C'est ce qu'on dit, et ce n'est jamais prêt.

— Laisse-le-moi, maintenant !

— Tu peux prendre Maria, non ?

— Il n'est pas à toi, que je sache ? »

Pauline regarde sa sœur avec de grands yeux amusés et fait mine de mordre l'oreille gauche de Hans.

« Mais bien sûr qu'il est à moi !

— Ceux qui ne sont pas à table tout de suite n'auront pas de deuxième part, crie Sophie. Votre père arrive dans deux minutes.

— On a deux minutes pour faire dix mètres, Hans ! »

Pauline pose les pieds de l'enfant sur les siens, le fait avancer au ralenti comme sur des échasses, et tous deux parviennent à la table, où l'aînée s'assied et met son frère sur ses genoux. Ce n'est qu'au bruit des pas de Paul, sortant du bureau, qu'elle repose Hans sur sa chaise, comme une orange volée.

Après le goûter, les cadeaux et les chansons, les trois filles s'éparpillent et Sophie emmène son fils, qui proteste. Car même le jour de son anniversaire, il va bien falloir passer trente minutes, voire quarante, aux toilettes.

Il lui semble y passer toute l'année. Son médecin de père a porté le diagnostic : constipation maladive, qui peut le bloquer plus d'une semaine. Dans ces moments, Pauline passe de longues minutes à parler avec lui à travers la porte, grande et frêle jeune fille aux yeux clairs, au teint mat, les cheveux bruns noués en arrière, habillée tout en bleu.

« Petit œuf, tu as fini ton livre ?

— Tout fini, entend-elle de l'autre côté.

— Bon, tu sais qui sont les brahmanes ?

— Non, pourquoi ?

— Ce sont les sages de l'Inde.

— Et alors ?

— Tu sais ce que c'est, pour eux, la vie ?

— Je m'en fiche, je fais caca.

— Eh bien, les brahmanes, ils pensaient que la vie est une cuisson. Comme une sauce qui réduit dans la casserole.

— Comme dans le four ?

— Exactement. Et à la fin, tu vois si c'est beau ou si c'est bon, à la fin seulement.

— Et alors ?

— Et alors rien, ne finis pas ta vie dans les toilettes ! Ah, papa arrive avec ta cuiller d'huile de paraffine. Bon appétit ! »

Une heure plus tard, leur père étant parti depuis longtemps, Sophie l'emmène pour sa séance de lecture de mythologie grecque.

Année après année, mère et fils découvrent les héros et les demi-dieux de l'*Iliade*, dont Hans se répète les noms en chuchotant. Tout l'émerveille : la colère d'Achille, la mort d'Hector, les lances des hommes déviées par les dieux, les querelles dérisoires et grandioses de l'Olympe.

Les dimanches, la famille part se promener en forêt. Son père lui apprend le nom des arbres, l'étonne en retournant des branches mortes et dévoilant des insectes débusqués et des herbes pâles, privées de chlorophylle. Mais quand le garçon cesse d'écouter la leçon et marche imprudemment sur un tronc humide ou s'enfonce dans la boue, le docteur en médecine se raidit et laisse aux femmes de la fratrie le soin de gérer le prurit de l'enfance.

Cet après-midi-là, il s'arrête net au bord du chemin.

« Mesdames, vous pouvez nous laisser, c'est de la science !

— Eh bien, moi, je reste alors ! s'écrie Pauline.

— Pauline, s'il te plaît ! chuchote sa mère en la prenant par le coude.

— On se retrouve au grand carrefour, à côté des bancs », ajoute Paul.

Femme et filles sont maintenant loin, perdues dans la verdure. Paul et Hans marchent jusqu'au pied d'un arbre.

« Quelle hauteur, à ton avis, mon fils ?

— Je dirais… trente mètres ?

— Cinquante, Hans, cinquante ! C'est un épicéa géant, un des plus grands arbres de nos régions. »

Le garçon se tord la tête, bouche bée.

« On ne voit presque pas le sommet.

— Les arbres ne sont pas des piquets pour décorer, ce sont des personnes. Celui-là doit avoir plus de cent ans. Ses racines vont à l'horizontale. Et regarde… »

Il lui prend la main et lui enfonce légèrement une aiguille dans la peau.

« Aïe, ça pique !

— C'est comme ça que tu peux le distinguer du sapin blanc. Les aiguilles du sapin blanc sont molles. Et tu sais comment on peut savoir quel âge a cet arbre ?

— On te pose la question ? »

Le médecin soupire.

« Sois sérieux, s'il te plaît. Nous allons essayer de trouver une souche. »

Ils s'enfoncent à quelques dizaines de mètres du chemin principal et s'arrêtent devant un arbre fraîchement abattu, le tapis d'herbe encore parsemé de sciure.

« Tu vois ces petits cercles concentriques ? Chacun correspond à une année de croissance. S'il a beaucoup grandi, l'anneau est épais, s'il a peu grandi ou que l'année a été sèche, l'anneau est mince. Ça te raconte sa vie.

— Donc ce bois, c'est du temps ? dit Hans en recouvrant le bout de ses souliers de la poussière de bois.

— Comme toi, sourit Paul.

— Comme moi ? » demande Hans, peu convaincu d'avoir commencé à vivre.

Il aurait aimé converser plus longtemps, mais son père est déjà reparti, le cours est fini. Ils rejoignent le groupe des femmes, devant les bancs, montent dans le cabriolet et regagnent leur petite ville bavaroise. Sophie est pleine de l'énergie du dimanche que lui connaissent ses enfants, et qui retombera invariablement en fin de matinée le lundi, loin de la forêt. Entrés dans la grande maison, tous se sont déjà déchaussés, ont brossé leurs chaussures comme l'exige leur mère, mais Pauline traîne et demande à son frère de l'aider à dénouer les lacets de sa deuxième bottine.

« Ce n'est pas lui qui va y arriver, lance Bertha en montant à l'étage.

— Tu te trompes, il fera de grandes choses, notre frère. Et ça commence par dénouer mes fichus lacets avec ses petits doigts. Pas vrai, Hans ? »

Elle se penche alors vers lui et chuchote à son oreille :

« Et cette piqûre de l'épicéa géant, qu'il ne faut surtout pas confondre avec le sapin blanc ? »

Hans la regarde, abasourdi.

« Tu étais là ?

— Bien sûr, et je me suis instruite à vos côtés.

— Tu dis n'importe quoi, il t'avait déjà expliqué…

— Tu sais bien que je suis une fille, je n'ai rien le droit d'apprendre de sérieux ! »

Ce dimanche à nouveau, c'est Pauline qui lui prépare son bain du soir, puis l'habille dans le secret de sa chambre.

« Maman, il n'est pas mignon comme ça ? Hein, Bertha ? »

Hans s'est laissé costumer en fille, avec une jupe qui lui tombe aux pieds, un chemisier et un foulard.

« Regardez-le lever haut la tête comme une duchesse !

— Moins fort, ton père travaille !

— Mais c'est le seul garçon avec qui s'amuser !

— Pauline, tu peux t'occuper de tes sœurs ? Je dois donner à manger à Margarethe. »

L'aînée préfère aller contempler le repas de la petite dernière des quatre filles Berger, née il y a quelques mois. Elle lui prend ses mains de nouveau-née, et lui fait des chatouilles.

« Applaudissez, Mademoiselle, vous existez enfin, ça faisait des siècles qu'on vous attendait ! On s'ennuyait tellement sans vous !

— Pauline, je viens de les lui laver, s'il te plaît ! Et arrête de dire n'importe quoi, cela chauffe les oreilles. »

La bonne est enfin partie coucher Margarethe. Le repas des plus grands est annoncé, Paul est déjà en place et se verse un verre de vin, devant un plat de pommes de terre fumant.

« Sophie, mon amie, pourrions-nous avoir du pain ?

— Pauline, va en chercher s'il te plaît !

— Et profite de ce moment, poursuit Paul, pour trouver où tu pourrais ranger tes œuvres !

— Ranger mes œuvres, père ? » demande Pauline en se levant.

Sophie secoue la tête, avec un demi-sourire.

« J'en ai encore trouvé dans notre salle de bains ! Je ne vois pas ce qu'une poterie – est-ce que c'est une salière ? – fait au bord de notre baignoire.

— C'est une touche de bleu dans votre salle de bains toute blanche », répond Pauline.

Le père se raidit et lisse du tranchant de sa main la nappe impeccable.

« Cela te prend tout ton temps, par ailleurs, dit-il. À seize ans, ta mère et moi préférerions que tu t'instruises en lisant le journal plutôt que de l'utiliser comme emballage.

— Parfois, elle prend même des journaux que vous n'avez pas lus, ajoute Maria.

— On ne t'a rien demandé, rétorque Bertha, tandis que Pauline gonfle ses joues et fait de gros yeux.

— Et comment va la femme de ton collègue Ulrich, Paul ? Elle vient d'accoucher, n'est-ce pas ? » demande Sophie en repartant aussitôt en cuisine.

Certains soirs, enveloppés de draps et agitant des bougies, Pauline et Hans s'amusent à jouer aux fantômes dans le couloir des chambres d'enfants. Leurs silhouettes se dessinent sous l'étoffe et leurs ombres se projettent sur le papier peint des murs. Ils sont partout à la fois, mugissent et ricanent, jaillissent de derrière une porte, du fond d'un placard, cachés dans un rideau. Quand leur père fait mine de sortir dans le couloir, ils courent se réfugier dans la chambre de Pauline. Puis cela commence à sentir l'huile.

« On ne doit pas faire ça dans les chambres ! proteste Hans.

— Je suis l'aînée, je sais faire, crevette !

— D'où tu les sors ?

— Arrête avec tes questions, regarde ! »

Jaillissent alors de la lanterne magique en cuivre, projetés au plafond, un grand arlequin aux yeux verts, juché sur une sirène, puis des animaux fantastiques se détachant sur des forêts profondes. Hans est ébahi. Ils en admirent encore une dizaine. Le modèle acheté pour Noël dernier permet un fondu enchaîné d'une image à l'autre. Hans en a les yeux tout secs. La projection est terminée, et Pauline inspecte le couloir pour voir si aucun parent ne passe.

« C'est bon, vas-y. Et tu essaies encore demain, promis ?

— Promis. »

Le lendemain après-midi, il ne faut pas respirer, ne pas glisser, ne pas faire craquer le parquet de l'étage. C'est à ce prix que Hans pourra sortir de sa chambre, traverser le long couloir en chaussettes, et surprendre son père penché sur sa table de travail. Il progresse de façon infinitésimale, divisant la difficulté, muscle après muscle, se pinçant le nez pour ne pas rire, puis récupérant ses bras pour ne pas perdre l'équilibre ou trop peser sur une latte. Il n'est plus très loin maintenant, il a dépassé la marine au lourd cadre marron, la porte est ouverte, c'est même ce qui lui a donné l'espoir et l'envie, car d'ordinaire elle est fermée ou à peine entrouverte. Il se demande pourquoi son père ferme si souvent sa porte, même quand il n'est pas là, mais jamais à clé, ce qui lui permet, certains jours, d'entrer et de contempler la lourde bibliothèque, les encriers, la pile de papiers avec des lettres à en-tête, des tiroirs remplis de brochures, de notices, de lunettes fendues, et aux murs les gravures de praticiens célèbres. Il est maintenant près de la porte, la dépasse, son cœur bat à tout rompre, il jubile d'être celui qui surplombe un père soudain aussi inconscient qu'un enfant, qui n'est plus qu'une masse d'ignorance dans le silence que Hans a forgé goutte à goutte. Il n'a jamais autant adoré son corps, la paix, l'espace, il se voit à la fois grandir et marcher.

« T'ai-je donné la permission d'entrer, mon fils ? demande Paul sans se retourner, alors que l'enfant n'est qu'à deux mètres du fauteuil.

— Non, père. »

Son corps se remet à peser de tout son poids, le parquet, les murs, les meubles, tout semble craquer, trahir une deuxième fois sa présence et le réduire à ses dimensions premières. Ses épaules retombent, et si son père se retournait vers lui, lui lançait un regard, il pourrait bien pleurer, l'excitation tout entière muée en colère contre lui-même. Son père le voit toujours et encore venir de loin, sans que l'enfant devine ses pensées. Pauline se moquera de lui, mais que l'on sache, elle-même n'y est jamais arrivée.

Décembre 1943

De l'autre côté de la table ronde, dans une pièce lumineuse tapissée de fines boiseries, le *Hauptsturmführer* Lottman compulse les notes qu'il a sorties d'une chemise cartonnée. Il tente d'allumer une cigarette, mais son briquet refuse de s'enflammer.

« Wronsky, en auriez-vous un qui fonctionne ?

— Pas sur moi, *Hauptsturmführer*, je vais en chercher…

— Laissez, ça peut attendre. »

Il réinsère méticuleusement sa cigarette dans son paquet et pour la première fois jette un regard sur l'homme assis en face de lui, qui garde la tête baissée. Il a les cheveux sales et flotte dans un costume fripé.

« Zenon Drohocki ? Quarante-deux ans… Polonais ?

— C'est cela.

— Vous parlez bien l'allemand, dites-moi. Tant mieux, cela nous évite de passer par ces interprètes, qui sont rarement aussi compétents qu'ils le prétendent.

— Les interrogatoires se sont déroulés selon la procédure, précise le jeune Wronsky.

— Nous sommes en guerre, la région de Grenoble est coriace, que voulez-vous, docteur ? Je résume donc, car nous allons devoir statuer à votre sujet. Vous et votre femme Jadwiga avez été arrêtés alors que vous tentiez de passer la frontière avec la Suisse… Il faut être très optimiste pour s'imaginer pouvoir passer en Suisse en ce moment ! Vous habitiez à Saint-Egrève, près de Grenoble. Vous dites que vous vouliez fuir la France, parce que vous êtes… Dites-moi ce que vous êtes ?

— Juifs.

— Vous êtes juifs. Et vous voulez vous réfugier en Suisse, on peut le comprendre. Et voilà comment vous vous retrouvez à l'hôtel Pax, à Annemasse. Ceci dit, c'est charmant, tout près de Genève, cela nous change du front. Lors de cette tentative, vous avez balancé au-dessus des barbelés un sac à dos rempli de divers documents très intéressants. Heureusement pour vous, aucun ne semble relever d'activités illégales. Je crois avoir ma petite idée, mais dites-moi de quoi il s'agit. »

Drohocki passe sa main sur une cicatrice encore violacée sur son avant-bras droit. Pour fuir les Allemands, avec sa femme ils avaient quitté Paris pour les environs de Grenoble, en zone libre. Par malheur, la région est tombée sous occupation italienne en novembre 1942, et sous impitoyable occupation allemande depuis septembre 1943.

« Je suis chercheur, spécialisé dans l'électrophysiologie, et notamment l'électroencéphalographie.

— Et cela vous a fait voyager, de Berne à Bruxelles, puis à Paris.

— J'ai voulu garder une copie de quelques publications récentes dans des revues scientifiques françaises et allemandes.

— Mais oui, vous avez publié en allemand ! C'est un bon point pour vous. »

Surpris, Drohocki relève la tête, sans oser regarder le *Hauptsturmführer*.

« Et il y a les plans d'un appareil, dites-moi, continue Lottman en remuant ses papiers. Vous en êtes spécialiste ?

— Aucunement. L'invention est italienne, c'est un procédé qui suscite beaucoup d'espoirs en psychiatrie.

— Comme vous, docteur Drohocki, vous suscitez beaucoup d'espoirs ! s'exclame Lottman en frappant du poing sur la table. Je n'ai pas votre formation, mais j'ai assuré à tous mes subordonnés qu'une telle expertise était une bénédiction. N'est-ce pas, Wronsky ?

— Tout à fait, *Hauptsturmführer*.

— J'irais même plus loin, avec ces qualifications, des opportunités colossales s'offrent à vous dans le Troisième Reich ! »

Drohocki reste muet, pétrifié. Il a passé près de trois semaines dans une cellule du bâtiment d'en face, une bonneterie, interrogé quatre à cinq fois par jour, de plus en plus brutalement, subissant parfois des brûlures au briquet, du même modèle que celui qui ne s'allume pas entre les mains du commandant.

« Quel genre de possibilités ?

— Des applications civiles, médicales, militaires, que sais-je ? Cela vous intéresserait ? »

Il ne pense qu'à ce qui pourrait le faire sortir de cette rue, où des dizaines de prisonniers doivent souhaiter la mort.

« Pourquoi pas ?

— Il faut bien sûr que la guerre soit finie ! Cela ne prendra plus beaucoup de temps ! L'année se termine, et en 1944, toute l'Europe sera sous paix allemande. »

Drohocki se reprend.

« Et en attendant ?

— En attendant, docteur, vous restez un Juif polonais, dont on peut imaginer, malgré toutes vos recherches, qu'il souhaite revenir dans son pays natal, même s'il fait maintenant partie du Reich.

— Sans doute, mais…

— Nous allons donc nous occuper de vous sous ces trois aspects, docteur, juif, polonais…

— C'est-à-dire ?

— Un train part cette nuit pour la Pologne.

— C'est une bonne nouvelle…

— N'est-ce pas ? murmure Lottman en souriant faiblement.

— Et ma femme ?

— Votre femme, bien sûr ! Elle est déjà en route, et vous la rejoignez à la gare.

— Quand ça ? demande Drohocki, les yeux écarquillés.

— Ne soyez pas trop pressé, docteur. »

Interminable, le voyage en train se fait debout, entassés dans des wagons de marchandises plombés, avec à peine de quoi boire et manger. Le froid de décembre attaque les chairs qui cherchent de la chaleur les unes contre les autres. On entend parler français durant les arrêts en gare, cela ne semble pas aller vers la Pologne. Puis Drohocki et sa femme comprennent : ils font un arrêt en France, au camp de Drancy, avant de repartir dans un autre train, encore plus pressés les uns contre les autres, pendant de longues journées.

Au moment où les portes du wagon s'ouvrent, deux hommes restent inanimés. Après tant de temps immobile, il faut descendre au plus vite, dans un froid glacial, sous les invectives de soldats SS, alignés sur une rampe. On trie les familles, on saisit les bagages, on entend des hurlements incessants. Des hommes en tenues de prisonniers sont préposés à cet accueil. Poussé, séparé de sa femme, tiré, Drohocki s'entasse à nouveau dans un camion rempli d'hommes et parvient enfin à destination : le camp de travail de Monowitz.

Ils doivent abandonner leurs vêtements et tous leurs biens. Un médecin prisonnier s'adresse à leur groupe et les encourage en français. Drohocki le prend à part, veut lui confier ses documents scientifiques, avec les plans de l'appareil. « Pour le moment », lui dit-il. Le Français le regarde avec commisération. Drohocki lui explique de quoi il retourne, mais l'autre, tout médecin qu'il soit, continue à secouer la tête. Il accepte enfin de prendre le sac à dos. Trois détenus leur tondent maladroitement le crâne, les aisselles, le pubis et les badigeonnent d'une lotion. Ils sont aussitôt conduits vers des douches, d'où sort une eau glacée. Puis ils s'habillent de leurs minces tenues de déportés.

Dehors, on leur sert bientôt une soupe. Quelqu'un a poussé Drohocki et sa gamelle s'est renversée par terre. Il regarde l'eau trouble disparaître dans l'herbe. Y stagnent des fragments de légumes séchés, chou ou navet, cultivés, découpés, cuisinés et amenés si près de sa bouche. Quelqu'un rit derrière lui, d'un rire bref et méchant. « Encore un Juif, ça n'en finira jamais ! » Drohocki effleure du bout des doigts la grossière étoile de David cousue au niveau de son cœur.

Le soldat qui le scrutait a déjà détourné le regard sur la file des travailleurs. Le soir venu, sa portion tombe à nouveau entre ses mains tremblantes, la précieuse soupe où flottent des pommes de terre ou des rutabagas, et quelques grammes de matière grasse. Il se jette sur le sol de la place d'appel pour laper sa pitance, lâchant au passage une de ses chaussures à semelles de bois. Comme les autres nouveaux, il ingurgite aussitôt la tranche de pain et la margarine que le *Blockälteste*[1] leur a distribuées pour le lendemain matin. Comment les surveiller et ne pas se les faire dévorer pendant le sommeil ?

Ses « opportunités colossales » dans le Troisième Reich commencent au *Scheisskommando*, celui des latrines. La fosse rectangulaire est immense, et c'est sur une poutre en surplomb que les hommes viennent faire leurs besoins, ajoutant leur contribution à un océan de déjections.

1. Chef de baraquement.

Le travail du groupe consiste à aseptiser cette masse, autant que faire se peut, avec des galets de chlore semés comme des étoiles dans le ciel. Quand la fosse menace de déborder, il faut la vider, alors qu'elle est souvent partiellement gelée. Les citernes arrivent sur une charrette, et il s'agit de les remplir sans se noyer dans la fange, puis de les transbahuter vers des champs où leur contenu sera épandu comme engrais.

Quelques jours plus tard, Drohocki est nommé dans un kommando extérieur de plusieurs centaines d'individus, le *Kabelkommando*, où il s'agit de creuser des trous et des tranchées pour enterrer des câbles, dans l'immense chantier d'une usine, à quelques kilomètres du camp. À la pause de midi, il saisit un ou deux moignons de légumes flottant dans la soupe et se les fourre dans la bouche. Ils fondent, si fades, autant mâcher sa propre langue. La pause dure une heure, c'est la seule sur les douze heures de travail. Il sent un goût de terre dans les trois quarts de litre de soupe, on dit qu'ils en mettent pour épaissir. Il a terriblement soif devant ce bâtiment qui n'en finit pas de se construire, mais la soupe est la seule eau qu'ils puissent boire. Il n'est pas taillé pour ces travaux de force, il évacue des gravats dans une brouette trop large qui lui écartèle les bras, la pousse dans la boue, elle dérape dans tous les sens, il parvient difficilement à ne rien renverser.

Quand il fait un chargement, il a ordre d'attendre l'approbation du kapo, qui, tout en grognant, y rajoute trois pelletées. Puis son équipe doit descendre au fond de la tranchée de lourds câbles, qui ne sont pas de dimensions humaines. Ils cisaillent leurs mains quand ils les tirent de leurs rouleaux, les promènent d'une paroi à l'autre du fossé boueux, comme s'ils enterraient le tentacule glacé d'un monstre encore vivant.

Au retour, vers 17 heures, ils passent par grappes de cinq devant un bois de bouleaux. La campagne polonaise ne sait rien d'eux, ses arbres parlent de repos et de silence. Il aimerait quitter la colonne et s'allonger dans les feuilles mortes, construire une cabane invisible en attendant que tous s'éloignent. Il ferme les yeux, tout disparaît, sauf Jadwiga, puis tout réapparaît, jusqu'au moindre détail des écorchures sur ses mains. Où sont-ils exactement ? Il entend au loin toutes sortes de bruits nets et distincts, mais rien qui ressemble à la rumeur d'une ville. De temps à autre, le martèlement d'un train. Tout est sec, droit, visible, tous sont plantés là sans écho, il n'y a plus d'écrans de brique, ni de labyrinthes, d'issues, de refuges, de cachettes. Ils sont comme posés entre l'enclume de la terre et le marteau du camp.

C'est une plaine où s'agitent des hommes, rien que des hommes étrangement résistants. Allemands, Hongrois, Juifs ou nazis, ils ont été choisis pour se promener dans la campagne polonaise, faire du camping et jouer à construire une usine. Des mâles, rien que des mâles. On ne veut pas qu'ils se reproduisent. Il n'ose demander des nouvelles de Jadwiga. Les femmes et les enfants sont invisibles, sans doute orientés vers un autre camp. Entre hommes, ils feront ce qu'ils ont à faire, puis se quitteront bons amis, même avec ces soldats si nerveux.

Les deux premiers jours, Drohocki tente de parler leur langue, cherche leur regard. Eux fuient et noient son allemand hésitant dans les rugissements du leur. Il est pourtant prêt à fraterniser, à partager leur mauvais sort. Ne souffrent-ils pas, eux aussi ? N'aimeraient-ils pas tous être ailleurs ? Mais il y a une besogne à accomplir en pleine campagne, en plein hiver. Après ce long détour, ils se retrouveront tous en famille. Pour l'heure, il y a encore une guerre au loin qui déforme l'espace ordinaire, qui courbe les arbres et aveugle les yeux.

À son arrivée, quelqu'un l'a félicité d'être « entré dans le camp » d'Auschwitz[1], cette petite ville à quelques dizaines de kilomètres de Cracovie, et il n'a pas compris. Malgré la douleur, le tatouage des chiffres à l'avant-bras gauche lui a donné confiance, il devient leur bien, numéro 169779. Il fait partie de leur camp. Il est ce médecin qui croit à un ordre. Les yeux myopes du tatoueur, un prisonnier lui aussi, lui ont semblé démesurés à travers les verres de ses lunettes rafistolées au sparadrap.

Trois ans plus tôt, le capitaine SS Rudolf Höss arrive en Haute-Silésie, cette région de la Pologne annexée par l'Allemagne depuis 1939. Comme Himmler, il a été fermier, et comme tout fermier il voit bien que ces terres en bordure de la Sola et de la Vistule sont en zone inondable, pleines de marais et de fange. Il faudra beaucoup de travail et de travailleurs pour changer les choses. Les Polonais

1. Voir plan général en fin de volume.

arrêtés en masse lors de l'invasion s'y attelleront, sous la férule de criminels allemands heureux de les diriger.

Pour l'instant, à trente-neuf ans, Höss n'est le commandant de rien et vit à l'Hôtel de la gare. Pour créer un camp, il faut des baraques et des clôtures. Il n'y a que de vieilles casernes délabrées, une plaine lugubre, un terrain de dressage de chevaux. En ces temps d'effort de guerre, l'inspection générale des camps n'a prévu quasiment aucun budget, aucune ressource. Le capitaine va donc voler de l'essence, trouver dans les villages voisins des marmites pour la soupe des prisonniers, rechercher des lits et des paillasses. Et les premières centaines de mètres de fils barbelés du premier camp d'Auschwitz seront volées ici et là.

Les Polonais arriveront quelques semaines plus tard et construiront eux-mêmes leur prison, en volant à leur tour, et si nécessaire en démolissant des maisons des environs.

1883

Tout le monde a commencé à se moquer quand Hans est tombé dans l'escalier du premier étage.

« Combien de temps va-t-il tomber comme ça, hurle Sophie, à dix ans tout de même ! Et cette barrière, à quoi sert-elle ? »

Elle est arrivée au pied de l'escalier en tenant par la main la petite Margarethe, qu'elle ne quitte pas de la journée.

« Il s'est encore empêtré dans une de tes robes, Pauline ! lance Bertha.

— Mes robes font voler, pas tomber ! »

Mais c'est un petit garçon en pantalon et blouse blanche que l'on retrouve au pied des marches. Il s'est juste ouvert la lèvre et sa main est endolorie. Sa mère, à genoux, Hans la voit avec l'œil aiguisé du blessé, et elle détourne le regard, comme si elle redoutait une vision trop brutale. Il ne peut s'empêcher de pouffer, lui qui dans quelques décennies sera, pour ses étudiants et collègues, un homme « qui ne se permettait aucun écart dans sa routine bien établie, et dont les jours se ressemblaient comme deux gouttes d'eau ».

Paul n'est pas loin, dans son cabinet de travail. Il prend un temps considérable à répondre aux appels des femmes de la maison, comme s'il attendait que la situation se décante, que les pleurs cessent, que la journée soit classée, que la mort ou la vie de son seul fils se dessinent nettement dans le couloir, sans son aide ni son intermédiaire. Il arrive enfin, la gorge nouée, pour valider le destin, et passe une main rapide sur la nuque du petit Hans qu'on a assis dans un fauteuil. Sophie, quant à elle, exige que l'on installe enfin une barrière en milieu d'escalier, et pas seulement en haut, car la petite Margarethe pourrait elle aussi tomber, et ce serait bien plus grave. Paul la regarde et s'empresse de promettre, il appellera dès cet après-midi un artisan.

Du haut de ses dix ans, Hans frappe les visiteurs et les professeurs par sa tête volumineuse et sa gaieté, tout en étant un excellent élève. C'est l'âge que sa mère choisit pour lui lire le recueil de poèmes de son grand-père maternel. L'enfant écoute, remuant dans le fauteuil crapaud du salon, regrettant le beau soleil du mois de mai.

Dans la pièce à côté, ses sœurs Pauline et Maria font une bruyante patience sur un coin de la grande table.

« Je t'ai déjà parlé de ton grand-père Friedrich, Hans ?

— Je crois bien.

— Je peux te lire son recueil de poésies, maintenant que tu es grand.

— Des poésies ? grimace Hans, peu sensible au nouveau privilège.

— Pas n'importe lesquelles, Hans. Tu aurais dû savoir que ton oncle et ta tante…

— Je les connais, mes oncles et tantes !

— Ceux-là sont morts alors qu'ils étaient enfants. Luise à trois ans, en 1833. Et Ernst, l'année suivante, à cinq ans. La scarlatine.

— Cinq ans, comme Margarethe ? » demande Hans, comme si le nombre d'années variait selon celui qui les vit.

Sophie a les larmes aux yeux, fixe un point sur le mur, tandis qu'on entend toujours les cris des sœurs dans l'autre pièce.

« Margarethe va très bien !

— Oui, très bien, répond sa mère sans sembler y croire. C'était il y a très longtemps, je n'étais pas encore née…

— Tu n'étais pas encore née ? répond Hans comme un reproche.

— Notre père était très triste, alors il a fait quelque chose d'incroyable…

— Il est parti au pôle Nord ? »

Sophie sourit faiblement.

« Mieux que cela. Il a écrit quatre cent soixante poèmes en leur mémoire.

— Quatre cent soixante ! Deux cent trente chacun, calcule-t-il après un temps de réflexion. Mais pourquoi ?

— Parce qu'il les aimait », répond sa mère, avec cette fois de l'irritation dans la voix.

Le garçon reste dans ses pensées. Et les larmes restent aux yeux de sa mère, que Pauline est venue réconforter en lui posant un grand châle sur les épaules. Elle pleure souvent, à la dérobée, mais c'est aujourd'hui la première fois que Hans peut y trouver une raison précise, aussi étrange soit-elle : ces poèmes, ou ces enfants, trop de poèmes, pas assez d'enfants.

Pourquoi s'accrocher à deux enfants morts quand la vie vous en laisse quatre ? se demande-t-il, à la fois impressionné et rebuté. Il commence par n'éprouver que mépris pour sa mère, qui ne les avaient même pas connus. Des frères et sœurs morts avant vous, cela devrait s'oublier. Les parents se remettent à la tâche, et voilà tout. D'après ce qu'il en sait, il est facile de faire des enfants, il y en a partout.

Sophie a repris son recueil et lit d'une voix mal assurée.

« *Maintenant je vois bien le pourquoi des flammes si sombres*
Que vous me jetiez à chaque instant.
Ô yeux, comme pour d'un regard
Faire passer ensemble toutes vos forces.

Mais je ne devinais pas, car un brouillard m'enveloppait,
Tissé de destinées aveuglantes,
Que ce rayon vous ramenait déjà vers votre foyer,
Là-bas, d'où proviennent tous les rayons.

Vous vouliez me dire, par vos lumières :
"Nous aimerions tant rester à jamais près de toi !
Mais cela nous est refusé par le destin."

Regarde-nous, car bientôt nous serons loin de toi !
Ce qui n'est pour toi encore que des yeux en ces jours,
Dans les nuits à venir ne sera plus que des étoiles. »

Elle lui en lit encore une dizaine. La majesté et le nombre des poèmes lui serrent la poitrine, le malheur de son grand-père le gagne, avec l'autorité de ce qui est éprouvé par les adultes. Et si, même ancienne, la mort d'un enfant était grave ? Hans continue à dévisager sa mère, le plus discrètement possible. Luise et Ernst restent d'anciens abîmes qui marchent à ses côtés, des avortons d'une nouvelle mythologie.

L'été de ses treize ans, son père lui enseigne l'histoire de la découverte de Neptune : on remarque tout d'abord des irrégularités dans l'orbite d'Uranus. La planète n'évolue pas comme le voudrait la théorie de Newton. On commence à chercher des « masses troublantes » dont la force d'attraction expliquerait la dérive. Un jeune astronome présente en 1845 à l'Académie des sciences de Paris un mémoire sur Uranus. L'année suivante, il est le premier à donner la masse et l'orbite théoriques de la perturbatrice. Il écrit à l'Observatoire de Berlin pour demander confirmation par l'observation : la planète est découverte en septembre, à moins d'un degré de la position calculée par le Français. La trajectoire aberrante d'Uranus, c'était la vie invisible de Neptune.

La famille Berger gravite en paix, avec de petites errances auxquelles Hans devient peu à peu sensible, sa mère qui ne les quitte pas d'une semelle, Margarethe et lui, tout en conservant son regard perdu, ou les longues absences de son père, excusé par sa fonction de directeur du *Landkrankenhaus* de Coburg, et se disputant avec Pauline, accusée d'être fantasque, inconstante, achevant sans passion sa formation au séminaire des institutrices – mais plus certainement, aux yeux d'un médecin, d'être chétive et maladive, malgré le confort et la nourriture prodigués à la famille.

À l'âge des sentiments réciproques, Hans se sent de plus en plus proche d'elle.

« On sort, petite crevette ! chuchote Pauline en déboulant dans le salon.

— Mais il est trop tard !

— C'est l'heure de l'astronome, au contraire.

— On a déjà vu les étoiles la semaine dernière !

— Oui, mais aujourd'hui les étoiles ne t'ont pas vu, elles ! »

Ils s'allongent sur la couverture étalée dans l'herbe et restent une bonne heure dans le jardin. Pauline lui prend la main pour ajuster leurs regards et lui désigner les constellations, avec leurs noms grecs, leurs vagues squelettes d'animaux et de chimères. Hans n'en revient pas de voir aussi loin. Les étoiles lui semblent la forme d'existence la plus juste : haute, dense et silencieuse. Même s'il aurait été beaucoup plus logique qu'il n'y eût rien, ou qu'on en fût resté à des éléments comme l'hydrogène ou l'hélium, bien plus simples que la maison familiale, ou son propre corps qui grandit.

« Pourquoi tant de temps pour que l'œil s'habitue à l'obscurité ? demande-t-il.

— Parce que nous ne sommes pas faits pour l'univers.

— Nous sommes faits pour être sur Terre ?

— Et encore, dans la partie éclairée ! Nous sommes nuls, en fait. »

La clarté des étoiles se révèle peu à peu, elles se multiplient en silence. La matière de leurs yeux accepte lentement de s'ouvrir à la lumière, dans leur expérience neuve des liens insondables entre l'âme et le corps.

« Avec autant d'étoiles, pourquoi le ciel est-il sombre ? demande encore Hans.

— Je suis sûre qu'il suffirait d'attendre pour voir la lumière de tout l'univers. Mais personne n'a encore regardé assez longtemps. Sauf nous, un jour, peut-être. Il suffirait qu'on prenne racine.

— Et puis il y a le soleil qui revient, non ?

— Il revient trop tôt et il éclipse l'univers. Le méchant, il ne nous laisse pas le temps. Il y a trop de lumière, finalement. Ce n'est pas mon séminaire d'institutrices qui m'en apprendra plus là-dessus, on reste bien au ras des pâquerettes… Au lit, petit œuf ! »

Ils se disputent en riant la couverture parsemée d'herbes, tandis que le reste de la famille dort déjà derrière les volets de bois. Hans monte se coucher, se blottit contre sa sœur, demandant à dormir avec elle. Elle le repousse en se fâchant cette fois, car il est vraiment très tard. Seul sous ses draps, le garçon découvre que même des êtres qui s'aiment sous le ciel doivent se séparer. C'est que leur amour est impossible, alors. En quittant Pauline, il demeure amèrement avec ce qui reste soudé et uni dans la solitude, ses membres et ses organes, son propre corps. La vie lui offre au moins l'étreinte de sa chair, liquide, gazeuse et solide. Et le voilà, par dépit, devoir s'aimer lui-même, et se lever souvent, chaque nuit, pour vérifier la fermeté de son visage dans le miroir de la salle d'eau. Tout lui semble s'écouler et s'écrouler silencieusement. Pourtant, un jour, collègues et étudiants en seront d'accord : « Année après année, il faisait les mêmes cours, il était l'immobilisme en personne. »

Janvier 1944

Après l'entassement mortel dans les trains, Drohocki avait cru à un retour minimal de la civilisation, sous la forme d'un esclavage rondement mené par les Allemands, en bons pères de famille de la nouvelle Europe. Peut-être avaient-ils tué assez de monde, peut-être avaient-ils gagné assez de territoires. Peut-être la main-d'œuvre et l'humanité restantes devenaient-elles précieuses et qu'il fallait les ménager, même s'il s'agissait de Juifs. Il avait été soulagé en descendant du wagon. On ne les avait pas fusillés dans une forêt, comme le disait la rumeur. Sur le moment, il avait été rassuré de voir si peu d'armes et de soldats.

D'après ce qu'il en devine, le camp est immense. De part et d'autre de la croix que composent l'allée centrale et la place d'appel, il compte une quarantaine de baraquements de bois pour abriter les détenus, l'estrade des SS et celle de l'orchestre à l'entrée, les lavabos et les latrines qu'il ne connaît que trop bien, des bâtiments indéfinis. Il se demande ce que font le long de l'allée centrale des parterres de plantes rabougries par l'hiver. Une dizaine de miradors reliés par des clôtures de barbelés électrifiés veillent sur eux sans pitié.

A-t-on besoin de tant d'espace pour donner la mort ? Et puis il n'y a nulle trace de tombes. S'ils doivent travailler, les Allemands doivent leur donner de quoi subsister. S'ils sont là pour l'argent, pour le travail, on peut s'y retrouver. Il y a déjà longtemps que cette moitié de la Pologne est aux nazis, la guerre est loin, ils sont au cœur de la paix du Reich. Tout pourrait bien se passer. Avec leurs milliers de voix, les prisonniers leur chanteraient « Tu as gagné, tu es le plus fort », une berceuse pour vainqueurs, jusqu'à ce que les soldats s'endorment en suçant le canon de leurs armes.

Mais non. Ils ne mourront pas, mais ne vivront pas pour autant. Et à qui demander des nouvelles de sa femme ?

Sur le chantier, il comprend qu'ils les exterminent utilement, par le travail. Hier, un prisonnier a glissé dans une flaque d'eau glacée, de sa botte le SS lui a maintenu la tête dans l'eau noire, et trois de ses collègues ont compté jusqu'à *zehn* en riant, de plus en plus lentement. Les chiens aboyaient. La botte s'est relevée, tous les autres ont détourné le regard, revenus à l'ennui. La moitié de ses camarades d'infortune ont déjà disparu. Certains s'effondrent et gisent par terre, inanimés, en plein chantier. Leurs semblables n'ont pas le droit de les relever avant la fin du travail. Où sont le capitalisme, le souci du rendement, la préservation de la main-d'œuvre ? Cette usine n'est-elle qu'un décor ? Veulent-ils produire, oui ou non ? Qui sont ces entrepreneurs ?

Levé au son du gong à 6 heures du matin dans le bloc, où ils sont bien deux cents à s'entasser sur les trois niveaux des couchettes, Drohocki se presse vers les latrines, boit l'ersatz de café qu'on leur sert chichement. Il veille jalousement sur le manteau qui lui a été donné en tant que membre d'un kommando extérieur. Puis l'appel dure plus d'une heure, une heure à rester debout dans cette journée d'hiver. D'après le *Blockschreiber*, le préposé aux écritures, ils sont environ dix mille, mais tous ne sont pas là. Cela recommence le soir, interminablement. Dès qu'il manque quelqu'un, l'appel s'arrête. En fin de journée, de toutes parts, les *Blockälteste* scrutent les plus affaiblis de leurs groupes, espérant des départs vers l'hôpital et des rations de plus à distribuer.

Drohocki s'appuie contre son voisin, dont les yeux sont remplis de larmes. Même tondu comme tout le monde, ses cheveux disparaissent par plaques entières. À quelques mètres, Drohocki entend les kapos hurler sur un homme qui a perdu un bouton de sa tenue. Le seul avantage de l'appel est que l'on peut se risquer à chuchoter. Il apprend par exemple que le bloc entouré de barbelés, derrière eux, était un bordel, et qu'il vient de fermer, car les Juifs comme lui ne cessent d'arriver et qu'il faut les loger. On le rassure, le bordel était de toute façon réservé aux non-Juifs. Le voilà à nouveau plus calme, un bordel est signe de vie, même pour d'autres, même au plus bas.

En juin 1943, une grosse cylindrée couleur marron clair attend d'entrer dans ce même camp de Monowitz. Les SS de garde dévisagent les passagers avec curiosité. Le portail s'ouvre, la voiture remonte l'allée centrale. Au volant, le *Standortarzt* Eduard Wirths, médecin-chef SS de l'ensemble des camps d'Auschwitz. C'est un homme raisonnable, il a trente-trois ans et vit avec sa famille des tickets de rationnement fournis par l'administration, il ne cherche pas à tirer profit de divers trafics, comme la plupart de ses semblables. Cette année-là, il a réussi à faire remplacer les officiers SS par des collègues médecins lors du tri sur la rampe d'arrivée, car ceux-ci « sélectionnent » avec plus de discernement. Malgré sa répulsion, Wirths prend lui-même son tour à l'arrivée des convois.

La voiture s'est immobilisée au bout de l'allée, devant les trois maigres bungalows en bois de l'infirmerie. Le *Lagerführer*[1] Schwarz et le médecin-chef SS local Fischer attendaient son arrivée. Wirths déplie sa haute silhouette, tandis qu'un prisonnier en tenue rayée, le crâne rasé, sort par l'arrière. Quelques soldats et prisonniers s'arrêtent, éberlués, pour contempler le passager. Il n'a aucun bagage, il vient de passer neuf mois à Jawischowitz, le camp de travail de la mine de charbon appartenant à Hermann Göring. Sa dernière affectation de travail était le chantier de l'usine IG Farben, la Buna, où des détenus de Birkenau sont transportés par train, matin et soir.

1. Chef du camp.

Ce prisonnier luxueusement véhiculé est un résistant polonais de trente ans, Stefan Budziaszek. Wirths lui confie la direction de l'infirmerie du camp de travail.

Le typhus devait être éradiqué et tenu à distance. Il s'était attaqué même aux SS et à leurs familles, si bien que pendant trois mois, aucun travailleur n'avait pu être envoyé au chantier de la Buna. Pourtant, chaque jour, on douchait, on tondait les prisonniers pour éviter les poux. En juillet 1940, on avait traité les premiers bâtiments du camp à l'aide de l'insecticide d'IG Farben, le Zyklon B, à base d'acide prussique. Par ailleurs, le front russe est bloqué et la main-d'œuvre des déportés n'est plus infinie. L'effort de guerre doit être mené, on ne peut laisser mourir autant de travailleurs utiles à l'armement du Reich, surtout les plus qualifiés, ni perdre du temps dans le transport. En 1942, il fut donc décidé de créer un camp plus à l'est, au plus près du chantier. Budziaszek a réorganisé brillamment l'infirmerie de Jawischowitz, alors Wirths attend de lui qu'il rende opérationnelle celle de Monowitz. Ses ressources pour y parvenir sont simples : toute la confiance de Wirths, rien de plus, à la guerre comme à la guerre.

1892

Devenu élève au Gymnasium Ernestinum de Coburg le jour, lors des nuits dégagées Hans observe toujours avec sa sœur le ciel étoilé. Il ressent le dédain des Grecs pour le monde sublunaire où les existences piétinent, se chevauchent et n'aboutissent qu'à d'infinies sédimentations. Les espoirs et les craintes s'attachent aux phénomènes, telles des casseroles à la queue d'un chat. En bas, le moindre mouvement nous concerne et nous menace ; c'est d'en haut qu'est venue la contemplation. Le ciel étoilé, c'est le savoir en pointillés, qu'il suffit de relier par des lignes pour faire apparaître, telle une figure du Zodiaque, le doux visage de la vérité.

« On l'appelle comment, celle-là ? demande Pauline.

— Alpha du Centaure.

— Grotesque ! Les étoiles n'ont ni sexe ni visage. Au diable Ptolémée ! »

Hans est séduit par les appellations antiques des constellations, mais suivant Pauline, il s'attelle à une nomenclature originale. Sur des bases saines, ils rebaptisent une vingtaine de constellations, en espérant faire école.

« Andromède, Capricorne ou les Gémeaux, c'est en fait A12, B4 et T9, assène Pauline. D'accord ?

— D'accord. »

Ils se regardent au fond des yeux et prononcent en même temps leur proposition, lettre par lettre, chiffre par chiffre, et leurs pensées concordent deux ou trois fois, pour X8 et J4, respectivement Le Cygne et Hercule, avec quelques échecs. Ils ne s'en étonnent plus, à trente ans pour elle et dix-neuf pour lui, ils sont habitués à penser ensemble, d'un seul tenant.

Happé par les étoiles et la science, Hans reste féru de littérature, de poésie et de philosophie. Il relit son grand-père Rückert, le poète des enfants morts, ne veut pas devenir un « philistin desséché ». Il profite d'une grippe interminable pour découvrir Tacite, Virgile, Horace.

À la table familiale, Pauline reste plongée dans les journaux, en attendant d'être rappelée à l'ordre.

« Elle passe son temps à ça, ma parole ! murmure Bertha en s'asseyant.

— Avant, c'était juste pour emballer ses poteries, se moque Maria.

— C'est que la poterie mène à tout, sœurette, répond Pauline. Il faut bien que j'apprenne ce dont on ne nous a pas parlé au séminaire !

— Le séminaire t'a appris ce qui convient aux limites de l'âme féminine, répond Paul en tendant la main pour attraper du pain.

— Aux limites d'une âme féminine, père ? Et les limites d'une âme masculine ?

— Pauline ! dit Sophie en proposant la soupe à sa droite.

— Ce sont les limites de l'âme humaine, dit Paul.

— C'est pour cela que Hans sera médecin ?

— Hans ne sera pas forcément médecin, proteste Bertha.

— Contente-toi de préparer ton mariage, Bertha ! C'est encore mieux, il aura le choix, lui au moins !

— Un jour, les femmes pourront aller à l'université, j'en suis sûr, dit Hans en souriant.

— Voilà un homme ! dit Pauline.

— Hans peut dire ce qu'il veut, reprend Sophie. Qui n'est pas servi ?

— Et nous autres ? demande Pauline. N'étudie pas la médecine, petit œuf, ça rend stupide !

— Rien ne presse, lance Sophie, tu sais qu'il y a déjà à peine de la place pour vous, les institutrices. Tu as eu du mal à trouver cette famille qui t'emploie.

— Et j'ai encore plus de mal à y rester, maman ! Mais si les femmes vont à l'université, il y aura deux fois plus d'étudiants, donc il y aura besoin de deux fois plus de professeurs.

— C'est arithmétiquement vrai, répond Paul, rien de plus. Peu de gens souhaitent cela.

— Peu de gens ou peu d'hommes ?

— Peu de gens, Pauline, répète Sophie, et sinon qu'avez-vous à vous mettre pour la soirée chez les Stein ? »

Quelques mois plus tard, c'est le moment des adieux entre frère et sœur, toujours sous les étoiles du jardin.

« Alors c'est Berlin ? Tu verras moins bien les étoiles. C'est éclairé partout là-bas.

— Mais je les comprendrai mieux.

— Astronomie et mathématiques. Notre plan se réalise, petit œuf, tu étudies pour nous deux. Je saurai tout, grâce à toi.

— Tu n'auras qu'à lire dans mes pensées.

— Tu n'auras qu'à écrire dans les miennes. Tu sais que là-bas, on organise des cours pour que les femmes se préparent au baccalauréat ?

— C'est pour la gloire, les universités ne les admettront pas !

— Si tu veux la paix, prépare la guerre, mon petit vieux. »

Le long voyage en train jusqu'à la capitale le fascine, et il a peine à croire à ce paysage rendu flou par la vitesse. L'arrivée dans la grande ville le panique. Trop de monde à la fois, trop de passants dans les rues, de livres dans les bibliothèques. Le bruit des tramways lui coupe le souffle. Des jeunes filles rendues floues par leurs mouvements, des semblants d'amitié qui s'enfuient.

« *Sœurette,*

J'espère que tout va bien et que tu trouveras une autre famille, ou une école pour travailler. Tu dois travailler, être une femme libre. Ici, ce n'est pas ce que j'imaginais. Tel Icare j'ai l'impression que mes ailes fondent en approchant le soleil de la science. Les gens semblent emportés dans un tourbillon permanent. Hier encore j'ai vu, dans une cantine pour étudiants, un clochard à cheveux blancs ! Il était vautré sur un banc, pantalon souillé et chaussures sans lacets, hagard et narquois. Sœurette, comment peut-on vieillir et perdre tout souci de soi ? Chez nous j'ai toujours vu de beaux vieillards, beaux et graves comme Œdipe à la fin de sa vie.

*Être ici me gâte le plaisir d'être vivant. À voir leur nombre et leurs mines entassées dans la ville, j'en viens à penser que pour ces humains, naître n'est qu'une banalité, vivre une besogne et mourir un scandale. Moi je veux naître, vivre et mourir avec une incessante admiration, de la grandeur, comme Achille dans l'*Iliade, *comme toi.*

J'ai mis une carte à jouer dans une enveloppe, et j'y ai pensé très fort. Devineras-tu laquelle ?

Je dois finir ici, je t'écris à nouveau demain, embrasse tout le monde à la maison.

Ton petit œuf. »

À Berlin, l'éclairage au gaz éclipse les étoiles, et Hans est effrayé par la jeunesse qui s'ébat dans les cafés. Les jeunes filles attirantes, aux cheveux coupés court, sont trop vives pour lui. Il lui faudrait parler et penser plus vite, diffuser une énergie qu'il n'a pas, relier toutes sortes de points de son corps, prendre au sérieux son désir et se moquer de son sérieux. Mais il est tout d'une pièce. Quelques créatures dans son fuseau horaire commencent par l'attirer puis ressemblent douloureusement à Pauline, à ses sœurs, il n'a envie que de tendresse, d'amitié et de respect. Sa gaieté naturelle étouffe dans le vacarme. Après un repas trop arrosé, de soi-disant camarades de faculté l'ont entraîné dans un bordel de grande avenue. Une blonde boitillante, vêtue d'une simple chemise de nuit et en talons hauts, le pousse en chantant dans une pièce qui sent fort la sueur des deux sexes. Elle l'emmène dans son corps féminin raide et gras, emberlificoté dans des fanfreluches, il n'est qu'un pantin parfaitement huilé que les mains de la praticienne actionnent sans un échange de regards, et le petit Hans jouit honteusement dans l'espace et le temps impartis. Voilà ce qu'il n'écrira pas à Pauline, et qui ne doit pas même lui venir à l'esprit.

Janvier 1944

Drohocki est ici depuis un temps infini, une éternité qui défie toutes les civilisations. Quinze jours pleins, comment autant de temps peut-il s'écouler alors qu'ils ne sont ni morts, ni en vie ? Chaque matin, il est certain de vivre sa dernière journée. Leurs bourreaux vont éclater de rire et mettre fin à cet enfer, les tuer tous ensemble, charitablement et méthodiquement, puis se supprimer eux-mêmes, afin qu'une meilleure humanité s'élève sur leurs cendres à tous. Ils seront le fumier d'un potager grandiose. Ou bien ils pourraient soudain être libérés par des Russes, des Américains, des Chinois, ou un peuple exotique, dans un malentendu qui leur permettra de fuir sans qu'on leur tire dans le dos.

Mais chaque pas lui donne tort. Ils se contentent de mourir lentement, un à un, comme des fruits mûrs au bout de la branche, motifs se détachant sur l'horizon immense qui les enferme quand ils partent ou reviennent du chantier où se construit l'usine. Le long des chemins, ce ne sont pas des champs ordinaires, mais des champs de tir, à perte de vue. Si jamais ils voulaient fuir, il y aurait tant de temps offert à qui veut épauler son fusil automatique, tant de temps pour viser leur dos et tirer, recharger et tirer encore si le coup est raté. Leur mort est un simple entraînement journalier, de quoi dérouiller l'arme et exercer l'œil. Hier encore, un kapo s'est amusé à s'emparer du calot d'un nouveau et à le jeter au-delà des limites autorisées du chantier. Le naïf a cru bon d'aller le récupérer et s'est fait fusiller par le Walther G43 le plus proche.

Les Allemands pourraient leur faire construire une ville entière, un nouveau pays, ce sont les rois du recommencement à zéro, du Reich de mille ans. Comment peuvent-ils suivre une quelconque routine, alors que la guerre court toujours ? La nature semble acquiescer à cette absurdité, et Drohocki n'a jamais autant détesté ces petits chemins. Même les plantes les regardent de haut se faner. Ils s'entendent vieillir, ils se sentent grincer. Et même si le ciel est clair, le soleil a perdu tout son charme de bord de mer, d'astre tropical ou de dieu. Drohocki ne voit plus qu'une bombe froide au-dessus d'eux.

Il a encore réussi hier à glisser une carte de visite sous les potences. Il ne sera jamais pendu, en tout cas pas à cet endroit, s'il arrive à finir le triangle protecteur. C'était encore la carte de visite d'un Juif polonais, de Cracovie. Comment sont-elles arrivées là, dans la poche d'un manteau qui lui a été donné, sans être usées, ni pliées ? C'est un mystère. À ce qu'on lui dit, les cartes de visite viennent du « Canada », l'entrepôt immense où sont stockés les biens des déportés, à Birkenau. Quoi de plus inutile qu'une carte de visite de Juif dans la campagne d'Auschwitz ? Leurs maîtres les connaissent déjà, ils n'ont pas besoin de s'annoncer, de mettre des gants blancs, de s'habiller, de faire des phrases. Ils les ont fermement invités dans leurs wagons. Ils les ont repérés depuis longtemps dans leur *Who's Who*, et ils ont tapissé de plaies leur chemin vers la mort. L'accumulation de leurs souffrances fait d'eux un peuple dangereux, et s'il survivait même un seul enfant, il serait sans doute capable d'exterminer la terre entière en guise de représailles. Forts ou faibles, il faut donc qu'ils meurent, et que disparaisse leur souvenir.

Demain, il parviendra à cacher sa dernière carte entre deux planches du bloc des galeux, près des latrines. Grâce à cette magie, c'est sûr, il s'est prémuni de la mort dans le triangle usine/potences/bloc 24. Peu importent les noms des Juifs imprimés dessus, il est protégé parce qu'il a écrit au dos de chacune d'elles les trois strophes d'un poème qu'il récitait à l'école, un poème sur la vie éternelle. Pas particulièrement juif, mais très efficace. Sa mère l'aimait beaucoup. Toutes ces études pour en arriver là.

Le lendemain, il traîne sur le trajet vers l'usine de la Buna, une de ses chaussures s'est défaite et il a vite le pied en sang. Au niveau du camp de Pulverturm, où logent des travailleurs allemands, il se fait repérer par un soldat, prend des coups de crosse dans le dos, simple avance sur la bastonnade du soir, comme si, en se blessant les pieds, il avait abîmé leur cheptel.

Elle durera dix minutes, avec force cravache de cuir, par un des kapos du coin nord, près du bordel. On lui redonne des chaussures, il ne sait par quel miracle. Il s'écroule en larmes à peine entré dans le bloc. Ce n'est pas tant la douleur que la suite de la punition. À la fin de la bastonnade, le kapo lui a demandé de recoudre un bouton qui avait sauté, il lui a jeté du fil et une aiguille, et il a dû reprendre son geste pendant un temps infini, les doigts tremblants de froid, sans avoir jamais cousu.

Ici, les choses ne sont sacrées que pour abaisser les personnes. Tout doit être en ordre de marche pour les écraser. Allongé au bloc, il s'endort, épuisé, dans la rumeur des centaines de gémissements, respirant un air tiède et saturé de miasmes. Puis il se réveille en sursaut, épouvanté. Il manquera sa rentrée 1944. Les universités ont sans doute fermé, Paris est à des milliers de kilomètres, il a peur de ne jamais retourner à ses recherches au Collège de France. Sait-on au moins ce sur quoi il travaille ? Vus d'ici, tous les articles qu'il a pu écrire ressemblent à des journaux froissés pour allumer les feux de leurs maîtres, à des contes pour enfants. Pourquoi même avoir peur ? Il ne sera plus jamais chercheur, ils sont en guerre, son avenir n'est plus qu'un souvenir, la vérité scientifique n'est plus que dans le regard de leurs maîtres. Il remue sur les planches et se prend des coups de ses voisins, tandis qu'on entend les allées et venues de ceux qui vont pisser dans les tinettes ou respirer dehors en enjambant les presque morts.

Le lendemain, comme chaque matin, tous apprennent à nouveau leur malheur en sortant de ce faible refuge du sommeil, pour ceux qui ont eu la chance de dormir plutôt que de ruminer en gigotant. Il faut bien lisser la couverture sur les planches, puis nettoyer ses chaussures.

Leur colonne part pour le chantier de l'usine, fait ses trois kilomètres, cinq par cinq, sous un ciel à la beauté insupportable. Il apprend peu à peu les anciennes professions de quelques-uns d'entre eux. Mais leur métier ici est d'être juif et d'en mourir. Il comprend que les Allemands ont sifflé la fin de la récréation, avec leurs fusils, leurs canons et leurs chars. Tous ont cessé d'être comptables, architectes, boulangers, professeurs, ils ne sont plus que des Juifs. Ils prétendaient faire du pain, étudier, écrire, construire, conduire des voitures, vendre des légumes, éduquer des enfants au cœur de l'Europe. Il a fallu ranger leurs maisons de papier, leurs femmes de porcelaine, leurs enfants en carton, et revenir apprendre la leçon du vrai peuple élu, dans ce camp d'hiver de la nature polonaise. Ils ont tant à apprendre de la nature. Ils s'étaient perdus dans les hauteurs des villes. Ils rejoignent maintenant les racines, les radicelles, les bactéries. Ils reviennent à leur place dans la chaîne alimentaire du Reich.

Certains, sur le chemin vers la Buna, s'enfuient en courant dans la campagne. Comme lorsqu'ils étaient enfants dans leurs parties de cache-cache, ils ont la joie d'être retrouvés, mais c'est la balle d'acier qui leur tient lieu de camarade et les rattrape. Ils ont alors ce qu'ils veulent, la paix profonde. Tuer un prisonnier tentant de s'évader peut rapporter aux SS plusieurs jours de vacances, même si les consignes officielles demandent de ménager la main-d'œuvre. S'il s'enfuit, Drohocki est assuré de réussir à mourir. Mais un rail invisible le maintient encore dans la vie.

L'été 1942 a commencé la déportation des Juifs de Hollande, avec la bénédiction de leurs concitoyens. Les conducteurs de tramways ont fait des heures supplémentaires pour convoyer de nuit les rafles, tandis que la compagnie nationale des chemins de fer a su se faire payer par la SS pour chaque convoi transporté vers les camps. Parmi ceux arrivés à Auschwitz, certains viennent du camp de transit de Westerbork, d'autres des camps de travail forcé, d'autres enfin, les plus privilégiés, arrivent directement ou presque de chez eux, à Amsterdam. L'abîme entre leurs conditions de vie et le monde des camps leur est fatal, certains s'effondrent et parent au plus pressé. Ils comprennent vite la chance d'être entourés de clôtures de barbelés électrifiés à plusieurs centaines de volts.

Ils se lèvent, de préférence la nuit, poussent la porte et courent vers la zone interdite. Avant même d'être mis en joue par les sentinelles des miradors, un petit saut les met au contact des câbles, et c'est une secousse intérieure qui les libère à jamais. Leurs corps restent le plus souvent accrochés jusqu'au matin où des détenus viennent les décrocher à l'aide de longs bâtons, car le courant n'est pas coupé.

Les piliers de béton des clôtures montent en se recourbant vers l'intérieur, pour dissuader toute escalade. L'électricité qui parcourt les barbelés est l'âme du camp, elle est une des seules chances de mourir rapidement et dignement, dans une vieillesse précipitée, et non à petit feu et du fait de la méchanceté humaine.

Le camp s'appelle Buna Lager IV en langage économique d'IG Farben, Auschwitz III-Monowitz en langage de la SS d'Auschwitz. L'industriel paie 4 reichsmarks par jour pour un travailleur qualifié, 3 pour un travailleur non qualifié. Tout démarre modestement en octobre 1942 avec 600 travailleurs. Mi-1943, l'afflux de détenus est tel qu'il faut dresser deux tentes géantes abritant chacune mille personnes. En culminant à 10 000 personnes travaillant six jours sur sept, un revenu de 10 millions de reichsmarks est envisageable annuellement pour le Reich.

1892

Les monuments, les avenues, les musées de Berlin lui font vive impression : Hans le provincial comprend la grandeur de l'Empire tout frais émoulu de la victoire de 1871. Un soir d'octobre, le voilà se promenant, seul comme toujours, le long de la Spree, non loin du premier bâtiment du musée de la Marche de Brandebourg. Un groupe de trois hommes aux silhouettes juvéniles se tient à une dizaine de mètres de lui. Ils parlent fort sous la lune en phase croissante, proche de sa plénitude. L'homme le plus à droite se démène, Hans voit qu'ils se disputent un objet, et leur ardeur les rapproche du fleuve qui miroite. Les couleurs de leurs vêtements deviennent plus claires, leurs visages tendus brillent, sans un regard pour le passant.

Hans s'écarte, ralentit le pas, tout en les fixant discrètement. Il se dit que ces hommes agités pèseraient cinq fois moins sur la Lune. Leurs gestes vifs les emporteraient loin les uns des autres, comme des bulles de savon. L'absence d'atmosphère rendrait leurs paroles impossibles. Leurs membres seraient employés à errer et non à se battre.

L'un d'eux a poussé l'autre vers le fleuve, et il ne doit son rétablissement qu'à l'aide du troisième. Ils se battent vite et mal, la plupart des coups ne portent pas, ils se dandinent concentrés, en silence. La violence monte et leurs corps ont trouvé des prises. L'un d'eux hurle et s'effondre. Les deux autres tentent de le jeter à l'eau, puis se battent à nouveau, renoncent et s'enfuient dans des directions contraires.

Médusé, Hans s'approche à pas prudents de l'homme à terre qui gémit, recroquevillé. Une tache de sang souille sa manche droite, il pourrait avoir reçu un coup de couteau, les cheveux sont en bataille, une chaussure manque à l'un de ses pieds, perdue dans l'herbe.

« Est-ce que je peux vous… Vous avez mal ?

— Ça va aller, fiston, ça va aller.

— Pourquoi vous ont-ils frappé ?

— Te mêle pas de ça, fiston. Ce sont des affaires d'adultes. »

Hans respire, il pourrait à présent rester des heures, des années, à regarder cet homme, à chercher à déduire en son for intérieur les origines premières de la vie, Dieu, destin ou matière, qui ont mené à cette bagarre, à voir à quel point la Lune n'empêche pas le sang de couler. Puis un groupe de fêtards escortés de chiens à poils longs passe non loin et exige lui aussi une attention soutenue, des yeux et des oreilles, des idées et des sentiments ; ainsi en va-t-il à présent d'un fiacre à deux chevaux, d'un feu d'artifice tiré de l'Alexanderplatz ou de la nouvelle édition du *Berliner Morgen Zeitung*.

« Sœurette,

J'ai vu hier soir un homme se faire battre au bord du fleuve, il s'en est fallu de peu qu'il ne tombe dans l'eau. Un corps humain, c'est vraiment un mystère plus grand que celui de Delphes, mais en plus il y a des corps qu'on frappe, qui meurent et sont martyrisés en pleine ville, là où ces Berlinois se veulent secourables et raffinés.

Je suis bien content de ne pas avoir choisi la médecine, le corps humain n'est pas le bon point de départ pour comprendre l'univers. Je ne peux suivre la voie de père. Cet amas de cellules et d'atomes n'est qu'un lieu de passage des forces et des lois de l'univers. Il faut les trouver ailleurs.

Mais quand je sors des cours, je m'aperçois que les mathématiques et l'astronomie ne sont pas non plus suffisantes, trop loin du but et trop abstraites. Un vrai savant doit tout étudier à la fois, s'imprégner de poésie, de romans, de théâtre, de musique, mais tout autant de l'épopée des insectes, de la peinture offerte par les galaxies et du chant des plantes. Puis en venir aux alliages de molécules, aux êtres vivants, à leurs combats, à l'histoire, c'est ainsi qu'on s'élève au savoir, qui fait fi des frontières entre disciplines pour brasser et réunir tout ce que l'homme peut connaître, comme un Homère des temps modernes. Qu'en penses-tu ?

Embrasse tout le monde, la petite Margarethe va bien ?

Ton têtard,

PS : C'était bien du trèfle que j'avais mis dans l'enveloppe. »

Dans cette confusion juvénile, Berlin lui semble plus fangeuse qu'un marécage, plus hostile qu'un violent orage, plus infestée d'insectes piqueurs qu'une étable. Les fins d'après-midi le transforment en mendiant, quémandant son avenir, son énergie, un sommeil où tout oublier. La capitale de l'Empire n'est qu'un bruit qui lui dérobe à la fois l'amitié des hommes et la majesté du ciel. L'université, un empilement d'étages et de pièces, de savoirs morts et découpés, flanqués de cerbères à lunettes. Le voilà perdu, sans but et sans horizons. Qui a besoin de lui ? La ville ne l'a-t-elle pas vomi comme un être superflu, qui n'a pas su s'insérer dans ses rouages ?

« *Petit œuf,*

J'aimerais tant être à Berlin, mais je suis une pauvre femme qui ne sera jamais qu'une institutrice de province. Tu es le garçon de la famille, on t'a payé le lycée, l'université, père te farcit de connaissances depuis tes cinq ans. Il ne va pas aimer ces caprices d'étudiant… Mais j'ai un plan ! L'armée gouverne l'Empire, elle est votre seconde famille, à vous les hommes. Vous devez faire un service militaire de deux ans, entre vingt et vingt-deux ans. Tu en as seulement dix-neuf, mais tu peux devenir dès maintenant volontaire pour un an de service seulement, à condition que père te paye ton équipement et ta subsistance. C'est 2 000 reichsmarks, donc un train de vie modeste, mais tu n'as pas attrapé de goûts de luxe, non ? Cela va t'ôter à la grande ville et te donner un prétexte pour réfléchir à ce que tu veux faire. Les étoiles t'ont tourné la tête. L'armée, c'est le refuge des indécis. Il faut juste que père se décide, lui.

Dis-moi ce que tu en penses, je t'écris demain.

Ta Pauline.

PS : Il est évident que je lis dans tes pensées.

PS : Par contre je t'interdis de devenir un soldat ! »

Hans est conquis par cette échappatoire. Leur père Paul, admirateur de l'armée, est heureux d'imaginer son fils en uniforme de la grande Allemagne. Un acte de naissance, une déclaration d'intégrité sont requis ainsi qu'une déclaration, signée par lui, selon laquelle il s'engage à régler un an durant les frais d'habillement, d'équipement et de nourriture de sa recrue de fils. Hans choisit le corps de cavalerie et la zone militaire de Würzburg. L'argent est arrivé, et l'uniforme est désormais le sien, orné d'une simple passementerie : épaulettes rouges et cordons de Bavière.

Janvier 1944

Affecté à des travaux de terrassement, Drohocki est bientôt paralysé par une sciatique. À la pause de midi, il a fait à nouveau tomber sa gamelle, renversé un peu de sa ration. À force de pousser la brouette, ses bras perdent de leur force, et ses mains sont distendues.

En fin de journée, après l'appel, on le dirige vers les blocs du *Krankenbau*, l'hôpital de Monowitz, devant lesquels des dizaines d'hommes font la queue, traversés d'engelures ou d'inflammation des poumons. Les infirmiers l'examinent et l'admettent, malgré la si rude concurrence entre plaies, maladies et blessures. La sciatique le fait entrer. Il obtient de partager un lit dans un des blocs de l'infirmerie. Son voisin s'appelle Georg. D'après le triangle cousu sur sa belle veste de cuir, c'est un détenu politique, un Polonais comme lui, mais non juif.

« Une sciatique ? Ne traîne pas trop ici », grommelle-t-il en le toisant du regard.

C'est la première parole qu'on lui adresse aujourd'hui. Georg est petit, trapu, et contrairement à la plupart d'entre eux, il a les cheveux mi-longs. Il semble jauger Drohocki pour savoir s'il est promis à la survie ou à la mort. Il est bien âgé d'une dizaine d'années de plus que lui, il pourrait être son professeur, son voisin, son bourreau, il n'y a plus de places fixes. Son visage lui est familier : il dit jouer du violon dans l'orchestre qui accompagne, matin et soir, le départ et le retour des kommandos de travail. Il faisait aussi partie d'un autre kommando, celui qui s'occupe de la lessive et de la désinfection. Drohocki lui demande de quoi il souffre.

« Mêle-toi de tes affaires, Juif. Je m'occupe des miennes. »

Le couchage à deux comprend un mince matelas de paille, des oreillers remplis de laine de bois et une couverture, toujours sur trois niveaux, d'où sortent des gémissements incessants.

Tout lui semble irréel, mais plus confortable. Des gens tentent de se parler, à voix très basse. C'est sans doute interdit. Ce soir, il s'endort l'estomac lesté d'une gluante soupe d'orge. Au réveil, il ne sait à nouveau plus où il est, il se débat et fait grogner faiblement ses voisins. Il est même possible de prendre une douche dans une des baraques. En sortant très lentement pour ne pas réveiller la douleur, il ralentit le pas, prend le temps de flâner sous le ciel gris. On entend le passage des trains sur la voie ferrée toute proche, et parfois le vent amène les bruits du chantier de la Buna. Il a peur de flâner ainsi. Et si on le voyait ? Heureusement, les baraques de l'hôpital sont à l'écart, dans un coin du camp, petit village de fortune. Malgré la sciatique, le repos lui profite, il a les idées plus claires, plus d'énergie, presque l'envie de vivre.

En milieu de journée, toujours alité, il voit revenir son voisin Georg, le teint rose, familier de tous les lieux du camp. Il a dû faire une pause dans ses incessants trafics et relations avec les Rouges, les Allemands prisonniers politiques, et surtout les Verts, Allemands condamnés de droit commun, seigneurs des misérables, bien vêtus et bien nourris, rendant de multiples services aux SS. Il s'assied au bord du lit, sourit. Dans ce cadre privilégié de l'hôpital, il paraît à son aise, comme dans le kiosque à musique à l'entrée du camp.

« Il fallait me dire que tu étais médecin ! Attention, mon gars, tu perds ta chair. Quand tu ressortiras, n'arrive pas premier pour la soupe, le plus nourrissant est au fond, les premiers ne récoltent que de l'eau colorée, on prend bien soin de ne pas mélanger la marmite, pour qu'il y ait des gagnants et des perdants. Il faut savoir résister à la soif pour ne pas mourir de faim. »

Il lui raconte qu'en ce moment, avec ses collègues musiciens, ils tentent de retrouver de mémoire des mélodies de Beethoven ou de Strauss, pour changer des airs d'opéra ou de rumba qu'affectionnent les kapos. Il est difficile de faire venir des partitions jusqu'à Auschwitz, beaucoup leur viennent de prêts des collections personnelles des officiers SS. D'autres encore en reçoivent dans leurs colis de nourriture, avec des livres. Dans le civil, dans la Pologne d'avant 1939, Georg a été négociant en bois, une personnalité en vue et déportée en tant que telle par les nazis.

« Connais-tu le docteur Jaworski ? Il a le cœur fragile, il ne tient que grâce aux colis de nourriture que lui envoie sa femme deux fois par semaine. Deux fois par semaine, ça c'est une femme ! » Et il se lance dans un éloge du Polonais qui a le privilège d'une déportation à domicile. « Comment peut-on ne pas être polonais ! Toute famille digne de ce nom devrait s'installer à l'hôtel d'Auschwitz et faire le nécessaire ! »

Georg lui aussi reçoit régulièrement des paquets de nourriture, il est comme chez lui. Cela améliore son ordinaire, le rend gras et lui donne une monnaie d'échange pour tous ses trafics entre prisonniers et avec les SS. Il est l'un des maîtres des lavabos, où se tient une des deux bourses aux échanges du camp. On y trafique de tout, surtout des paires de chaussures peu usées. « Les pieds, ici, c'est la vie, plaisante-t-il, surtout pour des pauvres bougres comme toi qui travaillent à l'extérieur. » Sabots en bois égalent mort, même si on les bourre de papier ou de tissu. Dans l'instant, Drohocki est heureux de voir qu'il existe une organisation de prisonniers, qu'ils ne sont pas tous isolés.

Georg connaît également le docteur en chef, le jeune *Lagerälteste* Stefan Budziaszek, lui aussi un prisonnier politique polonais.

« Diable d'homme, ce Stefan ! Chaque brique des extensions de l'hôpital – chaque brique, mon garçon – a été volée à IG Farben et apportée ici par des prisonniers revenant de la Buna, la cachant contre son ventre, sous sa veste, qu'il pleuve ou qu'il vente. Les tuiles, les lavabos, le ciment, caché dans les bidons vides de la soupe de midi ! Après, chaque bloc – chaque mur, mon garçon – a été monté par des charpentiers, des maçons qu'on a soudain déclarés malades, et qui par ailleurs recevaient un supplément de soupe, providentiellement offert par des amis en cuisine. C'est cela, les réseaux de Polonais ! Comment peut-on ne pas être polonais ?! »

Les jours suivants, il lui offre de l'alcool de Juifs morts, des cigarettes de Juifs morts, des mouchoirs brodés et, luxe suprême, plusieurs poignées de raisins secs de Juifs morts qu'il suçote lentement et fait durer chacun un bon quart d'heure. Mais il y a aussi de la marmelade et des biscuits, des denrées raffinées venues d'à côté, du camp de prisonniers de guerre anglais, qui reçoivent d'abondants colis de la Croix-Rouge.

Georg lui confirme ce dont même des naïfs comme lui pouvaient se douter : ici, ils ne restent vivants que parce qu'ils sont de la main-d'œuvre. À Auschwitz et Birkenau, les deux premiers camps, on extermine à tour de bras. Chambres à gaz, fours, l'Europe juive vient spécialement mourir ici. Georg fait un large sourire.

« C'est dur ici, mais je m'y fais. J'étais le meilleur des marchands de bois à Lublin, je suis le meilleur ici… J'aimerais bien être ailleurs, mais c'est la guerre. Hitler, j'aurais préféré qu'il fasse architecte, mais c'est celui qui a eu le courage d'en finir avec nos Juifs. »

Drohocki le regarde, ébahi. Georg rit très fort et le prend par les épaules.

« Petit Juif, petit Juif, calme-toi ! Ce n'est pas contre toi, mais nos Juifs, ce n'était pas possible, il fallait faire quelque chose, ils étaient partout. On en tuait un peu, on les chassait des meilleures places, mais Hitler a fait les choses sérieusement. On ne peut pas lui enlever ça. »

Entre deux sifflotements des airs qu'il joue à l'orchestre, entre deux saluts qu'il adresse à des dizaines de malades, Georg le met en garde contre les morts qui les guettent : la sous-alimentation, l'épuisement, la blessure de trop, l'infection, la punition, la liquidation. Ce qui échappe à l'une, l'autre s'en saisira un jour. En rentrant d'un appel, il lui montre du doigt quelques « Musulmans » aux jambes enflées, les épaves sans soutien, rapidement évacuées. Même eux, répète-t-il, ne vont que très tard à l'infirmerie, quand ils y vont. On ne soigne pas au *Krankenbau*, pas les maladies qui rendent malades, seulement les maladies qui demandent du repos, comme les nôtres, sans toujours préciser la sienne. Prudence, les SS n'ont besoin ni d'être nombreux ni d'être présents pour que le camp fasse son œuvre. Il y a comme une gravité naturelle qui s'abat sur chacun, du chef des kapos au nouveau venu.

« Et sais-tu ce qu'est le phénol ? » lui demande-t-il en faisant craquer ses doigts.

Drohocki cherche dans ses souvenirs, mais Georg enchaîne déjà.

« Eh bien, le phénol est un truc qu'on utilise pour la conservation de la viande ou pour lutter contre l'apparition des moisissures. Ça permet de désinfecter avant une chirurgie. Un vrai progrès, en temps normal. Ils en ont partout ici, pour varier les morts. Les médecins font leur part du travail, avec un geste qui rassure, un simulacre de vaccin. (Il lève l'index et pique sa poitrine.) J'ai entrevu la chose une fois, c'était un bonhomme que je connaissais de loin, il ne cessait de tousser, il crachait ses bronches, beaucoup trop. Je crois qu'il s'est vraiment cru en sécurité au moment où le médecin a pris la seringue. Mais quel vaccin injecte-t-on directement dans le cœur pour le dissoudre ? »

Tout en passant la main dans ses cheveux si longs, Georg continue à lui parler comme un aventurier raconte ses exploits à une femme dans un demi-sommeil, la tête sur l'oreiller, avec l'orgueil de rayonner de l'éclat de la mort, d'être revenu de tout, d'être tombé aussi bas que possible et de marcher désormais sur un sol brûlant, mais solide.

Il époussette sa veste de cuir, presque neuve hormis une poche de devant déchirée et quelques taches sur les manches.

« Sais-tu ce que tu fais, dehors ? répète-t-il.

— Non, à part que c'est une usine…

— Imagine de quoi on a besoin, en temps de guerre.

— De tout, de munitions, de pain, de livres… »

Il sourit.

« La Buna, l'usine IG Farben que tu construis, continue-t-il, c'est une commande de Mussolini. Les Italiens n'ont plus de caoutchouc, plus de lubrifiant pour leurs moteurs, et les Allemands sont les rois de la chimie et de l'ersatz. Les Italiens auront leur huile et leur caoutchouc pour pas cher, nous ne coûtons rien. Ici il y a déjà sur place le sel, le charbon, la ligne de chemin de fer. Choix très rationnel. »

Un petit proverbe est partagé entre eux et les SS, à la fois menace et conseil : *« Tout détenu vivant plus de six mois est un escroc, car il vit aux dépens de ses camarades. »* « Choisis ton camp, Drohocki ! »

1892

Dans l'armée, chevaucher est toujours un honneur. On ignore la douleur de la piétaille. On laisse à la monture le soin de déchiffrer les irrégularités du terrain, pendant que l'œil jouit de l'avenir, de précieux instants d'avance sur le monde subéquestre. Dès son affectation dans le corps de cavalerie et sa découverte des écuries, face aux chevaux impeccablement lustrés par l'Empire, Hans se demande s'il ne s'est pas fourvoyé dans ses projets de carrière scientifique.

N'en déplaise à Pauline, la vie d'officier lui semble contenir toutes les commodités qu'il s'était promises de la science : du temps pour méditer, mais avec ceci de supérieur que cet état sert la patrie, fortifie le corps, discipline l'esprit, fusionne avec la nature dans l'horizon des batailles. Des batailles, y en aurait-il d'ailleurs tellement ? Le Reich domine l'Europe de façon écrasante, avec ses scientifiques, ses ingénieurs et son armée.

C'est un beau matin de printemps dans la caserne du régiment d'artillerie *Horn* de Würzburg. Hans y œuvre depuis le mois d'octobre, en militaire bourgeois arrivé avec son équipement comme un enfant avec ses jouets. Les soldats sont ponctuels, on a bouchonné les chevaux. Ce sont des manœuvres plaisantes qui vont aérer les poumons, vivifier les esprits, éprouver le matériel, souder par petites touches les vétérans et les jeunes recrues.

La forêt épaisse s'ouvre à eux, cavaliers, artilleurs, fantassins. Il s'agit de garder la cohésion de la formation et de s'orienter au mieux sur une trentaine de kilomètres, en terrain accidenté. Raide, le chemin forestier que suit la monture de Hans rétrécit à vue d'œil, l'animal ne sait pas toujours où poser ses sabots. La voie mène-t-elle seulement quelque part ? En contrebas, derrière, devant, en haut de la colline boisée, tous avancent du même pas, on s'interpelle joyeusement dans cette guerre pour la forme. Jusqu'au moment où la jambe arrière droite dérape et entraîne tout le corps dans la chute. La bête se cabre et tombe avec son cavalier trois mètres plus bas. Hans se cramponne stupidement aux rênes, comme s'ils constituaient un point fixe. Par chance, la ruade l'éjecte. La bête ne devrait pas retomber sur lui. Il y a juste trois longs mètres à parcourir, seul dans l'air lâche. Cependant, en contrebas, il ne le voit pas encore, il n'y a pas qu'un doux tapis de feuilles.

Comme tous les enfants, Hans adorait tomber, pourvu que la chute ait été lissée et amortie par la magie des adultes, dans un toboggan ou une balançoire. Le voilà s'échappant de la pesanteur, retrouvant la flottaison du liquide amniotique, mais les yeux, les oreilles enfin ouverts, le fouet du vent l'assurant d'être né. Chaque enfant qui tombe juste se retrouve à nouveau accueilli par le monde.

Il en éclate de rire, quitte à se faire mal. Se tenir debout est une prétention dont il faut se purger régulièrement.

Un instant, son uniforme payé au prix fort occupe encore ses pensées. Puis les rêves s'effacent et le jeune homme panique en battant des bras. C'est la première fois que son squelette et son habit neufs vont se mesurer à la terre ferme.

Hans est à côté de son corps, il voit chuter sa masse sans la rattraper encore dans une sensation propre. C'est dans la trachée que le choc lui parvient, les poumons perdent leur respiration et grésillent, puis dans la colonne, qu'il a peur de se briser.

En contrebas, six chevaux d'une batterie tirent les roues d'un canon, qui menacent de découper au niveau de la poitrine son corps à peine atterri sur le sentier forestier. C'est alors que commence un long ralenti. Il sait que sa survie dépendra non pas de tel ou tel muscle, mais d'un sain réflexe général. Pour l'heure, le voilà immobile devant une mort certaine, comme sous la lame d'une guillotine. Ses sens sont paralysés, les membres attendent des instructions, tous les organes se tiennent aux aguets pour savoir si la désunion approche.

Il doit rester moins d'une seconde pour s'en tirer, et c'est un kaléidoscope qui danse dans les yeux de Hans plutôt qu'une conscience précise de son sursis. Il voit son cerveau s'écouler dans l'humus, les pensées rayonner, certaines absorbées comme de l'eau sur du sable. Il y en a toute une faune qui rampe, nage et vole, l'une souligne qu'il reste au printemps beaucoup plus de feuilles mortes qu'on n'imagine, que la nature produit de tout en excès pour se donner des marges, que ces quantités n'ont pas le temps de se décomposer ; l'autre que sa vie fut vraiment brève, comme son petit oncle et sa petite tante, mais qu'il n'est peut-être pas né à la bonne époque, qu'il est davantage fait pour la mort que pour la guerre. Toutes ces pensées explosent en centaines d'autres minuscules, et dans ce nuage, son corps reste figé.

La roue du canon s'arrête à temps, à quelques centimètres de son torse. Des soldats terrifiés accourent pour le relever, l'arrimer du côté des vivants. On l'assied, on lui propose un alcool fort, mais il décline, sa trachée déjà ramonée par la chute. On retrouve son cheval enfui non loin de là, claudicant, indemne.

Le soir venu, de retour à la caserne de Würzburg, il reste enfoncé dans un des fauteuils du fumoir des officiers, épuisé par l'accident. Cela crie, cela joue, et lui regarde cette agitation d'un air absent. Un jeune aide de camp traverse la pièce, se faufile entre les tables des joueurs de cartes, s'attarde à discuter avec un officier qui s'approche lentement de lui.

« Berger ?

— Oui ?

— Un télégramme pour vous. Votre famille, semble-t-il. »

C'est un papier fin, avec comme expéditeur l'adresse de Coburg, à une centaine de kilomètres de là. Hans sent un frisson le traverser : quel malheur va s'ajouter à sa chute ? Qui donc là-bas est mort, malade, perdu ?

« *Mon fils, j'espère que tu pardonneras à ta sœur ses débordements. Elle est persuadée qu'aujourd'hui même, tu aurais été menacé d'un grave danger. Elle a insisté pour que nous t'envoyions ce billet. Je te laisse juge de l'opportunité d'une réponse. Ton père.* »

« Y a-t-il une réponse à donner ? demande l'officier. Elle serait naturellement à vos frais. »

Hans paye en silence, puis écrit, sans entrer dans les détails, que sa sœur a raison, mais qu'il se porte bien. Le soir, il rédige sa lettre quotidienne, qui mettra deux jours à atteindre sa destinataire.

« *Sœurette,*

En recevant votre télégramme, j'ai pris peur, persuadé qu'il était arrivé malheur à l'un de vous. Mais c'était moi le mort, l'agonisant, et tu l'as senti de si loin, comme on devine une carte à jouer cachée dans une main. Je suis tombé de cheval et j'ai failli être écrasé par la roue d'une pièce d'artillerie ! Mes pensées se sont donc non seulement envolées, mais elles ont voyagé jusqu'à toi ! J'imagine père se moquant de toi. Il sait pourtant que nous sommes reliés. La transmission de pensées n'est pas qu'une hypothèse que je lisais dans des livres de la bibliothèque. Pas qu'un de nos jeux d'enfants ! Elle existe, elle existe pour toi et moi, elle existe quelque part, elle existe pour d'autres. C'est dans l'ordre des choses !

Je veux arrêter mon service militaire pour devenir médecin, je n'ai besoin que de l'accord de mes supérieurs pour cela. Il suffira que j'achève plus tard mon année de service, une fois terminées mes études. Nous nous reverrons d'ici une dizaine de jours, j'espère.

Ton Hans que tu devines. »

Ils sont enfin réunis dans la maison de Coburg, Hans toujours dans son uniforme de novice. Il embrasse à peine son père et ses trois autres sœurs. Sa mère Sophie le serre dans ses bras comme un ressuscité, et il cherche déjà à se dégager.

« Tu n'es pas blessé alors ?

— Je suis juste tombé, mère.

— Tu as vu un médecin là-bas ? demande Margarethe.

— Bien sûr. Et Pauline avait tout senti.

— Tu sais, soupire Sophie, Pauline sent tellement de choses.

— Mais c'était vrai, mère.

— Il y a des coïncidences qui ne font pas sens, énonce Paul tout en le prenant à son tour par les épaules, des hirondelles qui ne font pas le printemps. L'essentiel est que tu sois sain et sauf. »

Les voilà seuls après le déjeuner, assis dans le jardin. Ils se tiennent la main sans qu'il y ait d'étoiles à observer.

« Si tu savais le mal que j'ai eu à envoyer ce fichu télégramme ! Bien plus de mal que de recevoir tes pensées !

— Pourquoi ?

— "C'est bien l'idée d'une *Blaustrumpf*[1] qu'on n'arrive pas à marier, à trente ans passés ! Encore une de tes lubies ! Je dois aller à l'hôpital, demande à ta mère de t'accompagner au bureau du télégraphe." Puis maman voulait bien, mais lui ne voulait plus qu'elle y aille.

1. Bas-bleu, femme prétendant au savoir.

Finalement, voyant ma tête, nous sommes partis tous les trois, et c'est moi qui ai payé !

— Ils t'ont laissée payer ! Ils savent bien pourtant que depuis toujours…

— Ils savent ce qu'ils veulent savoir… Comme j'aimerais partir à Berlin ! Je crois que je m'y ferais ! Mais père ne me laissera aller nulle part sans un mari. Il ne pense qu'à ça.

— Tu en trouveras un !

— Je ne suis pas pressée, un père me suffit. Où en es-tu, petit œuf ?

— Tu ne me dis pas comment tu as su ?

— Comment j'ai su ? Je lisais vaguement, et tout à coup, je me suis *souvenue* que tu allais mourir.

— Souvenue ? À quelle heure ?

— J'ai noté, figure-toi ! » dit-elle en lui montrant un carnet.

Hans s'y plonge avec avidité.

« C'est cinquante minutes après ma chute ! dit Hans en griffonnant un calcul.

— Et alors ?

— Je divise par la distance. La vitesse de transmission est d'un peu moins de cent kilomètres à l'heure ! » annonce-t-il fièrement.

Pauline éclate de rire.

« Mais c'est l'intention qui compte, mon têtard ! Peu importe la vitesse !

— Cela veut dire que la transmission est un fait ! Il faut que nous sachions comment cette pensée a traversé l'espace, comment elle est parvenue à pénétrer un autre cerveau.

— Cherche, petit œuf, tu ne trouveras que nous !

— Mais il y a bien une explication, ce n'est pas un miracle ! »

Pauline le regarde en secouant la tête.

« Donc c'est médecine maintenant, comme père ?

— Médecine, mais pas comme père. Je me fiche de la médecine, je veux quelque chose qui puisse expliquer la transmission. Aujourd'hui, la science est prête pour cela. »

Pauline lui offre un grand sourire.

« Alors fais-le, juste parce que je ne peux pas le faire. »

Hans part suivre ses premiers cours à Würzburg, où se trouvait son régiment, puis change pour Iéna, Kiel, à nouveau Würzburg, à nouveau Iéna. C'est là qu'il se plaît, dans la petite ville champêtre où son grand-père Rückert commença sa carrière, en 1811, avant d'écrire des poèmes à ses enfants morts.

Janvier 1944

« Cracovie ? » demande le jeune Budziaszek, étonné.

Se passant la main dans les cheveux, Georg est fier de sa trouvaille : avoir ramené dans le minuscule bureau du médecin-chef non seulement un compatriote qui semble calé en médecine, mais un type qui a fait ses études dans la même ville que lui.

« *Collegium Medicum* de Jagellonne ? relance Drohocki, un nœud dans la gorge.

— Quoi d'autre ? répond Budziaszek en riant.

— Moi, c'était physiologie. Mais tu es tout jeune ! s'exclame Drohocki, que l'euphorie pousse au tutoiement.

— Tout juste, je n'ai même pas fini mes études, je suis ici depuis 1942. »

Le jeune médecin-chef porte une petite moustache maniérée. Il se tient droit comme une figure de proue, malgré sa blouse souillée. D'où viennent son assurance, sa longévité ? Du chaos ambiant, des morts, des vivants, de tous les médecins qui attendent sa tournée pour savoir que faire de leurs malades ?

« Stefan n'est pas seulement notre chef, interrompt Georg avec son culot habituel, il est notre ange gardien !

— Comment va la sciatique, camarade ? s'inquiète Budziaszek.

— Stefan est trop modeste, enchaîne Georg, bille en tête. Il a fait de cet hôpital un rempart, bien avant que j'arrive. Sais-tu qu'au printemps 1943, il a réussi à faire installer un générateur de vapeur ?

— Celui qu'on utilise aujourd'hui pour désinfecter les vêtements et chauffer l'hiver, précise Budziaszek.

— Il n'y en a pas toujours eu un ? s'étonne Drohocki.

— Oh que non ! reprend Georg. L'engin vient du chantier de la Buna. Pourtant, des gens ont été pendus pour avoir tenté de ramener quelque chose de là-bas…

— Tout à fait, dit Budziaszek, on ne touche pas à la propriété d'IG Farben.

— Mais la bande de Stefan a réussi à faire passer un générateur entier ! s'exclame Georg.

— C'est toujours Neubert à la manœuvre, notre préposé médical SS. J'envoie vingt infirmiers avec lui pour aller chercher la chose, perdue dans les fondations de la Buna. Imagine le convoi sur presque deux kilomètres ; personne, ni à IG Farben, ni même la SS du camp, ne pense à quelque chose d'illégal ! C'est un attroupement ordinaire, ou presque. Quand cela s'est su, le commandant du camp Schwarz et le médecin-chef Fischer ont laissé faire. Ils ont dû juger que nous méritions leur respect, que la "Locomobile" était plus utile dans le camp qu'à l'usine, et qu'elle les protégerait d'une flambée de typhus. Des gens de chez IG Farben sont bien venus faire des réclamations, mais nos SS ont joué les idiots. Ils ont validé notre prise de guerre.

— Ils ne se sont pas arrêtés là, Drohocki, reprend Georg. La petite salle d'opération d'à côté a été montée l'année dernière avec toutes sortes d'outils venus du Canada.

— Ma dernière acquisition n'a pas été aussi brillante, reprend Budziaszek. Nous nous sommes cotisés et j'ai acheté une lampe à rayons X à un civil, dehors. L'ingénieur Kaplan et son collègue ont construit l'appareil. Il me faudrait bien sûr davantage de plaques radiosensibles, on ne trouve pas tout au Canada ! Et sans plaques, la lampe ne sert pas à grand-chose…

— Seuls les prisonniers peuvent améliorer leurs conditions de vie, assure Georg. Il y a une prime à celui qui trouve discrètement les moyens de ne pas mourir et de continuer à travailler pour la Buna. Nos SS sont de parfaits dresseurs. »

Drohocki les contemple, tels deux enfants ayant découvert l'art de boire au creux des cactus, en plein désert, deux naufragés s'accrochant au milieu de l'océan à leur radeau, tentant d'y faire monter des noyés, si possible polonais. Soudain une tristesse l'envahit, et sa question interrompt le flot de paroles de Georg.

« Budziaszek, j'ai ma femme à Birkenau. »

Le jeune médecin-chef se rembrunit, comme si ses pouvoirs se révélaient vains.

« Peux-tu faire quelque chose ? As-tu des relations avec les autres camps ? demande-t-il, en regrettant aussitôt sa brusquerie.

— Quel âge a-t-elle ?

— Quarante-deux ans, comme moi.

— Est-elle valide ?

— Comme moi. Elle est comme moi médecin, chercheuse, je ne l'ai… » s'étrangle Drohocki.

Le visage de Budziaszek se durcit, pris au piège d'un attachement qu'il n'a pas vu venir. Il semble se souvenir du brassard noir qu'il porte, arborant les lettres « LÄ », *Lagerälteste*.

« Drohocki, je ne te promets rien. Convenons que tu restes patient et que tu peux aider comme infirmier.

— Avec ma sciatique ?

— Elle passera, mais le poste d'infirmier pourrait rester. Et ce n'est qu'ici que tu pourras avoir des nouvelles de Birkenau. »

Sa première matinée se passe au service interne, bloc 19. Il observe le manège des médecins et apprend des autres infirmiers ou prétendus tels. En médecine interne, il se trouve sous l'autorité du docteur Makowski, un Polonais également, qui officie avec un Hongrois, Schönzweig. Makowski est un petit homme toujours affairé, ici depuis septembre 1943, après un court passage au camp principal et à Birkenau. Avec une gentillesse étonnante, il lui présente les quatre pièces de leur unité, la salle de réunion, la salle des patients en postopératoire, la salle de convalescence, et la salle réservée aux patients allemands, les *Reichsdeutsche*.

Drohocki est pourtant pris d'un léger dégoût. Une bonne partie de ce qu'ils font sonne creux : de faux soignants s'occupant de faux malades. Non que certains ne soient dans un état grave, mais ils ne sont pas promis à la guérison. Les autres redeviennent aptes, donc sont renvoyés aux causes de leurs souffrances, le camp, le bloc, les journées de travail. À eux de tout faire pour ne pas revenir trop vite, car chaque fois un cap est franchi, et le sol du *Krankenbau* de Monowitz est en pente glissante vers Birkenau et l'extermination. La devise qui préside à toutes les salles est claire : « N'imagine pas être dans un sanatorium. » IG Farben s'est fait voler les matériaux d'un hôpital, mais leurs salles restent un simple atelier de réparation de la main-d'œuvre.

Un des médecins pourrait bien être incompétent, mais Drohocki saurait difficilement dire s'il n'a que quelques rudiments de médecine et s'il a vraiment obtenu son diplôme, car tous les papiers des Juifs sont restés dans leur pays d'origine, ou dans leurs affaires au Canada. Ce Charles, un Français, houspille les malades, leur fait des reproches incessants. L'un ne prend pas bien son traitement, l'autre dérange ses voisins, mange comme un cochon, ne fait pas son lit, ronfle trop fort. À le voir hurler sur ces pauvres hères, dans un incompréhensible mélange de langues, Drohocki jurerait un kapo : peut-être dissimule-t-il ainsi qu'il n'était que poissonnier dans le civil.

Il comprend vite que l'infirmerie manque cruellement de pharmacopée. Ils ne disposent de sulfamides que pour un dixième des malades souffrant de pneumonie. Pas de quinine, pas de sérum antidiphtérique. Même les médicaments contre la gale, préoccupation majeure, viennent à manquer. Mais on mange bien, deux fois plus de soupe le soir, deux fois plus de fromage blanc, de confiture et de saucisson que la ration habituelle, presque de quoi être repu. Les personnels sont mieux habillés, et surtout travaillent sous un toit, à l'abri des intempéries. Les douches sont parfois chaudes, ils mangent à table, et non pas debout, dans des gamelles.

Makowski trouve un moment pour lui faire faire rapidement un tour de l'hôpital : le bloc 19, avec le bloc opératoire, les blocs 15 et 17, médecine interne, les blocs 14 et 16, chirurgie, enfin le bloc 20, le plus proche de la morgue et pour cause, il héberge les diarrhéiques et les maladies infectieuses. Partout, des couchettes sur trois niveaux surpeuplées, à peine de quoi passer, des malades hurlants, gémissants ou prostrés, incapables de se lever et de marcher vers le tonneau de pisse, d'autres en pleine conversation et l'œil vif, ressuscités, plus de cinq cents âmes, et Makowski trouve un mot aimable pour un grand nombre. Cet homme de trente-quatre ans semble se surpasser, avoir trouvé les circonstances, aussi coûteuses soient-elles, pour exprimer toute sa bonté.

Ils verront une autre fois l'ambulatorium, les soins de jour du bloc 18, lui dit Makowski, car c'est un enfer où l'on refoule jusqu'à mille patients par jour. Comme s'en était vanté Budziaszek, un tel degré d'équipement est a priori inimaginable. On peut ici offrir des soins dentaires, ophtalmologiques, dermatologiques et même faire des radios. Les SS n'y sont pour rien, lui répète Makowski. À force de déporter tous les Juifs d'Europe en leur disant de prendre ce qu'ils ont de plus précieux, voilà beaucoup de science rassemblée en un même endroit, et d'innombrables équipements médicaux qui s'entassent dans le Canada. Le préposé médical SS Neubert leur procure tout cela au fur et à mesure, inutile de dire qu'il se sert au passage.

1895

> « La vérité est plus étrange que la fiction, parce que la fiction est obligée de se conformer au possible. La vérité, pas du tout. »
>
> Mark Twain

Depuis hier, le jeune Marconi est de retour dans la grande maison familiale de Bologne, avant de nouvelles allées et venues. C'est une belle journée de printemps, et le jardin commence à prendre des couleurs, ombragé d'ormes et de platanes.

Il se passionne pour l'électricité et ses mystérieuses propriétés, que l'on commence à comprendre avec la théorie de Maxwell, élaborée trente ans plus tôt, en 1865. La lumière visible n'est qu'une forme d'onde électromagnétique parmi d'autres, mais ces autres restent inconnues. Tout était en germe dans la grandiose architecture mathématique, qui unifie triomphalement optique, électricité et magnétisme. En 1888, l'Allemand Hertz parvient à émettre, transmettre et recevoir des « ondes », conformément aux équations. Dans son laboratoire, à un mètre de distance seulement.

À cette distance, autant utiliser la voix, pense l'étudiant. Ces scientifiques sont obsédés par leurs ondes, mais lui l'est par la télécommunication, la transmission des pensées humaines. Et la vraie communication commence bien plus loin, quand on se perd de vue. Peu importe qu'il y ait des ondes invisibles, si elles ne voyagent pas aussi vite que les visibles ! Son père a été réticent, mais il a finalement accepté l'achat du matériel nécessaire. Pour ne pas déranger la maisonnée, Marconi s'installe avec son bazar dans le grenier d'une dépendance, où il passe des journées entières à bricoler.

Que veut-il faire ? Envoyer une onde et la recevoir, à une distance utile. Pour émettre, il a un oscillateur de Hertz, composé d'une bobine de Ruhmkorff qui assure la puissance électrique nécessaire, et d'un « éclateur » sous forme de deux tiges cuivrées munies de bulbes aux extrémités, écartés de quelques millimètres. Le courant passant, une étincelle se crée entre eux, qui génère des ondes électromagnétiques.

Celles-ci doivent être captées aux alentours. Elles sont si faibles qu'il faut un dispositif spécial pour les détecter, un « cohéreur », un tube de verre rempli de limaille de fer. Branchée dans un circuit avec une pile, celle-ci est conductrice et fera retentir une sonnette, allumera une lampe ou jouera un son si elle est traversée par un champ électromagnétique. Pour améliorer le tout, on ajoute une antenne, puis un marteau qui fait retomber la limaille après réception du signal.

Comment savoir maintenant si les ondes franchiront des obstacles tels qu'un arbre ou une colline, ou si elles peuvent parcourir de longues distances ? Il demande à un jeune voisin d'aller se poster avec le récepteur de l'autre côté de la colline, à environ un kilomètre du grenier. Il lui a donné un pistolet : « Je vais taper trois fois sur l'émetteur. S'il y a trois clics sur le récepteur, tu tires ! » L'assistant parti, il va chercher sa mère pour qu'elle soit témoin de cette expérience cruciale. Il retient son souffle. Sa mère s'est assise en retrait. Il lui jette un regard anxieux, il a les mains moites.

« Pourquoi cela ne marcherait-il pas ? lui glisse-t-il. Le soleil n'a pas besoin de fils pour envoyer ses rayons, les cloches de l'église n'ont pas besoin de fils pour se faire entendre à nos oreilles ! La nature n'a pas besoin de fils, pourquoi devrions-nous nous en encombrer ? »

Sa mère approuve, elle a même apporté quelques biscuits et du jus pour fêter l'expérience ou consoler l'inventeur en herbe.

Il tapote trois fois sur l'émetteur, les étincelles de l'éclateur crépitent. Et cela va extrêmement vite, car l'espace n'est plus celui des corps pesants et visibles. On n'a pas le temps de penser, d'espérer ni de désespérer. Dans ce milieu d'après-midi, les promeneurs, les paysans et tous les animaux peuvent entendre la détonation du revolver. « Bravo, Guglielmo ! » Sa mère se lève et l'embrasse. On met vite au courant le père, impressionné.

Hans Berger a vingt-deux ans ; depuis trois ans il étudie la médecine bien loin de là, à Iéna, en rêvant de télépathie, tandis que dans les environs de Bologne Marconi, âgé d'un an de moins, vient de réussir la première véritable communication sans fil. D'une machine à l'autre, les ondes commencent à voyager partout en un clin d'œil, véhiculant les sons, les mots et les images.

Quelques mois plus tard, le 8 novembre, un physicien allemand de cinquante ans, Rœntgen, fait des expériences sur les rayons cathodiques dans un tube d'air en sous-pression. Au-delà de la fluorescence que ses prédécesseurs ont constatée au passage du courant, il remarque que des rayons invisibles sortent du tube et impressionnent une plaque de platinocyanure de baryum qui se trouvait là. Il reproduit l'expérience en éloignant la plaque du tube et en intercalant des obstacles. Les rayons continuent d'impressionner la plaque. Avec cette fois du papier photographique, le 22 décembre il prend le premier cliché radiographique, la main de sa femme, où les rayons traversent la chair, dessinant les os et l'alliance. Grâce aux « rayons X », ainsi nommés car personne ne comprend ce qu'ils sont, l'intérieur des corps apparaît.

Quatre jours plus tard, au 14, boulevard des Capucines, à Paris, se tient la première séance payante du cinématographe des frères Lumière. À un public assis dans le noir, on montre tels quels, sur un immense écran, la sortie de l'usine Lumière, un voltigeur sur un cheval, un bébé pêchant des poissons rouges dans un bocal, le débarquement des participants d'un Congrès de photographie, un forgeron en chemise blanche, un arroseur arrosé, un bébé croquant une biscotte, un sauteur sur une couverture, le trafic hippomobile d'une rue de Lyon et enfin une baignade en mer. Grâce au « cinéma », car tel est le nom qui s'impose, le monde entier défile à portée de vue.

« *Petit œuf !*

Je travaille pour une nouvelle famille, après être sortie de cette école nauséabonde de Neustadt où je devais me traîner chaque semaine, tout cela pour un salaire de misère, à peine mieux que de l'argent de poche. Ce n'est pas comme ça que je quitterai père et maman. Il faut croire que je finirai comme Bertha, mariée à son Richard, docteur tout bien comme il faut. N'étudiez pas, jeunes filles, épousez un cerveau, ce sera suffisant ! Margarethe est bien d'accord avec moi, je l'endoctrine comme je peux, après tout elle a déjà dix-huit ans, l'âge de faire des bêtises !

J'ai dans mon escarcelle d'institutrice un petit garçon de neuf ans et une jeune fille de douze. Jusqu'ici tout va bien… et d'autant mieux que je ne compte pas rester longtemps chez ces bourgeois. Je me sens pousser des ailes : tu as vu sans doute qu'à Berlin des femmes avaient réussi l'examen du baccalauréat. On va enfin nous ficher la paix, mais il a fallu faire la guerre ! On s'est bien moqué de nous ! En Prusse, ça y est, nous avons le droit de fréquenter l'université en auditrices libres. Nous avons un pied dans la forteresse. Prépare-toi à me voir un jour professeur en chaire, déversant l'ennui et la morgue, mais au moins contre un gros salaire !

Et toi ? Tu as vu comme la science nous rattrape ? J'ai même lu qu'à Paris, un certain Baraduc, disciple de Charcot, a publié des photographies "fluido-magnétiques" de la pensée et les a présentées à la Société de Médecine. Grâce à ses rayons V, successeurs des rayons X, on peut imprimer l'idée d'une bouteille, d'un aigle ou d'une canne, juste avec une plaque photographique posée sur le front d'une personne ! Ce Baraduc écrit que "la pensée est une forme rayonnante, créatrice, presque matérielle, c'est le fiat lux de la Bible. Lorsque l'âme humaine émet une pensée, elle fait vibrer le cerveau, elle allume le phosphore qui y est contenu ; et les rayons sont projetés à l'extérieur". *Bref, grâce à ces rayons V, la pensée est un fluide qui peut être capté et représenté.*

Enfants, à Coburg nous n'avions pas besoin de savoir tout ça pour le faire !

Et toi, quand nous trouves-tu tes rayons B ? En fait, c'est moi qui t'ai fait tomber de ce cheval, il y a trois ans ! J'étais jalouse...

Ta médium préférée,

Pauline. »

« Sœurette,

Je suis ravi que tu puisses un jour aller à Berlin en vainqueur ! Je viendrai à tes cours, je serai ton fidèle étudiant ! Ici même à Iéna, ton Association générale des institutrices fait du bon travail à l'Université. Pas un jour ne passe sans qu'une lettre de parents n'exige pour leur fille le droit d'assister à des cours (on ne parle pas encore d'étudier, mais c'est le cheval de Troie bien connu). Il n'y aura pas de retour en arrière, et un jour tu récolteras le fruit de tes efforts.

Mes études suivent leur cours, Iéna est une ville qui me va parfaitement, les forêts alentour veillent sur moi, et il y a tout ce qu'il faut de tranquillité et de silence pour que notre télépathie fonctionne aussi bien qu'avant. Pas une seule erreur dans les couleurs de nos cartes ! Il faut quand même que tu reviennes me voir. Quand donc ? Tu sais que ce n'est pas si loin. Je peux te payer la moitié du trajet.

Oui, la science nous rejoint enfin, comme tu le dis ! Elle s'est débarrassée du sens commun. Ce qu'on appelait folies d'enfants, toute-puissance ou pensée magique devient un grave sujet d'étude et une source alléchante de profit ! Toi et moi le savions depuis longtemps, la matière n'est qu'une forme d'énergie, et des énergies supérieures peuvent infiniment traverser l'espace. La pratique a toujours précédé la science. La compréhension de la transmission des pensées n'est plus qu'une affaire d'années, et je compte bien en être. Elle sera cette "communion des saints" dont parle la Bible, présente depuis toujours mais à l'état sauvage, tel du fer au fond d'une mine ignorée. Passons vite de la télégraphie matérielle à la télégraphie mentale. Celle qui est la nôtre !

Je me méfie quand même de ces rayons V dont tu parles, il y a comme une course à la nouveauté qui appâte les journaux, et la vraie science a besoin de temps et de preuves.

Continue de te battre,

Hans. »

Mars 1944

C'est en gérant l'accueil des nouveaux arrivants, dans la cour de l'infirmerie, que Drohocki comprend l'erreur qui lui avait valu d'être d'abord affecté au *Kabelkommando*. Ce qui lui est arrivé une fois et une seule se répète sous ses yeux chaque jour à l'identique. Les camions se présentent à toute heure, remplis à ras bord d'hommes encore vaillants, malgré l'épreuve du wagon à bestiaux. Les mâles les plus résistants sont choisis, ainsi que les jeunes femmes. Le reste, mères, enfants, vieillards, sont en train de cuire ou attendent leur tour dans un bosquet, croyant qu'ils vont se laver dans des douches. Ou sont encore vivants, comme sa femme Jadwiga, Budziaszek le lui apprendra peut-être un jour. On dit que dans ces circonstances, les SS et les kapos sont charmants. Pour garantir le calme, ils s'intéressent et posent des questions aux mères. Ils promettent un bain et du café bien chaud, ils font donner à boire aux enfants qui crient leur soif.

Ici, à Monowitz, la force de l'âge descend péniblement du camion, des Juifs dans leur immense majorité, c'est la saison de leur récolte. Ils s'étonnent des parterres de fleurs parfaitement entretenus autour des blocs, semblent effrayés par le sol ferme qu'ils foulent enfin, après le voyage en train et le transfert jusqu'ici, ils s'étirent, essuient et défroissent leurs vêtements.

Ils sont très vite entourés de SS et surtout de détenus qui exigent le peu d'objets de valeur qu'ils peuvent encore avoir sur eux, montres, stylos, briquets, colliers, bagues ou bracelets. Ils leur assurent qu'on va tout leur prendre, donc autant leur céder quelque chose en échange d'un service, un peu plus de nourriture, une faveur ou un travail moins pénible. Les nouveaux, stupéfaits et abrutis de fatigue, n'y comprennent rien, tandis que les SS repoussent mollement les assauts des profiteurs. Drohocki voit certains infirmiers se livrer à ce jeu, à ces promesses rarement tenues.

Cette chair fraîche donne aussi des nouvelles de l'extérieur, des bombardements, des lignes de front, des victoires et des défaites en Europe, pour ce qu'ils en savent. En ce printemps 1944, les choses bougent en faveur des Alliés, mais ils seraient bien incapables de dire si cela est bon pour eux, entassés dans ces plaines perdues de Pologne. Puis les nouveaux se déshabillent entièrement et attendent, parfois des heures, de passer sous l'eau glacée de la douche, où les infirmiers les examinent sommairement. En attendant d'être rasés avec le crâne et les aisselles, leurs pubis exposent un pénis circoncis et des testicules branlants qui perdent leur sens à défiler par dizaines, dans leurs formes toujours diverses. Ils n'ont plus rien de voluptueux. Drohocki répugne à voir défiler ainsi bout à bout les organes du plaisir, comme autant de maisons ouvertes, de chambres pillées ou de draps arrachés. Plus rien n'est vivant dans leur éclat de chair, souvent des mains croisées les cachent maladroitement, comme si l'on allait tout apprendre d'un Juif en scrutant la couleur de son gland. Au contraire, tout ce qu'on apprend, c'est la faiblesse de cette penderie génitale masculine, que même les bourreaux du Moyen Âge épargnaient, par solidarité de sexe. Leurs maîtres n'ont pas ces scrupules. On lui a colporté la technique de torture de la « balançoire », où le détenu est suspendu, nu, par les chevilles et les poignets liés, pendant que ses bourreaux s'acharnent sur son scrotum qui triple de volume. Tout se sait, et à quelques kilomètres d'ici doivent sans doute se faire des choses inimaginables à partir de seins et de vagins. Mais Drohocki ne veut pas penser à ce que risque Jadwiga.

On donne aux nouveaux venus des vêtements, ou plutôt des loques miteuses, dépareillées, avec cette sorte de pyjama rayé, jamais à la taille de celui qui le porte. Ils passent ensuite au service d'enregistrement, se font tatouer. C'est le moment de l'erreur à ne pas faire : déclarer fièrement son métier intellectuel, avocat, architecte, journaliste, professeur, étudiant, ou scientifique comme Drohocki. Vouloir retrouver un semblant de dignité, après des journées entières dans un wagon surpeuplé à se soulager dans un seau rempli à ras bord. En réalité, tout ce qui pourrait les élever les rabaissera. Il vaut mieux ramper au plus bas, passer sous le regard de leurs maîtres.

Des petits malins se déclarent menuisiers ou couvreurs sans rien y connaître, mais cela se voit vite, plus vite que les faux médecins, et c'est plus grave, car le prétendu menuisier gâche du bon bois, tandis que le faux médecin ne gâche que des épaves. Les plus prétentieux et les plus naïfs se retrouvent, comme lui, dans les kommandos de travail extérieur, à accomplir une besogne de brute traquée par des brutes.

Puis c'est leur tour d'intervenir, prisonniers médecins ou infirmiers. Les hommes sont à nouveau nus, Drohocki apprend à repérer la gale, les blessures pouvant empêcher le travail ou la marche. Pour ces multitudes, les détenus soignants sont le faible et traître rempart qui les sépare des puissants courants aspirant vers l'hôpital de Birkenau, qui n'en a que le nom. Ils doivent parfois présenter un individu à un médecin SS, parce que malgré sa carrure il est cardiaque, parce qu'il a de l'asthme ou les pieds déformés, tout en sachant que dès lors le bonhomme n'est plus qu'un funambule. Il en débarque tant, et ils en voient tant mourir à la tâche, qu'ils sont devenus des numérologues, capables de lire au-dessus de chacun le nombre de semaines qui lui reste à vivre, selon le poids, la graisse, les muscles, la vitalité dans le regard ou la parole, la grimace causée par le tatouage encore frais. Ce n'est pas si facile, car les corps nets de bourgeois en bonne santé sont aussi ceux qui s'effondrent le plus vite. Les corps déjà usés des ouvriers sont plus coriaces, mais pas toujours. Jadwiga a-t-elle, elle aussi, subi ces épreuves ?

La médecine interne, bloc 19, est le lieu où Drohocki passe le plus de temps. Le service accueille trente-six patients, répartis sur dix-huit lits superposés. La plupart du temps, ils casent deux patients par couchette. Le travail s'apprend sur le tas : après le réveil à 6 heures du matin, nettoyer sans cesse les salles, distribuer les repas aux prisonniers, prendre leur température, distribuer les médicaments, nettoyer à nouveau… Durant la matinée, ils préparent également les certificats de mort pour ceux qui n'ont pas passé la nuit. Un soir, Makowski, les yeux malicieux, apprend à Drohocki qu'il fait l'affaire, que le préposé Neubert a accepté qu'il devienne officiellement infirmier. « C'est le début de votre carrière, plaisante-t-il, et vous apprendrez au moins quelques rudiments de toutes les langues d'Europe ! »

1900

Hans passe l'examen d'État en juin 1897. Le voilà médecin neurologue. Il est aussitôt nommé assistant du psychiatre Otto Binswanger, directeur de la clinique psychiatrique de l'Université de Iéna. En 1898, il effectue le reste de son service militaire au régiment d'infanterie de Thuringe, cette fois sans tomber d'où que ce soit. Parallèlement, il obtient une première publication en neuroanatomie, sur la dégénérescence des cellules dans la démence paralytique. Tout cela ne l'avance pas dans ses recherches sur l'envol de la pensée.

La famille Berger est à nouveau réunie, autour d'un dîner funèbre, car Paul est mort ce 28 mai 1900, à soixante-six ans. Tout ce que Coburg compte de médecins, d'infirmières, de fonctionnaires de la santé est présent à l'enterrement du directeur de l'hôpital. Sophie et les enfants sont en noir et saluent ce petit monde. La mère a des tremblements incontrôlables, mais de tous les enfants, c'est Pauline qui semble la plus affectée. Le cortège revient lentement vers la maison, se calant sur le pas des plus vieux. Il va falloir nourrir cette centaine de personnes, les écouter, risquer des conversations frivoles, et c'est au-dessus des forces de Sophie. Elle a laissé à la manœuvre Bertha, Hans, Margarethe et Maria, et s'est retirée dans sa chambre, à l'étage, avec Pauline.

L'excellent directeur était un homme de marbre peu présent, et Hans n'a pas encore pris conscience qu'il n'aura plus l'occasion d'enfin se comprendre avec son père, ni même l'occasion de ne pas se comprendre. À peine lui faisait-il visiter l'hôpital, morne bâtisse où dès l'inauguration tout le monde s'était senti à l'étroit et où les médecins manquaient de matériel. Comme avec Pauline, il a vite suffi de quelques couloirs trop sonores pour les éloigner.

Il n'est pas étonnant qu'il n'ait reçu aucun pressentiment de sa mort, survenue en pleine journée. Aucun écho profond, rien qu'une appréhension fondée sur ce qu'il savait de son mauvais état de santé. Sur les relevés de sa température corporelle matinale, que Hans tient pour observer la puissance de ses pensées, la mort de son père n'a pas fait dépasser les 0,3 °C de variation ordinaire.

« Tu vois, lui chuchote Pauline à l'oreille, tu es allé trop vite avec ton diplôme de médecin et ton service militaire ! Il ne faut pas trop satisfaire les parents, ils ne savent plus alors ce qu'ils ont à faire sur Terre !

— Peut-être… »

Elle s'entortille dans un châle et se cale au fond d'un fauteuil du salon, la cérémonie terminée depuis longtemps.

« Tu n'es pas seul en cause, quelle idée de faire des mariages parfaits ! Bertha et Maria ont joué le jeu, casées avec des docteurs de l'Université. On peut mourir tranquille après ça !

— Ne dis pas n'importe quoi !

— Finalement, j'étais la seule à lui donner une raison de vivre ! »

Hans efface les plis de son pantalon noir et reste un moment silencieux.

« Peut-on parler d'autre chose ?

— J'ai refusé un mariage raisonnable avec un brillant entrepreneur, je suis devenue institutrice sans le sou, j'ai joué de la musique, fait des poteries, j'ai lu des livres et des journaux, mais sans discipline, ni public, ni clients. Qui dit mieux ?

— Tu as une vie belle et bonne, je le sais mieux que personne.

— Ah non, je me trompe, toi non plus, tu n'es pas encore marié. Chose embêtante. On t'avait proposé de bons partis, pourtant. En somme, à nous deux, on l'a fait vivre cinq ans de plus !

— Disons sept ans ? sourit Hans.

— D'accord pour dix ! On va l'annoncer à mère, pour la consoler ! Qui dira que les enfants ne servent à rien ? »

Hans choisit à Iéna la branche désuète de la psychophysiologie, délaissant les approches ayant le vent en poupe comme la neuroanatomie de von Gudden, le psychiatre de Louis II de Bavière, ou le fonctionnalisme de Kraepelin, le grand prêtre des psychoses maniaco-dépressives et des démences précoces. La première est pour lui trop éloignée des choses de l'esprit, la seconde, comme les fadaises du docteur Freud, sans fondement scientifique solide.

« *Sœurette,*

Me voilà bel et bien médecin psychiatre, avec mon bureau, mes patients, mes étudiants à peine plus jeunes que moi, et tout le décorum, comme père. Je me suis même laissé pousser la moustache. Je t'avoue que malgré tout le respect que je leur dois, je ne m'intéresse pas vraiment aux hommes agités par des pensées, mais à l'énergie s'agitant dans leur cerveau, notre énergie à tous les deux. Je me demande si je suis vraiment un scientifique doté d'une méthodologie qui souderait une équipe ou une clinique. Je me sens juste un sourcier de l'énergie psychique. Je vais d'un corps à l'autre pour la détecter, la pister, l'enregistrer. Je cherche les traces de son passage, de son envol, là où je peux. L'activité cérébrale est une torche qui se consume avec une intensité variable. Je veux voir l'âme nue, telle qu'elle est tombée de mon cheval.

Je fais quand même comme les scientifiques : j'applique en toutes choses le principe de conservation de l'énergie de Max Planck. En physiologie, je retiens que l'énergie chimique métabolisée par le cerveau, comme par tout organe, produit à son tour trois grandes formes d'énergie, la chaleur, l'électricité et l'énergie psychique. Penser suppose donc dans le cerveau un afflux de sang, de chaleur, d'électricité, enfin d'énergie psychique, source et miroir de la pensée.

Je sens que je commence une longue traversée, que je vais me calfeutrer dans les replis de l'encéphale comme dans l'antre du Cyclope.

Alors quels sont les constats ? D'ordinaire, il est fréquent que l'émetteur, qui ignore entièrement l'émission de ses pensées, se trouve dans un état extraordinaire, souvent en danger de mort ou dans une détresse mortelle, comme je l'ai été. Du côté du récepteur, de ton côté, l'état le plus propice est un rétrécissement du champ de conscience, comme celui qu'entraîne un sommeil hypnotique, mais aussi dans les phases de transition du sommeil naturel. Il en va de même avec un léger détournement de l'attention au moyen d'une activité mentale régulière et peu exigeante, comme une lecture facile ou un jeu. C'était ton état, tu lisais quand tu m'as entendu faillir mourir. Je ne suis pas beaucoup plus avancé, car c'est l'invisible qu'il s'agit de mesurer.

J'ai de plus en plus de travail, je dois laisser là cette lettre, mais je te retrouve demain sur le papier. Carreau était la bonne couleur, pourtant je l'ai mise trois fois de suite.

Tu m'as dit que tu ne te sentais pas bien, prends soin de toi.

Ton Hans. »

Mars 1944

Drohocki apprend sa routine de *Pfleger*[1], cette fois dans la salle de visite médicale où ils accueillent les candidats à l'hôpital. Le soir venu, les pauvres hères font la queue dehors, pendant des heures, qu'il vente ou qu'il pleuve, ne serait-ce que pour des soins en ambulatoire. C'est un premier filtre pour ceux qui s'apitoieraient sur eux-mêmes, sans compter qu'en cas d'admission ils doivent rendre leur gamelle et leur cuiller, qu'ils ne reverront pas et qui seront revendues au profit de l'hôpital. À leur niveau, ils arrivent entièrement nus. La dénutrition fait saillir les côtes, une bonne partie ont des traces de coups, des bleus, de larges blessures, des inflammations. Ils doivent doser la pitié qu'ils suscitent, car au-delà d'un certain pathétique, les ponts sont rompus entre les hommes, l'empathie disparaît et tout ce que l'on souhaite est que la bête qui gigote au sol soit achevée.

Drohocki fait tout pour paraître compétent. Il imite le ton de voix, les gestes et grimaces de ses collègues. Le

1. Infirmier.

chaos des langues, polonais, allemand, hongrois, français, grec, néerlandais, l'aide à dissimuler sa maladresse. Même avec ses études de médecine, il n'est qu'un chercheur, et non pas un soignant. S'il était disqualifié, si la protection de Budziaszek disparaissait pour on ne sait quelle raison, il serait sans doute puni, remis dans un kommando insoutenable, il n'aurait aucun moyen d'avoir des nouvelles de Jadwiga, et ne survivrait pas à une deuxième chute.

On fait comprendre à ces hommes que leurs vêtements ne leur appartiennent pas plus que leur corps ou leur vie. Nus, toujours nus, il est impossible qu'ils croient en eux-mêmes, impossible qu'on les prenne au sérieux. Nus, il est impossible de les regarder dans les yeux, l'œil préfère épier le pubis ou le nombril, compter les pénis circoncis, les plus nombreux, compter les côtes, comme pour y trouver le temps qui leur reste à vivre, leurs privilèges ou une blessure fatale. Chacune de ces chairs comporte une part de ridicule, et ce qui ne l'est pas encore, ce qui reste de sain et d'attirant, peut valoir à son porteur de violents désirs de consommer ou d'anéantir.

L'équipe apprécie leur état général, on leur glisse un thermomètre sous le bras. En cas de fièvre, ils sont immédiatement admis pour de plus amples examens. Sans fièvre, ils sont priés de revenir en tant que *Arztvormelder*[1]. Une visite qui aura lieu plus tard en fin de journée, au terme de laquelle le détenu sera ou non admis dans le

1. Préinscrit chez le médecin.

Schonungsblock[1], où il pourra trouver un répit. Si l'admission est prononcée, les hommes sont lavés et rasés. Selon les critères conjoints du camp et d'IG Farben, la durée prévisible du rétablissement ne doit pas être supérieure à deux semaines. Dans les faits, Drohocki, au fil du temps, connaît bien des malades qui sont ici depuis plus de trois semaines. Le contrôle des SS est loin d'être systématique, la puanteur et la mort les tiennent éloignés de leurs salles.

Ses collègues médecins et infirmiers l'ont suffisamment observé pour voir qu'ils n'ont pas affaire à un imposteur ou un planqué. Ses gestes gagnent en précision, sa connaissance du corps humain est solide, et sans être aussi dévoué aux patients que Makowski, sa patience et son zèle le recommandent à tous. Avec l'assentiment de Neubert, Drohocki est nommé médecin. Il ose alors poser la question à Budziaszek : sa femme est-elle toujours vivante ?

« Bien sûr, Zenon. Ne te l'avais-je pas déjà dit ? »

1. Baraque de repos.

1901

Dans chacune de ses lettres, Pauline parlait des kilos qu'elle perdait, elle qui n'était pas très épaisse. Les meilleurs médecins de la région se succédaient, en vain. Hans lui a rendu plusieurs fois visite avant de recevoir un télégramme de Margarethe, annonçant une soudaine aggravation de son état.

Depuis la disparition de leur père, la maison familiale est affreusement triste, le jardin envahi de ronces. C'est par des pleurs lugubres de sa mère qu'il est accueilli. Les époux de Bertha et Maria se tiennent, gênés, dans le salon. Leurs regards sont pleins de respect pour le médecin et professeur, le digne fils.

« C'est une anémie généralisée, une douleur à la poitrine, chuchote Margarethe pour ne pas réveiller la malade.

— C'est un poison au sein, petite sœur, rectifie Pauline en se retournant dans son lit. On entend déjà les mauvaises langues de la ville : “S'il n'est pas cueilli, le fruit pourrit sur pied.” »

Son teint est cireux et ses regards trop mobiles.

« Qui dit cela ?

— Cela ne saurait tarder, et les élucubrations sur ces femmes qui ne restent pas à leur place, et sur le châtiment des femmes instruites, et sur…

— Ne t'épuise pas, dit Hans.

— Sur le lait qui tourne dans les mamelles !

— Tu dis n'importe quoi, Pauline.

— Et au fait, redonnez-moi ma morphine.

— Tu prends de la morphine ? s'étonne Hans.

— C'est comme cela que nos soldats ont gagné la dernière guerre, non ? Je pourrais moi aussi y gagner quelque chose… »

Le soir venu, elle demande qu'on la laisse seule avec son frère. Son visage est verdâtre, sa voix enrouée, ses cheveux emmêlés collent à ses tempes, des piles de médicaments et de fioles inutiles entourent son lit.

« Nous sommes en juin, mais on ne va pas pouvoir sortir regarder les étoiles, petit œuf, désolée.

— Ce n'est pas grave, sœurette.

— On va se contenter de ce plafond jauni. »

Pauline sourit faiblement, prend la main de son frère et fait mine de repérer les constellations ordinaires dans les taches de vieillesse de la peinture, sans lever de bras ni pointer de doigt.

« Tu vois la petite cloque en haut à droite ? C'est l'étoile du Berger, autrement dit Vénus. On en fait tout un plat, mais il doit y faire très chaud, un véritable enfer. Et à gauche, un peu plus bas ?

— Du côté de la rayure ?

— C'est Uranus. Et papa t'avait raconté qu'elle cachait Neptune. Moi aussi, je sais des choses. Regarde à droite maintenant, les deux petites taches. C'est maman.

— Maman ne fait pas partie du ciel…

— Si, regarde comme elle dérive, elle pleure, c'est un astre errant qui laisse des larmes derrière elle. Elle ne devrait pas, non ? »

Hans repense aux centaines de poèmes qu'elle lui lisait à ses treize ans.

« Elle a toujours été comme ça.

— Pas toujours, répond Pauline après avoir pris un verre d'eau. Tu vois la fissure à l'angle du plafond ? C'est elle qui explique les deux petites taches de maman. C'est ta sœur.

— Ta sœur ? Toi ?

— Non, Anna Sophie. »

Hans sursaute, s'inquiète soudain de la lucidité de Pauline, et des effets de la morphine.

« Tu veux dire Sophie Anna, notre mère.

— Non, à l'envers, Anna Sophie, c'est la sœur dont on ne t'a jamais parlé. »

Pauline reprend son souffle et baisse la voix.

« Celle qui est morte quelques mois après ta naissance, petit œuf, le 30 juillet 1873. À l'âge de cinq ans, comme le petit oncle Ernst en 1834. Le Ernst des poèmes.

— J'avais une autre sœur et personne ne m'en a parlé ?

— Personne ne voulait te mettre ça sur le dos, dit Pauline avant de tousser. Et je ne suis pas censée t'en parler, mais comme tu sais, je ne tiens pas ma langue… Sauf dans les grandes occasions…

— Pourquoi ne m'a-t-on jamais dit…

— Maman n'a jamais eu le courage, et père était honteux. La mort d'un enfant, à cinq ans, pour le médecin-chef de l'hôpital, en pleine fin du XIXe siècle ! Et la malédiction des enfants qui meurent, depuis grand-père.

— Il n'y a pas de malédiction, proteste Hans. Quelle était la maladie ?

— Aucune. Elle est tombée d'une chaise, un traumatisme crânien. Pas besoin de cheval comme toi. »

Hans reste stupéfait. Pauline esquisse un sourire, les yeux toujours creusés et la peau humide.

« Et tu vois, maman n'a pas écrit de poèmes, elle s'est contentée de pleurer, de ranger, et d'avoir deux autres enfants, qu'elle a protégés des chutes autant qu'elle a pu. On me prend pour une sauvage, mais j'ai quand même gardé le secret pendant longtemps ! J'avais cinq ans quand elle est née, dix quand elle est morte. Heureusement, nous ne sommes pas entièrement transparents l'un pour l'autre, mon petit frère ! Margarethe et Maria non plus n'ont jamais su. Tu ne leur diras pas ?

— A-t-elle une tombe, au moins ?

— La plus discrète possible, tu pourras aller la voir. Et toi et Margarethe, à cinq ans, vous avez été veillés jour et nuit, plus que l'empereur de Chine. Tu faisais une constipation monstrueuse. »

Hans ne peut s'empêcher de sourire.

« Une constipation ? Je n'en ai aucun souvenir.

— C'est mieux comme ça. Des heures aux cabinets, à manger de la paraffine. Quand je serai morte, ça va créer une nouvelle malédiction, non ? Ça fait tache, vous passerez tous une sale trente-huitième année…

— Tu ne vas pas mourir, on ne meurt pas si jeune, sœurette ! »

Son visage s'assombrit et ne laisse plus place à l'ironie.

« On meurt quand c'est son tour dans la file. »

Treize jours plus tard, dans la nuit du 21 juin, Hans est à Iéna, allongé dans sa chambre. Il a des crépitements dans les bras, des sueurs qui le gagnent. Il a télégraphié chaque jour, elle était encore vivante, mais cette nuit le bruit monte, il entend sa voix qui chuchote des paroles confuses, comme une langue étrangère. Il ne veut pas y croire, se lève pour boire. Par la fenêtre, le ciel d'été est couvert, on ne discerne que quelques pâles étoiles. Elle est en train de lui transmettre son horreur de mourir, toute l'énergie d'une âme en vrille, comme il l'avait fait en tombant dans la forêt. Il partage son agonie, veut recracher sa mort comme quelque médicament mal dosé cherchant la sortie dans son organisme, faisant trembler les artères, remuant les nerfs, bouchant les organes. Il se sent misérable et aveugle. Il voudrait ressentir davantage, mourir avec elle, lui envoyer sa vie. Sans transition, il *se souvient* qu'elle vient de mourir. Le lendemain, un télégramme lui apprend à nouveau sa mort. Le matin même, dans ses larmes, il note avec dépit que sa température rectale connaît une variation de 0,3 °C, soit le double de l'ordinaire, mais pas davantage que pour la mort de son père.

Mars 1944

Drohocki a retrouvé Georg, le négociant du *Krankenbau*. Tout en parlant des dernières aubaines, ils reviennent lentement vers l'allée centrale en contemplant des prisonniers assis par terre, adossés au mur. La tenue de l'un d'eux est entièrement maculée de vomi et d'excréments, et sa gamelle est envahie de mouches. Il ressemble aux pires mendiants des grandes villes. Georg s'approche de lui et lui décoche un grand coup de pied dans les côtes. L'homme gémit, se recroqueville et se couche sur le flanc. Georg lui redonne quelques coups, comme pour l'immobiliser à jamais, puis il se tourne vers Drohocki, qui fait une grimace désapprobatrice.

« Voilà Kostas ! C'est un Grec de Salonique, un petit chiot abandonné, parce que les Juifs grecs d'ici sont une plaie, ils sont une meute très bien organisée, ils sont là depuis bientôt trois ans, ils connaissent tout du camp. Depuis deux ans que je suis là, c'est le seul Grec que j'aie vu tomber, il n'en a plus pour longtemps. »

Du bout de sa chaussure, il le force à se retourner, tel un hanneton, pour qu'on voie son visage brun gonflé, couturé et sillonné de rides, les taches rouges et les croûtes noires qui parsèment son front.

« C'est bien Kostas, pas un bousier ? C'est toi qui prétends être charpentier et qui ne sais rien faire ? »

L'homme gémit, deux ou trois prisonniers s'approchent.

« C'est ton problème, ça, que tu t'appelles Kostas ! Et tu viens d'où, déjà ? De Salonique ? Quelle idée ! Tu es tout seul ici, tu ne comprends même pas ce qu'on te dit, mon pauvre. Tes copains t'ont laissé tomber ! Qu'est-ce que tu as bien pu faire ? Tu aurais dû mieux choisir ton malheur ! Polonais ou Hongrois, comme tout le monde ! *Du wirst bald in Himmel gehen*[1] *!* »

Il éclate d'un grand rire qui fait s'approcher d'autres curieux. Drohocki s'empêche de protester. Il ne s'explique pas une telle assurance, ni jusqu'où montent les protecteurs de Georg.

« Je préférerais encore qu'il soit envoyé à nettoyer les murs fumants de merde et de sang de Birkenau… Qu'est-ce qui fait qu'on ne lâche pas prise ? Qu'est-ce qui fait qu'on ne tombe pas comme lui dans la “mélancolie” après une journée de travail ? Mais parce qu'on n'en a pas la force ! Parce que c'est trop dangereux et qu'on tient à sa peau ! On prie son Dieu, on fait de la musique, on se raconte des histoires, on se récite des poèmes, ce qu'on veut, mais surtout ne pas s'apitoyer sur soi-même ! Autant se jeter directement dans les barbelés ! Ici la tristesse n'est pas jolie, petit salopard,

1. « Tu vas bientôt partir au ciel ! »

elle est armée et elle te fusille ! *Du wirst bald in Himmel gehen !* »

Les curieux rebroussent chemin petit à petit, et Georg raccompagne Drohocki à la porte de son bloc. Il secoue ses longs cheveux de privilégié, lui passe la main dans le dos paternellement. Il salue négligemment le chef de bloc puis s'apprête à prendre congé.

« Pauvre Kostas, si ça se trouve, il ne comprend même plus le grec, il ne comprend même plus ce qui lui passe par la tête ! Veux-tu un paquet de cigarettes ? Hier, on a donné un concert de Strauss chez les SS. Je ne nous ai pas trouvés mauvais, mais ils n'applaudissent jamais, pas le droit… Alors à la place, ils nous offrent des petites marchandises…

— Merci, dit Drohocki en se forçant à tendre la main pour prendre le cadeau, par crainte de contrarier les trafics prospères de Georg.

— Et si on t'embête au bloc, tu viens me voir. »

Quelques jours plus tard, Drohocki est nommé officiellement médecin-chef du bloc 15, au service de médecine interne numéro 3, tout comme Makowski officiait au numéro 2. Il obtient une tenue civile, une vraie chemise, un vrai pantalon, des tissus de qualité. Il ne tarde pas à convaincre Budziaszek, avec l'assentiment du préposé Neubert, de développer parallèlement une consultation de neuropsychiatrie, comme si commençait son retour au Collège de France.

1901

Les obsèques de Pauline sont passées, suivies de celles de Wilhelm, le mari de Maria. Hans est revenu à Iéna et s'enfouit dans le travail. L'énergie psychique dévoilée par ses recherches sera la plus belle sépulture pour sa sœur, dût-il y consacrer sa vie. Son visage s'est fermé et il ressemble toujours davantage à leur père.

En 1901, il est devenu professeur assistant, et il a fait paraître une étude sur « la circulation sanguine dans la cavité crânienne de l'homme ». Selon les différentes excitations mentales, l'étude relève des régularités, des augmentations ou des diminutions de la pression sanguine cérébrale. Tout cela n'est pourtant que l'écume des choses, les variations d'apport en sang d'un organe, les mêmes pour tous, ou irrégulières pour chacun. Il est tout aussi incapable d'en tirer des traces de pensées que s'il avait ausculté un foie. Délaissant pour un temps le volume sanguin, il se lance dans la mesure de la température cérébrale. Sur des patients de la clinique venant de subir des ponctions, il introduit de très fins thermomètres dans le cerveau, les soumet à des tests et mesure les températures. Température de la frayeur (un grand bruit qui fait sursauter le cobaye), température du plaisir (un carré de chocolat qui fond sur la langue), température de l'effort mental (12 multiplié par 5), température du déplaisir (un verre d'eau vinaigrée).

Près de dix patients, entre trois et cinquante-trois ans, sont mesurés simultanément au plus profond des hémisphères et de l'anus, par souci de comparaison. Pas de corrélation magique entre température et activité mentale. Tout cela en vain. De plus, le physiologiste Arnold Durig, au détour d'un article, accuse Berger de n'avoir produit que des variations aléatoires, et surtout de se livrer à une « vivisection sur des êtres humains » ! Hans en est profondément affecté, il se trouve incapable d'enseigner à ses étudiants pendant une semaine, il s'enferme dans son laboratoire, rempli de honte. Ses collègues mettent cela sur le compte du deuil de sa sœur.

Machinalement, entre deux lectures, il se saisit d'une feuille pour écrire à Pauline la lettre qu'elle recevait presque chaque jour.

« *Sœurette,*

Un collègue m'accuse de faire souffrir des personnes au cours de mes recherches. Effectivement, j'effectue des mesures de température sur des patients de la clinique, mais ils sont déjà opérés. C'est d'une entière injustice. Je ne sais plus vers quelle voie me tourner. Je reste convaincu de la possibilité d'expliquer la pensée par des lois physiques : l'âme et le corps s'expliquent par un parallélisme psycho-physique. Le corps n'est ni seulement matière, ni seulement esprit, aucun ne commande l'autre. Ils existent chacun dans son ordre propre. Il y a donc dans la matière corporelle, sous une forme ou une autre, l'équivalent de la pensée. »

Il se rappelle alors qu'elle est morte, mais toute lettre commencée doit se finir, et la science s'apprête à montrer que l'espace-temps n'est qu'une convention.

« *Mon modèle thermodynamique veut que l'énergie psychique soit déduite d'une soustraction de la chaleur et de l'électricité cérébrales. Mais cela ne donne toujours rien, ou plutôt j'ai calculé qu'en une seconde de travail intellectuel la quantité d'énergie transformée en activité psychique était d'au maximum 500.310 erg, un erg équivalent à 10 puissance moins 7 joule. Cela n'a aucun sens, j'en conviens. Je t'entends déjà rire.*

Parallèlement à la pression sanguine et à la chaleur, je me suis lancé dans la mesure de l'électricité cérébrale. Sais-tu que l'année même de ma naissance, Caton, un Anglais de trente-trois ans, travaillant à l'école de médecine de Liverpool, avait enfoncé les électrodes de son galvanomètre dans le cerveau d'un singe trépané ? Il y avait noté des oscillations spontanées ou déclenchées par une vive lumière projetée dans les yeux de la bête. Il recommencera plus tard avec des chats et des dizaines de lapins. C'est le premier à établir l'existence de l'électricité cérébrale. Moi aussi, j'ai sondé le cortex du chien, j'ai tenté de mesurer son électricité. J'ai même utilisé des chimpanzés dont le cerveau est équipé de thermomètres, et auxquels j'ai présenté des bananes. Jusqu'où je ne nous cherche pas ? Cela aurait pu faire une bonne plaque pour notre lanterne magique.

Sœurette, notre université a récemment admis les femmes en auditrices libres ! Tu aurais été si bien sur ces bancs. Je t'aurais bien vue écouter des cours d'histoire. Et puis tu serais devenue une vraie étudiante, une vraie diplômée, lisant plus encore de journaux que tu ne le faisais à la maison ! Et enfin professeur d'histoire moderne, pour comprendre ton époque : Pauline Magdalene Marie Luise Berger, première enseignante à l'Université de Iéna ! On nous aurait réunis pour la photo, nous aurions été le premier couple de professeurs d'une même fratrie.

Tout cela aurait été possible. Probable. Nécessaire.

Margarethe a marché dans tes pas, elle aussi est institutrice, et peut-être qu'un jour elle entrera à l'université.

Je ne t'oublie pas.

Je continue à chercher ce qui nous a toujours reliés.

Sinon je vais bien, je marche dans les forêts avec mes amis et collègues botanistes, et je regarde toujours les étoiles, non plus avec tes yeux, mais dans l'observatoire de la ville, près de l'ancienne maison de Schiller. Je vois les planètes et les constellations plus précisément, sans les noms dont nous les avions affublées, sans toi mais avec de joyeux astronomes amateurs, étudiants et simples curieux. Peut-être qu'à nouveau j'y découvrirai un secret…

Et je suis allé voir la tombe d'Anna Sophie à Coburg. Elle a bien existé, j'aurais pu la voir depuis longtemps, mais vous avez su m'éloigner du cimetière. Comment peut-on tomber et mourir d'une simple chute ? Je me prépare à essayer d'en parler avec maman. J'ai gardé le secret, je n'ai rien dit à Maria ni à Margarethe.

Ton petit Hans. »

Ce matin de 1904, l'homme qui a frappé et qui se présente lui est directement adressé par la clinique.

« Vous êtes le docteur Berger ? » demande-t-il en détaillant du regard les hauts plafonds du laboratoire, les sièges encombrés de dossiers et les câbles noirs au sol, puis le jeune front de Berger. Dans sa blouse d'ouvrier, il a piètre allure.

« Bonjour, Monsieur Schott, répond Hans. Laissez-moi reprendre mes fiches.

— Je vous en prie.

— C'est bien cela. Vous avez vingt-trois ans, n'est-ce pas ? »

Hans le toise rapidement.

« Pour quelqu'un qui a une balle dans le cerveau droit, vous parlez parfaitement !

— On fait aller, docteur.

— Asseyez-vous. »

La brèche osseuse au-dessus de la tempe droite fait un demi-cercle de huit bons centimètres de diamètre, un terrain d'expérimentation idéal pour ses recherches. On y voit le cerveau battre comme un cœur. Faute d'instruments encore assez sensibles, il faut que l'organe se donne de lui-même, comme un fruit mûr à portée de main.

« Vous avez reçu cette balle à quinze ans ?

— Une vraie balle de revolver. Un triste accident, docteur. »

Hans, ému, toussote, hoche la tête.

« Accident de chasse ?

— Non, c'étaient des exercices de tir sportif, avec mon père.

— J'ai moi-même failli y passer tout jeune, savez-vous ?

— Une balle perdue, vous aussi ?

— Non, une chute de cheval, pendant des manœuvres militaires.

— Rien qu'une chute ? s'étonne Schott.

— Rien qu'une chute. Et je vois que vous avez été opéré deux fois par les chirurgiens de la clinique ?

— Pour rien.

— Ce n'est jamais pour rien, cela peut réussir.

— Je me demande s'ils n'ont pas aggravé les choses, docteur.

— S'ils n'ont pas causé votre hémiplégie ?

— Qui empire ! Et j'ai des crises…

— Et dans vos crises… vous n'avez jamais constaté que quelqu'un, comment dire ? Que quelqu'un lisait dans vos pensées ?

— Lisait dans mes pensées ?

— Oui, qu'il y avait une sorte de transmission ?

— Comme si je fuyais, quoi ? rit Schott. Je ne pense que pas que ça fonctionne comme ça, docteur.

— On ne sait justement pas comment ça fonctionne, sourit Hans. Est-ce que vous voulez m'aider dans mes recherches ?

— Pourquoi pas ? Si ça ne fait pas mal et si ça n'aggrave pas mon cas.

— Revenez donc après-demain 10 heures, avec les cheveux coupés court, si possible ! »

Le surlendemain, calé dans un fauteuil d'examen en bois, Schott enfile une sorte de casquette de caoutchouc noir, reliée à un tambour enregistreur de Marey, qui détecte toute forme de vibration et en garde trace sur un ruban de papier. Hans lui prend également la tension au bras et le volume pulmonaire.

Avec son assistant, ils ont mis au point la liste des stimuli et la suivent avec minutie, en laissant chaque fois le pouls de Schott revenir à la normale.

« Quinze fois trois, Monsieur Schott ?

— Alors… attendez… Quarante-cinq ? répond le cobaye après un long temps d'hésitation.

— Treize fois quatre, maintenant ?

— Je ne suis pas très doué, vous savez, grimace Schott.

— Justement, c'est bien que cela vous demande des efforts, nous sommes là pour les mesurer. L'effort m'intéresse plus que le résultat.

— Cinquante ? Cinquante-deux, pardon !

— Il n'y a pas de mauvaise réponse, Monsieur Schott, l'important est de participer. Et nous sommes déjà heureux que votre cerveau fonctionne.

— Merci, docteur.

— Prenez quelques instants de repos, puis comptez le nombre de points dessinés sur le mur qui vous fait face.

— Je ne vois pas bien. Sept ou huit ? Aïe ! »

L'assistant de Berger vient de lui administrer une chiquenaude sur l'oreille droite.

« Cela nous permet de mesurer plein de choses différentes, Monsieur Schott, le console Berger. La surprise, par exemple !

— Ça c'est sûr, si je m'imaginais… »

Le lendemain, l'attention involontaire est au menu. Schott s'ennuie depuis dix minutes, bardé de ses capteurs, quand Hans, posté derrière lui, tire une balle de revolver à blanc dans la pièce. Schott sursaute et gémit, tous ses souvenirs affluant, les appareils tremblent, mais la mesure est prise.

Il se lève, se détachant maladroitement des courroies, lance un regard furieux à Hans et son assistant qui baissent la tête, peu fiers.

« Pourquoi faites-vous ça, docteur ? bredouille-t-il.

— Je suis désolé, nous devons générer toutes les réactions possibles du cerveau. Je vous donne un verre d'eau ? »

Schott l'accepte en bougonnant.

« Et rappelez-vous qu'un bon repas vous attend tout à l'heure.

— Je n'ai pas oublié.

— Dites-moi quand vous vous sentirez prêt à continuer », ajoute Hans.

Plus tranquillement, on lui fait sentir l'odeur d'une poire, le goût du sucre, on le pique avec une épingle, on lui applique une légère décharge électrique. Il se crispe et ferme les yeux, mais reste calme, car l'heure du déjeuner approche.

Les jours suivants, Hans se plonge dans les graphiques au stylet sur noir de fumée qu'il a obtenus, comparant scrupuleusement la tension du bras et le volume cérébral mesuré à fleur de crâne, pour distinguer l'apport en sang du corps de celui du cerveau lui-même, reprenant un procédé d'enregistrement mis au point par un physiologiste italien.

« *Pauline,*

Depuis des mois, je ne cesse de faire défiler des cobayes. Un patient victime d'une chute, blessé au front, un autre également au front, blessé par un coup de sabot de son cheval. Puis un autre encore, souffrant d'une tumeur au cerveau, trépané. Je varie mes expériences en observant les réactions produites par différentes drogues, chloroforme, cocaïne, morphine. Pour tout cela, j'ai obtenu une bourse de la fondation Carl Zeiss, l'opticien de la ville !

Je crois que j'ai réuni le plus grand nombre d'ébréchés crâniens jamais examinés sous cet angle, des trous de serrure offerts par le destin. Mais où donc est l'énergie psychique d'un penseur ? Le parallélisme entre le corps et l'âme ? Il me semble rester devant la porte du palais, me contentant d'observer les va-et-vient des serviteurs. Il me faut remonter aux manifestations plus fines, plus inhérentes au cerveau, que sont la température et l'électricité. Je veux voir les pensées dans mes instruments, dans la chaleur, la pression, les ondes, relier les points.

Il y a déjà un mois, j'ai parlé à maman d'Anna Sophie. Elle est restée muette, je crois qu'elle t'en veut de m'avoir livré le secret. Puis elle m'a dit qu'elle aurait préféré qu'un jour, après sa mort, je découvre par moi-même son nom au cimetière. Lors de l'enterrement de père, elle m'a confié que la pierre tombale de la petite avait été soigneusement cachée par des fleurs. Je suis à la fois reconnaissant et fâché de ces égards. Après tout, Uranus a longtemps été observée sans qu'on pense à chercher Neptune. Mais la vérité finit toujours par advenir.

Je lis beaucoup d'histoire en ce moment : Égypte, Babylone, Inde. Parfois je me plais à entendre ta voix qui m'apprendrait toutes ces choses. J'en discute beaucoup avec Margarethe, chaque fois que je rentre à Coburg.

N'est-ce pas stupide de continuer à t'écrire, alors que tu n'as plus d'adresse sur cette terre ?

Ton petit Hans. »

Les lettres à Pauline sont soigneusement pliées, glissées dans une enveloppe où Hans écrit l'adresse familiale de Coburg. Après les avoir cachetées, mais sans les timbrer, il les entrepose au fond d'un tiroir.

Il publie à nouveau en 1904 un ouvrage sur « *les expressions corporelles des états psychiques : nouvelles contributions expérimentales sur la circulation cérébrale dans la cavité crânienne de l'homme* ». Le titre est identique à celui du traité du Danois Lehmann, paru en 1899 et 1901. Il bégaie, progresse à petits pas, entouré d'assistants, échangeant avec ses collègues, fervent membre de la société savante d'astronomie de Iéna, infatigable arpenteur des forêts environnantes, avec amis et étudiants.

En 1905, les théosophes Annie Besant et Charles W. Leadbeater affirment, eux, représenter la pensée. Aidés des clichés fluidiques de Baraduc, ils en ont trouvé les couleurs et les formes. L'œil initié sait reconnaître en quiconque l'aura dégagée par la sympathie, la crainte, la colère, la convoitise et tous leurs composés et leurs nuances. En 1903, le professeur Blondlot, de l'université de Nancy, découvre, dans certaines parties du corps humain, des « rayons N » permettant de voir les nerfs à travers la chair. En 1896 c'était déjà, après les rayons X, les rayons uraniques de Becquerel. Tout semble possible.

Pendant ce temps, aidé d'un collègue, le docteur Stübel, Hans bricole les mesures d'électricité cérébrale avec un électromètre capillaire, puis un galvanomètre à fil. Rien ne se dégage de ces expériences. L'électromètre après tout n'est qu'une colonne de mercure, suspendue dans une dilution d'acide sulfurique. Hans revient vers l'autre variable de l'activité psychique, la chaleur. Des années durant, il affine la mesure, le dispositif expérimental, élimine interminablement les biais et les artefacts.

« *Sœurette,*

Quand j'ai failli mourir, tu as entendu ma pensée. Quand tu es morte, j'ai entendu ta pensée. Cela n'est pas un miracle, il y a nécessairement une explication scientifique à ces phénomènes, aussi rares fussent-ils ! Un cyclone ou une éclipse obéissent aux lois de la physique. Il faut qu'il y ait un support et un moteur. Tout comme Uranus était expliquée par Neptune. De quelle soustraction d'énergie tout cela est-il venu ?

Quel lien établir entre cette hypothèse d'une énergie psychique et la réalité d'authentiques transmissions de pensées ? Les variations de tension électrique mesurées dans le cerveau ne peuvent se propager dans l'espace, ni tenir lieu d'explication à une action à distance. Il y a autre chose, l'énergie psychique.

Que te dire ? Autant vouloir recueillir du Chopin avec un seau ! Le temps a passé, nous sommes déjà en 1910, j'ai trente-sept ans. En réalité, la science n'a pas besoin que de génies, elle requiert tout autant des tâcherons, des vérificateurs et des compilateurs.

Notre directeur, le professeur Binswanger, a ouvert les cellules des malades mentaux et développé la thérapie par le travail. C'est un clinicien de renommée mondiale, un géant, et je reste un nain. Mais si l'on mesure le scientifique à ses doutes, je suis plus que légitime, j'ai des doutes à revendre. Tout élan vers le savoir est asymptotique et, sans avoir rien découvert, me voilà déjà parvenu à ce stade.

Sur neuf expériences, un seul succès et même celui-là douteux, car les courants épidermiques ne sont pas à exclure dans l'expérience. On ne pourra pas dire que j'ai abandonné à la légère. HUIT ANS !

Pourquoi les grandes excitations ne donnent-elles pas de grands potentiels électriques ? Le seul espoir qui me reste est de trouver de meilleurs instruments, pour poursuivre la quête d'une énergie psychique qui nous a été à la fois donnée et dérobée.

Maman m'a dit que jamais elle n'avait pensé que ma venue au monde avait pu menacer ma petite sœur, j'en suis rassuré. Aurais-je pu le croire si l'on m'avait appris plus tôt son existence ?

Je vais vers ma trente-huitième année, l'année où je sais que je ne dois pas mourir comme toi, pour ne pas créer une quelconque malédiction. Margarethe te saluerait bien si elle savait que je t'écris, mais je ne veux pas passer pour un fou. Elle a adhéré elle aussi à l'association des institutrices, mais surtout, sœurette, elle est partie s'établir à Berlin, dans une école dont la pédagogie est très innovante. Il n'y a plus père pour s'y opposer, et je crois qu'on change d'époque.

Compte sur moi pour rester en vie, la vie est magnifique et Iéna ma terre de jouvence.

Ton Hans »

Avril 1944

La nouvelle de l'ouverture d'une consultation de neuropsychiatrie par le docteur Drohocki a fait le tour de l'hôpital. À l'affût de prolongations, bien des patients, venus de tous les services, osent soudain parler de leurs troubles psychologiques ou s'en découvrent. Drohocki pensait n'y consacrer que quelques heures, mais l'affluence est telle que peu à peu, il devient neuropsychiatre pour l'essentiel de son temps. Des collègues français, polonais, belges, mal intentionnés, tentent de faire pression sur Budziaszek pour arrêter cette mascarade. Quelle indécence ! Pourquoi ne pas non plus installer des divans et faire des psychanalyses à la façon du docteur Freud, à quelques kilomètres des chambres à gaz ?

Un Polonais souffre d'insomnie chronique, un Néerlandais de pertes de mémoire, un Français est traversé de tics faciaux, un Allemand semble s'inventer des troubles pour venir voir ce qu'il en est du « psychologue polonais », d'autres évoquent une léthargie complète, des signes cliniques de dépression, tous ont peur de devenir inutiles et de basculer vers les maladies qui vous font partir dans une « sélection ». Drohocki ne dispose d'aucun médicament, mis à part quelques barbituriques de hasard, pas plus que d'outils de diagnostic. Assis devant une petite table sur son tabouret, il prend des notes sur chaque cas, soumet les patients à des tests psychométriques, les invite à décrire au mieux leurs affections. Il sait que la parole est en elle-même un premier remède. En ce début 1944, combien de temps leur accordera-t-on ce luxe invraisemblable ?

Un après-midi, la porte s'ouvre et un jeune homme qu'il connaît déjà entre lentement dans la pièce. Ses yeux sont rieurs, il esquisse un petit sourire. C'est Poldek Wassermann, un jeune infirmier qu'il a pris en affection, et dont la belle humeur est un miracle quotidien parmi les ruines humaines de l'hôpital.

« Je ne voulais pas vous déranger, j'ai vu qu'un de vos patients sortait…

— Vous n'avez pas besoin de prendre rendez-vous, asseyez-vous ! dit-il à contrecœur, comme s'il avait besoin de croire à la santé puissante de Poldek Wassermann.

— Je ne viens pas consulter, docteur ! »

Le visage de Drohocki s'illumine, et le jeune homme retrouve tout son lustre.

« Vous ne venez pas consulter ? Excellente nouvelle… Enfin je veux dire, qu'est-ce qui vous amène ?

— Je ne vous retiens pas longtemps, j'ai tout un bloc à nettoyer…

— Je sais bien, Poldek.

— Et il y a une queue terrible pour les admissions…

— Allez droit au but. »

Le jeune homme semble choisir ses mots, et se met à parler lentement.

« Vous vous souvenez de vos papiers ?

— Mes papiers ?

— Ceux que vous aviez en arrivant au camp. »

Drohocki sent son cœur battre plus vite, au souvenir de son arrivée et de sa détresse des premières semaines.

« Ceux que j'avais… Oui, bien sûr.

— Vous les aviez confiés à un médecin français. Il ne veut plus s'en encombrer.

— Il les a détruits ?

— Pas du tout, il les a souvent changés de cachette, mais maintenant il préfère vous les rendre. »

Drohocki imagine que son nouveau statut de médecin, a fortiori de vague neuropsychiatre, lui vaut un regain d'attention de la part du Français. Veut-on lui rendre des documents jugés compromettants et le compromettre lui-même ? Ou juge-t-on à présent sa position dans le camp suffisamment forte pour qu'il assume lui-même leur contenu ?

Le lendemain, le jeune Poldek revient avec la chemise contenant les articles scientifiques sur l'électroencéphalogramme et le plan du générateur d'électrochocs. Drohocki les feuillette, et s'attarde sur les plans. Étant donné cette pénurie perpétuelle, les soupçons de dilettantisme et d'amateurisme qui pèsent sur lui, un des rares Juifs arrivés aussi haut dans un hôpital tenu par les nationalistes polonais, un tel appareil serait de nature à impressionner, à lui donner tout le sérieux nécessaire, celui d'un médecin outillé et équipé. Le construire ne devrait pas être difficile. Dans sa carrière, il lui est déjà arrivé de construire lui-même des instruments, soit par manque de crédits, soit parce que l'appareil n'existait tout simplement pas sur le marché. Quelques minutes passent, pleines d'euphorie. Mais il doit bientôt déchanter. Où trouverait-il les composants électroniques, le métal, les câbles, les résistances ?

C'est lors de sa prochaine consultation avec le Néerlandais aux pertes de mémoire, un dénommé Serge Kaplan, que Drohocki reprend espoir. Kaplan fait partie du kommando des électriciens.

« Et Serge, que faisiez-vous avant ?

— Avant quoi ? Avant aujourd'hui ? répond-il d'une voix traînante.

— Avant d'arriver ici. Vous étiez ingénieur dans quel domaine ? »

Kaplan le regarde comme si rien ni personne ne méritait d'être écouté, comme s'il ne fallait plus s'attacher à quiconque, pas même à soi-même.

« Philips, ingénieur chez Philips, docteur.

— Est-ce que vous pourriez m'aider à construire cet appareil ? » demande Drohocki en lui montrant une partie des plans.

Kaplan semble réveillé par la nouveauté et fait glisser son doigt sur les croquis.

« À quoi cela sert-il, docteur ?

— À délivrer des chocs électriques, pour un usage thérapeutique. »

Kaplan semblé étonné et se prend à sourire.

« Des chocs électriques qui font du bien ? Ce n'est pas à un électricien qu'il faut dire cela…

— Serge, si on devient fou, que peut-on faire ? Je veux dire, que peut-on faire quand la médecine ne peut rien faire ?

— Je ne sais pas… Ici, être expédié pour mourir, sans doute.

— Moi non plus, personne ne sait… On invente parce qu'on ne sait pas… On ne sait pas, pour la schizophrénie, la dépression. Alors que faites-vous quand vous ne comprenez pas pourquoi une radio ne marche pas ? Vous tapez dessus, aussi bon technicien que vous soyez. On peut faire la même chose avec les malades mentaux. On va leur faire frôler la mort, pour qu'ils retrouvent l'esprit. Ces dernières années, Sakel, un Autrichien, a plongé ses patients dans un coma insulinique, il a privé leur cerveau de glucose… Puis on s'est dit que pour traiter la schizophrénie, on pourrait déclencher une forme d'épilepsie, en injectant un dérivé du camphre, du cardiazol. C'est l'idée d'un Hongrois, cette fois, mais c'est plutôt mauvais pour le cœur. Pour l'électrochoc, c'est la même chose, mais sans doute en plus propre. C'est un Italien, Cerletti : en visitant un abattoir, il a découvert qu'avant de les tuer on anesthésie les porcs avec une sorte de pince à 125 volts. Il a fait des tests, toujours sur les animaux, puis s'est dit qu'il allait essayer sur l'homme. Le premier brevet est italien, tout récent, 1939. L'ingénieur s'appelle Bini, l'entreprise, Arcioni. L'invention s'est propagée dans toute l'Europe, notamment grâce à des médecins juifs qui fuyaient l'Allemagne et l'Italie. Les Français ont bricolé leur système et l'ont appelé le *Sismothère*. Les Allemands de Siemens n'ont pas tenu compte du brevet de leurs amis italiens et ont imité le Bini en fabriquant le *Konvulsator* il y a à peine quatre ans. Les Autrichiens ont sorti un *Elkra* et même un *Elkra II* portatif, qui ressemble à une grosse pince à linge !

— Alors achetons-en un, docteur ! »

Drohocki sourit.

« Même si les SS étaient d'accord, il ne s'en fabrique plus, la guerre requiert toutes les matières premières.

— Et ces plans ?

— C'est du Bini, ceux qui ont le plus circulé, ceux que tout le monde a détournés. Heureusement, ce sont les plus simples. Ici, nous ne pourrions jamais fabriquer des appareils plus perfectionnés. Pourriez-vous m'aider ? »

Kaplan semble sorti de sa léthargie et regarde Drohocki avec un semblant de confiance.

« Si je vous aide, qu'aurai-je en retour ?

— Rester à l'hôpital pendant toute la construction. Dans ce couchage, avec cette nourriture. »

Drohocki n'a pas de mal, le lendemain, à obtenir l'aval de Budziaszek, lui faisant miroiter un prestige égal à celui du générateur de vapeur subtilisé à IG Farben. Le médecin-chef Fischer et l'incontournable préposé médical Neubert sont progressivement mis au courant. Il faut à nouveau « organiser » les composants à l'extérieur du camp, avec le concours des kommandos travaillant sur le chantier de la Buna, véritable manne. Les premières pièces arrivent jour après jour, et l'on trouve un établi où l'équipe de Kaplan se met à l'ouvrage.

Tous se sentent profiter d'un nouveau sursis, jouissant d'une grâce céleste directement tombée du futur électrochoc. Kaplan se prend au jeu, retrouve sa mémoire et sa rapidité. Il est de plus en plus exigeant, il lui faut tel composant, tel autre est trop grand, trop petit, de piètre qualité. Pour lui et son équipe, tout ce qui peut faire gagner du temps est bon à prendre. Argument imparable, certaines lampes radio nécessaires ne sont pas disponibles sur le chantier de la Buna, on ne peut les trouver que sur des avions anglais abattus, qui se font rares en ce moment. Chaque jour, le préposé Neubert est questionné sur les raids aériens et y prend goût. Dans ce temps suspendu, le petit établi sert aussi à réparer des postes de radio que les SS leur confient.

Au fil des semaines, Drohocki voit clair dans leurs manœuvres dilatoires, alors il leur explique que leur sanctuaire à tous dépend des résultats. Comme partout, avant de les tuer, c'est le travail qui les sauvera.

1910

La candidate vient d'apparaître dans la salle d'attente de la clinique où la secrétaire médicale l'a priée de s'asseoir.

« Mademoiselle von Bülow ? Suivez-moi. »

Après s'être faufilé dans les couloirs menant aux laboratoires, Hans s'installe derrière son large bureau qui croule sous les papiers et les cartons.

« Excusez mon retard, mademoiselle… Bien ! Le conseil a donc décidé l'embauche d'une assistante de laboratoire pour épauler le travail de nos chercheurs. »

Elle porte une jupe longue, un chemisier boutonné, de belles boucles brunes tombent sur ses épaules. Stübel lui a confié qu'il s'agissait de la fille de Ernst Friedrich Wilhelm von Bülow, un des héros de la guerre de 1870, brillant au siège de Metz et lors des batailles d'Orléans et du Mans. Le grand homme est mort il y a neuf ans, au sommet de sa gloire, au rang de *Kommandierender General* de l'armée du Reich.

« C'est tout à fait ça, monsieur le professeur.

— Vous avez eu… quelques expériences d'infirmière ?

— Oui, à Weimar.

— Vous en avez été heureuse ?

— Oui, monsieur. »

De ce fait, en cette année 1910 c'est une baronne d'Empire de vingt-quatre ans qui se tient assise devant lui, tandis qu'il parcourt les quelques lignes de sa présentation. Cela inspire à Hans un supplément de respect et de froideur, une élocution plus lente. Il n'évoque pas son pedigree, ne lui demande pas comment l'illustre famille von Bülow en est arrivée à envoyer sa fille chercher une place dans cette modeste université. Il sait qu'une jeune fille de la haute société peut avoir à travailler en attendant son mariage, en évitant bien sûr l'usine, les boutiques et les grands magasins.

« Vous comprenez bien qu'il n'y a ici personne à soigner, c'est un travail de laborantine ?

— J'ai bien compris.

— Enfin je lis que vous êtes née à Berlin. La grande ville ne vous manque pas ?

— Pas particulièrement, monsieur.

— Iéna est toute petite, mais c'est ce qui fait son charme pour ceux qui y habitent.

— J'ai fait un tour ce matin, c'est magnifique !

— J'espère que vous avez trouvé à vous loger. Savez-vous l'objet de mes recherches, mademoiselle ?

— Je n'ai qu'une vague idée, monsieur, dit-elle en baissant les yeux.

— Mon laboratoire recherche les manifestations physiologiques de l'activité psychique.

— De l'activité psychique ?

— De la pensée. »

Ces dernières années, ses collègues plaisantent parfois sur son état de célibataire, sur ces soirées qu'il passe seul à son bureau. Il aura bientôt trente-huit ans, l'âge de Pauline à sa mort. En attendant la percée scientifique tant attendue, un mariage peut contribuer à sa carrière. Pourtant, la plupart des femmes ne le font pas rêver, elles le font s'attendrir, parler, rire. Comme sa mère, ses sœurs, comme autrefois Pauline, les femmes sont parfaites, elles sont douces, discrètes, studieuses, elles ne laissent rien à désirer.

« Avez-vous rencontré les autres professeurs ?

— Vous êtes le deuxième.

— Vous en rencontrerez encore deux autres, et ce sera fini. Quels appareils avez-vous appris à manier ? »

Elle semble surprise de la question.

« Des choses simples, à l'hôpital, comme les thermomètres, les seringues…

— Très bien, mademoiselle, nous nous reverrons bientôt, peut-être ! » dit-il en se levant et la raccompagnant.

Il envie le cadre familial de ses collègues. Il y a du prestige à s'entourer d'enfants, à sortir dans la Johannisstrasse le samedi en famille, alors que lui ne fait que vivre dans ses instruments. À Iéna, il n'a depuis des années qu'un petit appartement entretenu par une bonne.

La semaine suivante, les collègues ayant approuvé son embauche, la nouvelle laborantine aide Hans à ranger son laboratoire. Déçu par ses recherches sur la température et l'électricité cérébrales avec Stübel, il conçoit depuis plusieurs semaines un programme de mesures de la conductivité des paumes de la main, pour étudier la réaction cutanée galvanique en relation avec les processus psychiques.

La peau de Mlle von Bülow est laiteuse, sans défaut, on y voit à peine le bleu des veines.

« Si cela vous convient, mademoiselle, vous servirez de cobaye. La personne prévue est tombée malade.

— Bien sûr, monsieur, que dois-je faire ?

— Pour aller vite, mademoiselle, nous allons nous demander si vos mains pensent ! sourit Hans.

— Si mes mains pensent ?

— Si quelque chose se modifie dans les mains lors de l'activité psychique. »

Sans croiser son regard, il lui a posé de minuscules électrodes au creux des paumes, tandis qu'elle est confortablement enfoncée dans un fauteuil élimé, rejeté des salons de réception de l'université. C'est une occasion de la toucher, de frôler ses cheveux, de respirer son odeur. Ils sont seuls avec les appareils du laboratoire.

« Je tire les rideaux qui donnent sur la cour, mademoiselle, pour la qualité des résultats il importe que vous soyez dans la plus complète quiétude.

— Je suis tout à fait tranquille, monsieur.

— Ce sont d'infimes variations électriques qui sont en jeu. Nous répéterons cinq fois le même protocole sur les quinze prochains jours. »

Hans sait qu'il a peu de temps, il doit assurer ses cours, faire de grosses lectures, participer à des réunions, recevoir des étudiants, remplir des dossiers. Le protocole qu'il a rédigé exige qu'il s'asseye à côté de Mlle von Bülow. Il ne doit pas parler, ne pas faire de bruit. Cela dure bien quinze minutes, que Hans mesure avec sa montre. On fait attention au signal, un tintement de cloches suspendues.

Il laisse passer dix secondes et touche délicatement la joue gauche de Mlle von Bülow avec une baguette de verre. Elle sursaute, et dans le même temps il abaisse l'interrupteur qui démarre l'enregistrement sur rouleau de papier du galvanomètre.

Il ne faut maintenant plus *toucher* Mlle von B. et personne ne doit s'approcher d'elle.

« Combien font dix-sept fois dix-neuf, mademoiselle ? demande-t-il en démarrant à nouveau l'enregistrement.

— Je ne sais pas, répond-elle après un long silence.

— Ce n'est pas grave. »

Il enregistre à nouveau les courants dans les paumes de ses mains, puis éteint la machine, il ne faut pas gâcher de papier ni perturber Mlle von B. avec le ronronnement du moteur.

Aucun contact avec Mlle von B. Surtout ne pas parler. Ne pas faire de bruit. Rester assis au même endroit. Mettre en marche et éteindre l'appareil le plus discrètement possible. Ne pas donner l'exercice avant l'expérience.

Le programme de recherche se poursuit. Quelques jours plus tard, il s'assied à nouveau à côté d'elle. Elle porte à présent, elle aussi, la même blouse blanche que Hans, elle sourit et semble apprécier les longs préliminaires silencieux du protocole. Il faut qu'elle soit entièrement détendue pour que la mesure de l'électricité de ses paumes ait un sens. Elle est patiente.

Depuis Pauline, aucune femme n'est restée aussi longtemps aux côtés de Hans. Il aime le silence de la science partagée avec elle. Pauline parlait toujours, l'amusait, le dominait ; Mlle von Bülow reste immobile comme une des cariatides qu'il a en reproduction dans un livre d'art. Hans pense à son père, le général victorieux de 1870, à cette guerre rapide qui eut lieu quelques années avant sa naissance. Il est ému de voir les métamorphoses de la nature : un grand général d'Empire mort depuis longtemps, qui accouche sous ses yeux à Iéna d'une jeune fille timide à la peau pâle et aux cheveux bruns, aux paumes parcourues par des courants qu'il ausculte en ce moment même comme des courants marins. Dans cette pénombre faite pour elle, il oublie les dizaines de cerveaux inaccessibles qu'il a sondés, assiégés, suivis et perdus dans leurs traces illisibles. Il se verse dans l'âme de l'héroïsme et des humeurs conquérantes.

Il apprécie son bâton de verre. Elle sait qu'il va le lever et lui caresser la joue. Il y a une nette impulsion sur le galvanomètre. Les appareils qui les entourent donnent de la gravité à leurs rendez-vous. C'est de l'argent, du temps de recherche et du savoir allemands que l'on construit seconde après seconde. Ce sont de minuscules variations que l'on mesure, entre un homme et une femme l'un à côté de l'autre. Parfois, une des rares voitures à essence de la ville passe devant le bâtiment de la clinique, et Hans fulmine intérieurement, maudit ce vacarme, il lui faut plusieurs minutes pour se calmer.

« Mademoiselle, les résultats de ces derniers jours sont satisfaisants.

— Même si je n'ai pas trouvé la multiplication ?

— Ce sont vos efforts qui ont compté, rassurez-vous. Les nouvelles expériences seront fondées sur la surprise. Vous me faites confiance ? Il faut varier les stimuli pour que les résultats aient une valeur scientifique.

— C'est très clair, monsieur le professeur. »

Il n'est plus réduit aux brèches de cerveaux enfermés dans la boîte crânienne. Il pourrait promener partout son bâton de verre, sur son corps comme un cerveau entièrement épluché. Quel champ de recherches ! Mais a-t-on encore affaire à de la pensée, à de l'énergie psychique ? Il promène son bâton de verre dans son cou. Toujours au bout d'un long quart d'heure, il enfonce la pointe ronde d'un coupe-papier dans ses cheveux, sans jamais oublier de mettre en marche l'enregistreur, puis de l'éteindre. Parfois elle sursaute, pousse un cri et s'excuse, Hans la prie à voix basse de se taire, lui assure que ce n'est pas grave. Plusieurs après-midi s'écoulent ainsi, il devrait être ailleurs, on l'attend, mais personne n'ose toquer à la porte du laboratoire.

Lors des longues pauses côte à côte, pour revenir à la normale après une multiplication ou un toucher, Berger porte la main à son cœur. Son rythme cardiaque normal est d'environ 75 pulsations par minute. Dès qu'il la touche avec un instrument, le rythme passe à 85, voire 90. Peut-être est-ce réciproque. Lui seul mesure son émoi.

Le galvanomètre enregistre les courants de Mlle von Bülow, et Hans voit des corrélations irréfutables entre les stimulations psychiques et l'activité électrique détectée au creux des mains, entre la proximité de sa laborantine et son rythme cardiaque.

Ils viennent de terminer une session, et Hans prend plus de temps que d'habitude pour ranger les instruments.

« Je vous remercie, mademoiselle.

— De rien, monsieur, je fais mon devoir.

— Et dites-moi, mademoiselle, ajoute-t-il en regardant légèrement au-dessus d'elle, que pensez-vous faire plus tard ?

— Plus tard, monsieur ? Après ce travail ? répond-elle en joignant ses mains au niveau de sa taille.

— Oui, avez-vous des projets professionnels ?

— Oh, je ne vois pas quels projets je pourrais avoir.

— Les choses changent pour les femmes, de nos jours.

— Il paraît, mais je ne suis pas de près ces choses-là.

— Vous avez encore le temps, conclut Hans.

— Je pense bien, monsieur. »

Il n'en est pas fier, mais cette réponse bornée, aux antipodes des saillies de Pauline, attise son intérêt et son désir.

Entre eux, l'écart d'âge compense sa timidité d'homme, il suffit qu'elle soit jeune pour qu'il acquière un ascendant.

Aucune femme n'avait eu part à ses recherches scientifiques, aucune ne l'avait ainsi aidé à mener une expérience. Il est heureux d'avoir introduit cette jeune fille dans ces affaires d'hommes esquintés. Il commence à aimer ses mains conductrices quand il pose à nouveau les électrodes du galvanomètre. Il aime ne pas devoir la toucher, ne pas devoir lui parler, laisser son cerveau intact et mystérieux. Le protocole ne veut que des corps et des impulsions. Chaque session les aimante, et un jour il ose prendre sa main sans nécessité scientifique.

« *Pauline,*

Je suis parti passer Noël en famille, à Coburg. Maman, Maria, Bertha, Margarethe étaient là et nous avons bien pensé à toi, comme si tu étais partie pour un long voyage. Ta chambre est restée à peu près la même, tu pourrais revenir à tout moment, le sais-tu ? Margarethe te ressemble de plus en plus (même si tu avais les dents mieux rangées), elle non plus, à trente-deux ans, ne trouve pas à se marier, ou plutôt ne semble pas mobilisée par la chose. La mort brutale du mari de Maria, quelques mois après toi, l'a refroidie. Un médecin, qui plus est !

Margarethe me parle de Berlin comme d'une ville merveilleuse, qui aurait beaucoup changé en douze ans. Elle s'engage pour toutes sortes de choses, cela fait plaisir, même si maman, Bertha et Maria restent imperméables à ces exploits.

J'ai fait des expériences intéressantes sur la conductivité des mains lors de l'effort psychique. En fait, des expériences que je croyais intéressantes. À mon retour, par routine je me suis plongé dans la lecture d'un récent compte-rendu de Congrès de psychologie et je me suis aperçu que d'autres ont déjà fait exactement les mêmes expériences, les mêmes mesures, les mêmes graphiques, les mêmes tableaux. J'arrive trop tard ! Être chercheur est impossible, comment savoir qu'une direction n'a pas déjà été prise, une expérience déjà montée, publiée, quelque part en Europe ou aux États-Unis, sans parler de pays ou de langues inconnus ? Faut-il lire des bibliothèques entières avant de vivre et d'agir ? Et voici que j'ai déjà trente-sept ans, l'âge de la retraite ou de la mort pour les grands génies de la science, et je n'ai rien trouvé. Cela n'est pas qu'un échec scientifique, je manque à ton appel, je ne retrouve pas les conditions de possibilité de nos échanges, alors qu'elles existent quelque part, sous l'œil de quelque instrument, dans le cerveau d'un savant plus doué que moi.

Par ailleurs, la réception de mon livre sur la température du cerveau, dans lequel j'avais mis tout ce que je pouvais réaliser, et dont j'espérais tant, a été en partie négative. Tous les résultats se sont révélés être de grossières erreurs expérimentales. C'est comme ça que des appareils coûteux, que j'avais achetés spécialement avec mon argent, sont devenus superflus et sans intérêt pour moi.

Heureusement, j'ai mes amis, mes collègues avec qui nous allons marcher, car ici la nature, même en hiver, est grandiose. Nous avons fondé Urania, une petite association d'astronomes amateurs, qui a fait construire, tout à côté de l'observatoire de l'Université, un petit observatoire. Nous nous régalons chaque semaine, dès lors que la nuit est claire, et je te vois dans chaque étoile.

Sais-tu que toi aussi, chère collègue professeur de l'Université de Iéna, chère professeur d'histoire moderne, tu te promènerais avec moi dans les forêts alentour ? À quarante-huit ans, tu n'aurais pas eu d'enfants, cela t'aurait pris trop de temps. Tu irais souvent à Berlin rejoindre l'Union allemande pour le droit de vote des femmes et tu serais intraitable sur cette question, tu me bousculerais dans mes idées de provincial. Tu vivrais là-bas avec un groupe d'amis et j'imagine que malgré mes réserves tu serais toujours plus proche des socialistes. Tu m'écrirais toi aussi, depuis Berlin, pour me raconter tes meetings, tes soirées, les journaux dans lesquels tu publies. Chaque fois, tu partirais dans la grande ville, mais chaque fois, tu reviendrais dans notre petite Iéna, plus forte, plus savante et plus gaie.

Ton petit œuf. »

Il continue ses expériences sur les courants épidermiques durant l'année 1911, sans publier autre chose que les bans de son mariage avec Ursula von Bülow. De cela, il ne glisse mot dans ses lettres à Pauline.

Avril 1944

Dora est allongée, ses tempes sont dégagées, son crâne impeccablement rasé. Elle porte une robe grise à trois boutons sur le devant, trop grande pour elle. Sur les manches remontées, sa peau est belle. Ce sont les femmes les plus jeunes qui restent. Georg avait expliqué à Drohocki qu'à peine descendues du wagon, les vieilles partaient en fumée, ainsi que les mères et leurs enfants, qu'il aurait été trop bruyant de séparer. Kaplan toussote.

Dans son minuscule laboratoire, Drohocki présente la jeune femme à ces Messieurs. À quelques dizaines de mètres de la potence, à quelques mètres de la morgue remplie de cœurs dissous au phénol, il parle de la profonde mélancolie de cette jeune femme, qui leur vient du camp de Birkenau, avec l'autorisation formelle de son médecin-chef le docteur König, ici présent. Dora est tchèque, elle n'a plus goût à rien, se laisse battre, ne réagit pas aux menaces ou aux privations. Elle est pourtant vigoureuse et bien portante. Il serait dommage de l'éliminer. Le camp de Birkenau a besoin de tant de femmes pour trier les bagages des arrivants, tenir la lingerie, nettoyer… Wirths, le médecin-chef de l'ensemble des camps, a lui aussi fait le déplacement. Il hoche la tête, en signe d'approbation.

« Grâce à l'influence de Son Excellence le *Hauptsturmführer* Fischer, qui a sollicité son homologue de Birkenau, nous pouvons tenter de l'extirper de cette torpeur et d'en faire une travailleuse exemplaire, tout en explorant une nouvelle voie scientifique. »

Drohocki décrit ensuite les différents boutons de son nouvel appareil, l'intensité, le voltage, la durée. Kaplan et son équipe l'ont terminé il y a à peine deux semaines, en prenant tout le temps possible.

Dora l'observe de temps à autre, comme un animal regarderait couler un incompréhensible ruisseau. Avec l'aide d'un infirmier, ils l'allongent et lui enfoncent un bâillon sale qu'elle recrache une première fois, puis qu'elle remet elle-même, à son goût, en formant au mieux une sorte de poire d'angoisse. La seule proximité de l'appareil semble déjà la réveiller. Les embouts carrés des électrodes sont trempés dans un bocal rempli d'eau trouble. Ils sont posés sur ses tempes, son corps attaché au lit par des sangles qui laissent du jeu aux membres. Drohocki demande à Fischer et König s'ils veulent actionner eux-mêmes l'appareil, les SS refusent en lançant une plaisanterie sur les gens tristes que l'assistance a du mal à comprendre. Mais Wirths s'esclaffe. Le silence revient. Drohocki s'écarte pour ne pas gêner la vue, puis appuie sur un petit interrupteur qui semble être une pièce rapportée. C'est dans une terrible grimace que commence l'expérience, une grimace inaccessible à la volonté, qu'aucun enfant, aucun clown, aucun singe ne pourrait produire, il faudrait pour cela jongler avec tous les muscles à la fois, être un courant d'électrons, et non pas une jeune femme. Elle a la bouche scellée, le bâillon heureusement ne tombe pas. Elle semble soudain infiniment plus jeune et plus vieille, comme si tous les âges se confondaient. La nuque se raidit, on entend grincer une des chaises des SS. König a bruyamment expiré, après avoir trop longtemps retenu sa respiration. La rigidité se propage telle une corde au reste du corps de Dora, la poitrine se soulève, le dos se cambre comme dans une crise de tétanie. Un bouton du manteau a craqué, la moitié d'un sein en est sortie, à peine dissimulée par une brassière pleine de taches.

Puis l'onde venue de la tête s'empare du corps entier qui tressaute, s'agite comme des brindilles dans un brasier, la jupe remonte sur ses jambes nues. Drohocki et un infirmier maintiennent le corps en place par les pieds, les épaules, les cuisses. Les secousses continuent, on entend presque les os craquer, la peau claquer contre le bois. Tous les hommes doivent ressentir la même chose. À défaut de la rendre joyeuse, les convulsions ont rendu cette triste femme très désirable. Elle semble se donner un plaisir inimaginable, avec lequel aucun amant ne pourrait rivaliser. Pendant ces quelques secondes, ce n'est plus une séance d'électrochocs, mais une lanterne magique projetant des images obscènes qui nourriront de nombreuses nuits. Les seins généreux de la jeune Dora continuent à tanguer de droite à gauche, et leur masse en mouvement se suffit à elle-même, sans qu'on ait besoin de se gâcher le plaisir en détaillant son visage dément, le tissu sale débordant de sa bouche, son crâne mal tondu et parsemé de plaques rouges.

Peu à peu le corps se calme, quelques ondulations du bassin s'offrent encore aux regards, comme si la zone du pubis servait à la fois de paratonnerre et de compteur bloqué au maximum. Drohocki a un regard pour leurs maîtres. Ils ont enlevé leurs casquettes, tendent le cou, tentent de conserver une contenance. Ils ont tous vu, par l'œilleton, des familles entières suffoquer dans les chambres à gaz. Mais ce spectacle singulier, conçu et monté par les prisonniers eux-mêmes, ce mélange de mort et de résurrection, ils n'y sont pas encore habitués. On entend quelques bruits de déglutition, signes de gorges sèches et de cerveaux échauffés par contagion. La bouche de Dora s'est refermée violemment, d'où l'utilité du bâillon pour éviter qu'elle se morde la langue ou les joues. Elle gît maintenant, pantin désarticulé, sans aucun bruit de respiration, dépassée par cette orgie. Drohocki s'inquiète de sa poupée, lui masse les bras et le visage. Le rythme du souffle est revenu, de la salive coule de la bouche, les yeux sont mi-clos.

Suivi de Fischer et de König, le médecin-chef des camps Wirths s'est levé lentement. Son arme se balance le long de sa cuisse. Peut-être se demandent-ils comment désormais faire jouir une femme, s'ils en ont ou en retrouvent une un jour, sans un tel gadget. Wirths s'approche de la table où Dora est étalée. *So ist es !* Il se réjouit que tout se soit bien passé, c'est « prodigieusement intéressant ». Il touche la main de la jeune femme, comme pour conserver quelque chose de sa transe. Il consulte Fischer, parle de fluide animal et de magie, dit que dès son adolescence, il a toujours cru que la foudre purifiait, et dans son regard se lit la toute-puissance. Dieu sait comment tout cela finira, Dieu sait combien cela a été inouï d'y parvenir, mais il aura été possible, dans cette campagne perdue de Pologne, de faire du corps humain une pâte meuble, une matière entièrement vouée à des desseins politiques. À voix basse, il demande à Drohocki les raisons de l'ampérage, du voltage et de la durée du choc. Ils en discutent devant l'appareil, et Wirths hoche la tête, très concentré sur les explications. Cette écoute le fait ressembler plus que jamais à un étudiant. À côté d'eux, Kaplan répond de temps à autre aux questions techniques. La curiosité de Wirths semble à présent satisfaite et il reprend une voix surplombante.

« Herr Drohocki, dit-il en se tournant vers lui, je vous félicite encore une fois pour ces recherches ingénieuses. C'est un honneur que d'avoir dans mon camp des gens de votre valeur. Vous aussi faites de ce camp tout ce que nous voulons en faire, un centre de recherches et de progrès sans précédent, dans tous les domaines. L'année dernière, Fischer avait commencé des tests sur un détenu avec un appareil d'électrothérapie, il en avait même fait une démonstration à notre supérieur Lolling, mais cela restait embryonnaire, il lui a manqué le temps et ces nouvelles conceptions d'appareil que vous avez introduites. N'est-ce pas, Fischer ?

— Le manque de temps, c'est notre plaie à tous, *Hauptsturmführer*.

— Un si petit appareil et de telles merveilles, songe-t-il en s'approchant à nouveau de la boîte métallique.

— Tout à fait, *Hauptsturmführer*, répond Drohocki.

— À ce qu'on m'a dit, continue-t-il en passant le doigt sur les contours inégaux de la boîte, vous avez réalisé cet appareil avec des pièces détachées ?

— Tout à fait, *Hauptsturmführer*. Avec l'aide du détenu Kaplan.

— Et de mémoire ?

— Non, j'avais les plans sur moi.

— Quand vous avez été arrêté à la frontière italienne ?

— Suisse.

— Suisse, c'est cela. Avec des plans conservés sur vous ? C'est admirable. »

Wirths semble alors ignorer Drohocki et se tourne vers le médecin-chef de Monowitz.

« Fischer, les pièces détachées, d'où viennent-elles ?

— D'un chantier, *Hauptsturmführer*.

— Ce n'est pas tout près, dites-moi.

— Il faut un peu de temps, effectivement, répond Fischer en toussotant.

— Drohocki, est-ce qu'il est permis de détourner, de prélever, d'utiliser du matériel appartenant à IG Farben ?

— Pas expressément, *Hauptsturmführer*.

— Pas du tout, voulez-vous dire ?

— Pas du tout », répète Drohocki, livide, alors que les infirmiers détachent Dora et commencent à la porter vers le dortoir.

Wirths les arrête dans leur mouvement, comme pour profiter une dernière fois du spectacle, ou interpeller des contrebandiers.

« Mais vous l'avez fait ? »

Un silence de plomb règne dans la pièce.

« Avec la permission du *Hauptsturmführer* Fischer, médecin-chef de notre camp.

— Tout va bien, alors ?

— Je ne sais pas, *Hauptsturmführer.*

— Fischer est un visionnaire, et tout est bon pour guérir la mélancolie d'une femme ?

— Sans doute…

— Ou bien vous avez enfreint un règlement et quelqu'un d'autre prendra bientôt votre place ?

— Je… »

Wirths sourit, balaye du regard la pièce, s'attarde sur Kaplan. Fischer, König et Drohocki ne le quittent pas des yeux. Il se rassoit et interpelle Drohocki.

« Drohocki, continuez votre explication sur vos recherches à la suite de Berger. »

Drohocki souffle et reprend son assurance.

« Bien sûr, *Hauptsturmführer.* Hans Berger publie en 1929 ses résultats sur l'électroencéphalogramme. Plus tard, il distingue les ondes alpha, liées à l'éveil actif, et les ondes bêta, liées à l'éveil calme.

— C'est bien ça, approuve Wirths.

— La difficulté était de comprendre ces ondes, en dehors des tracés et du "bruit" qu'elles engendrent. À partir de 1937, j'ai proposé leur analyse quantitative, au moyen d'outils mathématiques. Puis à Paris, j'ai développé l'électrospectrographie et la méthode intégrative. Berger la reprend en 1938. C'était quelqu'un de très humble et très à l'écoute.

— Vous dites que Berger a adopté votre méthode ?

— Pour mieux comprendre la signification des ondes qu'il a su enregistrer, tout à fait.

— Et quand vous déclenchez un choc électrique, quelles ondes sont engendrées ?

— Ce sont les ondes correspondant à l'épilepsie. Berger avait fait de son EEG un outil de diagnostic pour l'épilepsie. Mais je ne peux pas mesurer ces ondes ici.

— Non, vous ne pouvez pas.

— Mais on pourrait…

— Je vous avoue que tout cela me dépasse… »

Puis Wirths semble soucieux de ne pas être en retard, comme un homme qui s'est donné trop de plaisir au milieu d'une journée de travail. Il passe devant Kaplan sans paraître le voir.

« Neubert, allons-y, nous reviendrons pour une prochaine démonstration. Cette science est extraordinaire, continuez !

— Bien entendu, *Hauptsturmführer*, répond Neubert, soulagé.

— *C'est la vie !* » dit-il en français, en quittant la pièce et se retournant une dernière fois.

1911

Hans la pénètre depuis une minute. Il devient un grand bourgeois de Thuringe, et qu'on ne l'appelle plus l'éternel célibataire, le pilier de laboratoire ! Il se faufile dans la matrice d'une von Bülow en pleine floraison. Hans ne s'en lasse pas, avec la honte légère d'un parvenu qui possède, aux yeux de tous, le corps d'une cousine pas si éloignée du chancelier impérial Bernhard von Bülow, successeur de Bismarck.

Elle est grande, racée, élégante. Il découvre le corps d'une femme, officiellement la sienne, un être étrange qui n'est ni une sœur, ni une mère, ni une prostituée berlinoise, et les trois à la fois. Elle bouge très peu, mais s'ouvre à lui, l'encourage du bout des doigts, dans son dos. Autour, ce ne sont plus des galvanomètres pour l'électricité épidermique, mais les meubles livrés ces derniers mois dans leur nouvelle maison qui mesurent la vitalité de ce couple allemand.

Le mariage a bénéficié de fonds généreux de la part des deux familles. Ils ont pu s'acheter une maison de maître, peu éloignée du jardin botanique de Iéna, et la meubler avantageusement. Les draps qui s'agitent au-dessus de leurs corps, comme tout leur linge, sont en coton ou en lin tissé d'Autriche-Hongrie, brodés à leurs initiales.

Plus loin, dans la cuisine, les casseroles et les poêles, astiquées par la bonne et maniées par la cuisinière, sont d'un acier sorti des usines Krupp, qui ont fait fortune au siècle dernier grâce aux chemins de fer, aux essieux et aux ressorts. Les casseroles ne sont que les confettis d'une fête du métal qui offre tout ce dont l'Empire a besoin pour tenir son rang.

Krupp assure le bonheur des Berger, le bonheur des ouvriers allemands, les premiers dans l'histoire à bénéficier d'une assurance-maladie, d'une protection contre les accidents du travail, d'une loi sur l'invalidité et la vieillesse. L'Empire contraint paternellement ouvriers et patrons à cotiser pour les grands risques de l'existence, à sortir de la misère du présent et à se garantir l'avenir. Le progrès avance au même rythme que la peur des socialistes, les fûts de canons, les mitrailleuses et les obus, la paix armée du Reich que l'on cultive dans la Ruhr comme une betterave géante.

Les meubles sont cossus, une table en chêne, des chaises en noyer, une console avec plateau de marbre, des fauteuils de velours, un repose-pied, deux tables basses, deux grandes armoires. Ils ont également choisi ensemble une marine, deux portraits et de nombreux bibelots. Pour faire bonne mesure, la famille von Bülow a offert quelques gravures du XVIIIe siècle. Des clichés des mariés, réalisés au studio des Bischoff, le plus grand de la ville, trônent sur la commode, dans de lourds cadres d'étain. L'ensemble est chauffé au gaz de ville.

Ursula n'attendait que le moment de devenir une excellente maîtresse de maison, fécondée régulièrement par un mari en vue. Hans se plaît à maintenir cette jeune femme dans le XIXe siècle, et laisse aux Pauline, Margarethe et leurs semblables le juste et glorieux combat pour l'émancipation. Il est ravi de leur maison, de leurs meubles, de sa femme qu'il retrouve chaque soir. Il a dressé dans le salon une bibliothèque en bois massif pour y mettre tous ses livres, et sa belle-mère lui a offert les œuvres complètes de Tacite dans une édition reliée pleine peau.

Pour l'instant, il s'abandonne entre les bras et les cuisses légitimes d'Ursula. Si les pensées se transmettent obscurément, la vie, elle, se transmet clairement, dans ce face-à-face, ces écoulements et ces efforts simples. Hans ne lui a rien dit de sa symbiose avec Pauline. Il n'a même jamais tenté avec elle une communication de pensées par les cartes. Pour Ursula, la télépathie reste une mode, un sujet d'étude, une expérience de laboratoire qui tarde à venir.

Il aime entendre son souffle court, elle a la délicatesse de ne se manifester ni trop fort, ni trop peu. Leurs réjouissances terminées, ils somnolent en ce début de soirée.

« Excuse-moi, ma chère. »

Il se détache d'elle lentement, s'assied au bord du lit. Il prend une robe de chambre, elle ne comprend pas. Elle n'a pas connu d'hommes auparavant, elle s'est pourtant beaucoup renseignée, elle est prête à s'ouvrir aux étranges coutumes de l'alcôve conjugale.

« Je vais voir quelque chose. »

Il se lève et se penche à la fenêtre ouverte. En ce dimanche d'été, une faible musique de fanfare provient de la maison d'en face.

« Qu'y a-t-il, mon Hans ?

— Ce bruit.

— Mais tu aimes la musique, non ?

— En temps et en heure. Je n'aime pas les phonogrammes, surtout quand ils jouent fenêtres ouvertes.

— Ferme la fenêtre !

— Il fait chaud.

— Reviens, alors. »

Hans revient s'asseoir et lui prend la main.

« Tu connais mon collègue Stübel ? Il a adhéré à une association antibruit !

— Une association antibruit ?

— Le bruit ne t'a jamais dérangée à Berlin ?

— Comme tout le monde…

— Cette association affirme que “la civilisation est un progrès vers le silence”… Un temps, ils avaient un journal, l'*Anti-Boucan*, avec des listes de lieux paisibles dans les villes.

— Et tu t'y serais abonné, à t'entendre ! plaisante Ursula en lui passant la main sur la joue.

— Il faut du silence pour travailler.

— Tu es en train de travailler ? dit Ursula en fronçant les sourcils.

— Non, dit Hans en rougissant.

— Et nous sommes dimanche. Et puis ce bruit, c'est aussi les autres qui s'amusent, tout simplement. »

Hans soupire et sourit à nouveau.

« Après tout, vous avez raison, baronne, il suffit de fermer la fenêtre ! »

Il se lève, saisit la poignée. La paroi de verre lui semble soudain le plus beau meuble de la maison, et les années à venir promises à un silence fécond, studieux et douillet.

Avril 1944

Leurs maîtres à peine partis, Drohocki s'éponge le visage avec un tissu sale et enroule des câbles, tout en murmurant à Kaplan son soulagement d'avoir eu affaire à une jeune femme, peut-être moins sujette aux fractures lors de la secousse. Dora, restée en observation, a repris conscience. Drohocki vient vers elle et prend ses mains dans les siennes, comme pour la féliciter d'exister. Il sait qu'elle ne parle pas le polonais, et que même si elle le parlait, elle serait trop hébétée pour comprendre.

« Dora, pendant cinq semaines, vous serez quasiment intouchable, chez vous, à Birkenau. Des instructions ont été données pour que l'on vous ménage. Votre guérison intéresse tout le monde ici, des gens venus des autres infirmeries, toute l'élite du camp. Je ne sais pas si l'appareil va véritablement guérir les malades, mais il a déjà réussi aux bien portants. »

La jeune femme le toise d'un regard vide. Seul Kaplan écoute vraiment Drohocki.

« Je sens que vous allez déjà mieux. Vous restez en observation, et nous irons vous voir tout à l'heure. Dites-vous qu'avec le traitement, nous gagnons tous du temps. »

Drohocki, épuisé, part s'allonger dans le dortoir de l'infirmerie. Peu de temps avant l'extinction des feux, il revient voir Dora, puis s'assied au pied de son lit et murmure qu'ils sont nombreux à croire en lui, en elle, immobile et muette.

La nuit venue, il cherche le sommeil dans son bloc. Il sent à nouveau l'odeur épaisse de ces centaines de corps entassés les uns au-dessus des autres. Odeurs d'urine, de blessures, de sueur et de matières fécales par bouffées puissantes qui dérobent l'oxygène. On entend pleurer, gémir, certains parlent en dormant, il ne peut imaginer pire misère au monde, ils sont en fond de cale, privés de jour, privés de nuit. Seule la fatigue du travail impose quelques minutes de silence, entre deux hurlements. Beaucoup sont comme des plaintes post mortem, qui continuent à flotter de châlit en châlit alors que la gorge dont elles sont sorties s'est figée dans un sang caillé. Puis le manège reprend, des disputes éclatent, pour un pet de trop, un jet de vomi, un ronflement, un coulis d'excréments, untel dont la mort fait trop de bruit, quelqu'un les secoue sans cesse, des lumières violentes sont projetées dans leurs yeux. Le navire va couler dans l'eau noire de l'océan, personne n'en réchappera. Drohocki se réveille en sursaut, trempé de sueur.

Quelques jours plus tard, le chef du bloc 15 fulmine dans l'infirmerie. Un visage profondément ridé, des petits yeux haineux, la bouche tordue par le mépris, et surtout une tenue rayée, mais de bon aloi, ornée d'un triangle vert, celui des Allemands condamnés de droit commun, maîtres des trafics et des privilèges. Comme Georg, il a l'air de bien profiter de multiples victuailles. Il s'avance vers le lit de Dora, revenue pour une nouvelle séance, la découvre en partie – la jeune femme reste prostrée. Il beugle en allemand à la façon des SS, comme s'il avait trouvé là un rat mort. Drohocki arrive, l'air furieux, faisant tomber une liasse de papiers. L'homme s'interrompt un instant, les deux se toisent. Kaplan entre à son tour.

« Ce ne sont que des fumisteries, Drohocki ! s'exclame l'Allemand. Voilà ce que vous faites, c'est un bordel pour vous et vos amis soi-disant intelligents ! »

Il s'enivre du scandale qu'il crée dans son bloc, scrute les malades qui se redressent dans leur lit, tandis que d'autres se roulent en boule sous leurs couvertures. Il s'échauffe, heureux de ses effets et du désordre.

« Vous n'avez rien à dire sur notre activité médicale, se contente de répondre Drohocki en avançant légèrement.

— Vous pensez vraiment que vous avez quelque chose à faire ici ? Vos bidouillages, vous pensez que ça va durer longtemps ?

— Vous êtes bien le seul à ne pas comprendre.

— Le seul ? Demandez aux pauvres chiens qui sont sur les chantiers, demandez-leur s'ils n'ont pas envie de se promener en blouse blanche et de jouer au docteur qui parle dans votre polonais de merde !? »

Drohocki prend une profonde inspiration et répond posément :

« Vous êtes le chef du bloc. Cela ne veut pas dire…

— Chef de votre bloc, ça veut dire que je suis responsable des gens qui y habitent. J'ai des comptes à rendre au chef du camp, moi ! Et Monsieur le Juif Zenon Drohocki, j'ai le droit de savoir ce que vous faites de vos journées,

— Vous savez très bien ce que je fais de mes journées.

— Ça vaudrait le coup qu'on en reparle…

— Ce sont des compétences que…

— Moi aussi, j'ai des compétences ! J'ai été vendeur dans une épicerie de Hambourg, je sais ce que c'est, compter, écrire…

— Ça ne vous permet pas de remettre en cause les décisions des médecins, répond Drohocki en haussant le ton.

— Je remets en cause ce que je veux, Drohocki, moi aussi, je sais voir si quelqu'un est malade dans mon bloc, j'ai eu deux mioches, je connais, mais je sais aussi reconnaître les tire-au-flanc ! Je n'ai pas que cela à faire… Et puis de toute façon, vous allez tous crever, hurle-t-il à la cantonade, vous mangez des pelures de pommes de terre et toutes sortes de saletés infectes, vous êtes des bouffeurs d'ordures ! »

Il a manifestement dit ce qu'il avait à dire, comme s'il avait eu besoin d'un public choisi pour sa tirade. Il se retire enfin, non sans avoir balancé en l'air une couverture qui pendait hors d'un lit et tapé contre un mur. Le voilà parti. Soulagé, Drohocki se répand en vagues excuses, prend Kaplan à part et sans transition lui demande en chuchotant s'il sait que Budziaszek a obtenu de Neubert la grâce d'un malade inscrit pour la prochaine sélection, celui avec la néphrite chronique. Pour cent dollars. N'est-ce pas admirable ? Mais au fait, qu'espérait cet énergumène ? Que les malades allaient quitter les lieux, indignés par l'incompétence supposée de leurs médecins, et retrouver la joie des kommandos de construction, de nettoyage, de cuisine ?

« On l'appelle "le Lapin", chuchote Drohocki à un nouveau patient, un homme aux joues creuses, un certain Petr. Il joue les terreurs. Il ne supporte pas qu'un de ses "administrés" lui fasse de l'ombre. Le triangle vert cousu à son habit, c'est un Allemand, un criminel. Ils en saupoudrent le camp pour nous rappeler qui nous sommes. »

Soudain une voix se fait entendre tout à gauche, dans un allemand assez recherché, mais qui reste celui d'un étranger. Il chuchote comme si tous étaient des enfants dans un dortoir de colonie de vacances, transgressant le couvre-feu.

« Je ne connais pas cet homme, il est très grossier, mais il n'a pas tout à fait tort. Je suis ici depuis fin 1942, les tout débuts. L'endroit s'est bien amélioré. Déjà il n'y avait pas de médecins au début, les gens étaient opérés ou soignés par des menuisiers, des ouvriers, des serruriers, certes d'authentiques communistes. Là au moins, on a des médecins… Je ne dois ma survie qu'à mon ancien métier, cuisinier, et à mon diabète, qui me permet de faire régulièrement des petits séjours ici. Je n'ai pas tout compris de votre traitement à l'électricité, mais pas loin de votre lit, début 1943, j'ai vu agoniser deux hommes. Ils nous arrivaient de Birkenau. Le premier était tchèque, chauffeur de métier, le second était boucher, polonais. C'étaient de solides gaillards. Mes collègues de la cuisine avaient ordre de les nourrir abondamment, et ils mangeaient à volonté, ce qui n'était pas tout à fait au menu, surtout à l'époque. On prenait clairement sur la ration des autres. Quelques jours plus tard, le médecin SS leur faisait une transfusion de sang, du sang de malades du typhus. Une expérience pour connaître les modalités de transmission de la maladie. Le typhus, c'est une obsession ici. Il attaque tout le monde, jeunes et vieux, Allemands ou Juifs, malins ou pas malins. Donc dans ce bloc, il n'y avait plus que quatre patients, les donneurs et nos deux gros mangeurs qui commencèrent à comprendre ce qui les attendait. Malgré les interdictions, je passais une tête deux ou trois fois par jour pour savoir comment ils allaient. Ils ne touchaient plus à leur nourriture. Puis la fièvre apparut et ils furent ramenés à Birkenau pour liquidation. Certains d'entre vous sont sans doute dans leurs lits. Donc moi, sachez-le, je n'ai aucune envie de vos électrochocs ! »

1910

Dans la petite ville de Iéna, Hans a abandonné pour un temps l'étude ingrate du cerveau, il est en train de chercher la pure énergie psychique dans les paumes des mains d'une jeune baronne d'Empire, comme tant d'autres avant lui. Il cherche et cherche encore, persuadé que l'énergie psychique est la plus sublime forme d'énergie, qu'elle possède une influence prodigieuse sur le cours de tous les phénomènes.

On apprend que les rayons N de Blondlot n'ont été qu'un feu de paille, songe-creux et impostures. Les rayons X de Rœntgen et les rayons uraniques de Becquerel, eux, tiennent toujours, et les rayons V de Baraduc, pourquoi pas ? D'autres rayons couvent sans doute au cœur de la matière. Tout au long des années 1910, les ondes électromagnétiques de Maxwell libèrent irrésistiblement leur nectar, leur faune et leur flore. Il suffit de se tenir à l'affût.

Les recherches de Hans se contentent de porter sur le courant épidermique, sur la circulation sanguine liée aux processus psychiques, mais aussi sur le clignement des paupières, tout ce qui peut, le cas échéant, extérioriser l'énergie psychique. Il se renseigne sur la stimulation électrique du crâne, sans oser l'essayer, par horreur de la vivisection. Il laisse les autres tirer les marrons du feu. Sa quête reste un jardin secret, il n'en parle pas dans ses cours de neurologie et de psychophysiologie. Il est entouré de collègues bienveillants, tout aussi moyens que lui.

Dans les mêmes années, un peintre de Munich lit et relit *L'Histoire du nouvel occultisme* de Karl Kiesewetter, *L'Extériorisation de la sensibilité* d'Albert de Rochas, les *Formes-pensées* d'Annie Besant, et d'autres chercheurs psychiques comme l'anthroposophe Rudolf Steiner. Dans des revues comme *Die übersinnliche Welt*[1], il annote encore et encore des articles sur les psychicones de Baraduc, ces photographies de la pensée. Il tente en vain de reproduire le protocole de ces photographies.

Il est émerveillé par ces tentatives de figuration de la pensée. On remonte à la source, à l'énergie psychique qui se tient tapie. Comme ils savent en parler, la suggérer, la faire désirer ! Mais lui, Vassily Kandinsky, ne peut s'en contenter, il doit la montrer aux yeux de tous. Et comment la manifester sans qu'elle se réduise à une vulgaire quantité visible ? À de la chaleur, de la couleur, du son, une trace dérisoire ?

1. « Le monde suprasensible ».

Il aime l'idée de l'aura. Ernest Bosc l'exprime dans ses *Opuscules théosophiques* : « L'aura permet au corps astral de rayonner bien loin de l'individu : c'est ce pouvoir de rayonner au loin qui produit les manifestations psychiques dites télépathiques, absolument indéniables aujourd'hui. » Fixer l'aura, se détacher du corps.

L'aura n'est pas une chimère. Puisque la télépathie existe, il faut en comprendre le support, le montrer. Même le grand Charcot, à la Salpêtrière, constatait la faculté des hystériques à détecter les traces de pensées. Nous sommes, aujourd'hui en Allemagne, parvenus à une époque spirituelle où la pensée peut et doit être appréhendée en tant que telle. Par l'outil, toujours plus sensible et proche d'une conscience vivante, par le raffinement des âmes, cultivées et épurées.

Dans son atelier, Kandinsky reprend ses papiers et ses crayons, les couleurs avec lesquelles il s'amuse depuis toujours. Il esquisse une forme. Soudain il se lasse et rentre chez lui. Dans le grand hall, il voit un de ses tableaux encore à accrocher, ne le reconnaît pas et le trouve somptueux, éclairé qui plus est par les derniers rayons du soleil. Somptueux bien qu'il soit posé à l'envers. Quelques jours plus tard, en 1910, le déclic se fait et lui, le peintre d'origine russe, fêté pour le merveilleux folklorique et délicat de ses tableaux, peint une aquarelle, la première œuvre sans chevalier, sans ciel, sans fleurs, sans femme, sans vache. Des taches, des grouillements, des idées pures. Kandinsky ne peint plus des choses ou des êtres entourés de leurs auras mystiques, mais l'aura seule : « L'objet était nuisible à mes tableaux. »

Kupka, le peintre tchèque établi à Paris, ira plus loin : « On pourra s'attendre à l'invention d'une X-graphie capable de dévoiler les événements les plus subtils, actuellement invisibles ou mal éclaircis, tant du monde extérieur que de l'âme de l'artiste. En perfectionnant de plus en plus les moyens techniques dont ils disposent, peut-être les artistes réussiront-ils un jour à faire assister le spectateur à la vie si riche de leur monde subjectif sans être contraints à la besogne laborieuse que comporte aujourd'hui la confection d'une peinture ou d'une sculpture. » Kandinsky-Kupka : le rayon K a vidé les toiles de toute présence familière, pour rapprocher les cœurs, remonter à la langue originelle de l'humanité. Le rayon K pourrait être la fin de l'art et le début d'une communion spirituelle entre les âmes. En 1911, la silhouette de Mme Kupka disparaît dans les verticales d'un tableau, tout comme Ursula von Bülow dans le galvanomètre de Hans Berger.

Mai 1944

Drohocki et Kaplan se préparent à accueillir les nouveaux convoqués aux séances d'électrochocs. Certains, des femmes, viennent de Birkenau, de loin le camp d'Auschwitz le plus peuplé. Des SS les leur amènent le matin en camion. La petite dizaine de malades suivant la cure est perdue dans les cinq cents patients permanents de l'hôpital, grossièrement triés entre les maladies infectieuses, les fatigues et les blessures réparables. Ces femmes restent en observation quelques heures puis, si elles ne sont pas blessées, elles rentrent, la plupart à Birkenau, quelques-unes dans le camp principal d'Auschwitz. À travers elles, Drohocki s'est arrangé pour avoir un petit mot de la main de sa femme Jadwiga. Elle se porte pour le mieux, semble-t-il.

Les listes de malades à traiter par l'électricité sont établies chaque semaine par Drohocki.

« Qui allez-vous prendre ? demande Kaplan.

— Je prends qui je veux, Serge.

— Qui vous voulez, mais comment choisissez-vous ?

— Les prisonniers médecins communiquent entre eux, via leurs supérieurs. Je leur fais mes demandes.

— Pourquoi des femmes, par exemple ?

— Des femmes ? dit-il en riant. Mais pour un échantillon représentatif des deux sexes…

— D'accord… Mais là, répond Kaplan en pointant un nom, pourquoi Ehrenfeld et pas Hackner ?

— Vous êtes trop curieux, Serge, répond-il en souriant, contentez-vous de trouver des compresses à peu près propres et une boîte pour les mettre, si vous voulez bien… »

Le lendemain, le Lapin, chef de bloc de Drohocki, entre à nouveau dans le bureau des médecins. Son visage tourmenté exprime un peu moins de tension, il demande à Kaplan où se trouve « le dénommé docteur Drohocki ». On le prie de patienter. Drohocki arrive et tous s'attendent à une nouvelle scène de ménage. Le Lapin regarde Kaplan et lui fait comprendre que sa présence dérange. Il s'éclipse, ayant à transporter des draps à la lingerie. Une heure plus tard, il retrouve Drohocki rayonnant, un léger sourire aux lèvres.

« Même notre ami Budziaszek, notre grand stoïcien Budziaszek, aurait du mal à croire ce qui vient de se passer…

— Que s'est-il passé ?

— Une de ses citations préférées, c'est, je crois, "Tout ce qui arrive est aussi ordinaire et connu d'avance que la rose au printemps et les fruits en été". Je ne crois pas que cela fonctionne pour le printemps 1944… Ou alors les roses poussent sur les cafards et les fruits dans l'eau croupie !

— Dites-moi, docteur.

— C'est tout simple : le Lapin avait fait quelques timides approches, mais ce matin il m'a officiellement demandé. Il voulait "tester" l'électrochoc. Voir ça par lui-même. C'est tout à son honneur.

— Quand le traitez-vous ? demande Kaplan, sidéré.

— C'est fait. Il est réveillé depuis quinze minutes environ.

— Mais il n'est pas dans le…

— Certes non, le Lapin garde sa dignité. En tant que chef de bloc médical, aucun de ses "subordonnés" ne doit savoir qu'il se met entre mes mains. Moi, l'imposteur et le fumiste. J'ai dû apporter le matériel et faire ma prestation "à domicile", dans sa petite chambre de chef de bloc. Ce n'est pas rien, Kaplan, de pouvoir plonger dans un sommeil léthargique quelqu'un qui vous empoisonne l'existence à ce point.

— Vous avez déménagé le matériel ?!

— Il a bien présenté les choses : s'il veut essayer sur lui-même, c'est pour vérifier les mensonges, pour qu'on ne se moque pas de lui. Le Lapin est très à cheval sur sa réputation. C'est ce qui le fait vivre. Ce qui le gêne depuis toujours dans cette affaire, c'est l'amnésie, il pense que c'est de la simulation, de l'hystérie, du bluff. Alors je lui ai suggéré d'écrire, de sa propre main, l'heure de la décharge. J'ai aussi pris soin de mettre ses affaires à l'abri. Après la convulsion, il s'est endormi.

— Et au réveil ?

— Il est d'abord redevenu lui-même, avec un mal de dos supplémentaire. Il s'est assis au bord du lit et m'a lancé avec sa hargne habituelle : "Mais combien de temps tu vas encore me faire attendre ?" J'avais fini, mais il attendait que je commence ! Je l'ai invité à regarder sa montre, puis l'heure qu'il avait lui-même notée. Alors il s'est levé en grognant, a remis ses chaussures. Nous verrons bien ce qu'il en fera ! »

De retour au bloc, Drohocki est appelé en renfort à l'ambulatorium pour s'occuper de l'admission de trois détenus blessés sur le chantier de la Buna. Tous souffrent d'une blessure qu'il connaît bien, à laquelle il a échappé de justesse : lacération de l'épaule par des câbles lâchés trop vite, par maladresse, dans un travail impossible. Un SS les a sur-le-champ déclarés *arbeitsunfähig*[1], et les voilà revenant avec le camion de la soupe du midi. Le secrétaire préposé à l'admission part chercher un médecin pour statuer sur leur cas. Ce type de blessure est susceptible de les envoyer directement à Birkenau. Le médecin arrive, choisi pour son empathie, car d'autres sont plus cassants et lassés. Après examen, il les fait passer du statut de « travailleurs blessés » à celui de « patients médicaux ». Drohocki les conduit vers une couchette, qu'ils devront partager. Leurs camarades de bloc leur conseilleront de ne pas cesser de gratter leur blessure pour qu'elle s'infecte, qu'elle se bonifie et les garde aussi longtemps que possible loin du *Kabelkommando*.

1. Inaptes au travail.

1914

« *Ma Pauline,*

J'en suis toujours à mes expériences pour retrouver ce qui nous a reliés si longtemps.

La pression sanguine est une piste, mais comment imaginer que ces quelques litres de sang tiède que nous transportons dans nos veines aient l'agilité requise pour refléter le bouillonnement des pensées ? Comment imaginer que notre température puisse varier aussi rapidement qu'elles ? Quelle matière assez subtile pourra bien remuer en phase avec l'énergie psychique ? Mercure, brin de quartz, souffle des anges, quintessence, lumière pure ? Et si pour la détecter il fallait exagérer l'énergie psychique, par une stimulation électrique du cerveau ? Je ne sais toujours pas dans quelle direction aller, le plus simple est de varier l'objet de mes recherches.

De toute façon, elles sont très compromises par la mobilisation pour cette guerre qui a commencé en juillet. J'ai été requis le 2 août, en tant qu'officier de réserve à Erfurt, à quelques dizaines de kilomètres. Quelle ironie, cette guerre alors que je suis père du petit Klaus, et de Ruth, qui est née le mois dernier ! Il y a ces petites mains qui vous serrent les doigts, et les grandes qui vont lâcher leurs armes, fauchées par la mitraille. Rien ne se perd, rien ne se crée… Cette ambiance militaire me rappelle la chute de cheval, quand tu m'as entendu tomber.

J'emporte avec moi des carnets où noter mon programme de recherches pour cet hiver, quand tout cela sera fini : les questions physiologiques dessinent mon chemin ! Je veux une psychophysiologie des maladies mentales… L'énergie psychique et le corps, d'un point de vue pratique consistant à établir les mesures corticales pour la psychiatrie et la neurologie.

Margarethe m'écrit de plus en plus de Berlin, où il y a beaucoup d'agitation. Je crois t'entendre. Toi aussi, tu m'aurais fait remarquer que cela faisait bien longtemps que les pays d'Europe ne s'étaient pas fait la guerre. On aurait pu croire à une paix perpétuelle, comme disait le vieux Kant. 1870 fut surtout un incident diplomatique monté en épingle. Il n'y a pas eu de vrai conflit entre puissances européennes depuis 1815. Pour Margarethe, les nations européennes se sont contentées de lutter pour des colonies lointaines, pour de la production industrielle, des records et du pur prestige. À présent, la guerre impose à nouveau sa poigne et son agenda. Il faut bien que les soldats se dérouillent et que les alliances s'éprouvent. J'espère au moins que ce conflit sera source de progrès civique, moral et scientifique. Je sais bien que tu n'aurais pas été d'accord avec moi, ni avec cette trêve nationale que tous les partis se sont imposée.

Hans. »

C'est pour Ursula von Bülow une grande déception que de voir résister la Belgique, une grande surprise de voir s'engager l'Angleterre et échouer la descente sur Paris orchestrée par Karl von Bülow, un général de sa famille. C'en est une plus grande encore, pour Hans, que de ne pas voir de vainqueur se dégager de ces premières batailles. Deux défaites plutôt qu'une victoire. La guerre se doit d'être belle et courte. En dépassant les quelques mois, en s'enlisant, elle risque de l'empêcher de reprendre son programme de recherches, cet automne au mieux, au pire cet hiver 1914.

Faute de conclusion rapide du conflit, Hans devient en février 1915 chef de l'hôpital militaire de Rethel, dans les Ardennes. Il arrive avec de quoi tenir : il se met à l'anglais, lit Kant et surtout Spinoza, le maître du parallélisme matière-esprit. En foulant le sol français, en s'approchant des champs de bataille, il commence à voir les soldats revenir du front et s'entasser dans ses salles, sourds, perforés, déchirés, amputés. Ils ne sont pas toujours plus beaux que des cadavres. Ce ne sont pas des soldats qui se sont battus contre d'autres soldats. Ils n'ont vu personne, et sans doute personne ne les a-t-il vus en retour. Les humains n'ont que le Lebel, l'arme classique du soldat français, qui tire 21 coups en 1 minute et 34 secondes, ou le Mauser 98, son équivalent allemand, avec 10 à 15 coups par minute. Les machines, elles, disposent des mitrailleuses Saint-Étienne modèle 1907 qui en lâchent jusqu'à 600 par minute, ou des Maschinengewehr 08 qui en tirent 500.

S'élancer hors de la tranchée, c'est chanter l'éloge de l'industrie, de ses progrès constants, de son efficacité, puis mourir. Il n'y a plus de combattants, simplement des millions de tests d'usine concluants que s'échangent les nations les plus riches du monde. Hans voit dans les yeux des soldats cette honte et cette colère d'avoir été fauché par du métal anonyme.

Le *no man's land* entre les deux tranchées n'obéit plus aux lois de l'histoire, aux lois de la saine purge. Il n'est plus la prairie des grandes chevauchées sabre au clair. Cette gadoue est une planète à la pesanteur démultipliée. Les champs d'honneur sont devenus des champs électromagnétiques. C'est un espace-temps déformé, où tout corps se recourbe vers la terre. Mourir se réduit à un sort jeté par la chimie, la physique, l'électricité triomphantes. L'énergie continue à traverser ces corps humains transparents et futiles, comme une simple radio. De figurative, la guerre est devenue abstraite. Voici découvert un nouveau rayon K, comme *Krieg*, la guerre. Plus de contact, on sait désormais tuer comme on parle, comme on voit, comme on peint, à distance et à travers toutes matières. Un nouveau rêve d'enfant se réalise. Le corps archaïque du soldat meurt à dix balles par seconde, il est filmé à seize images par seconde, soit près de deux images par balle reçue. Les machines transportent, tuent et filment les hommes d'un même souffle musical. Les *choses* vont désormais trop vite.

Hans est épouvanté par les dégâts faits aux têtes et aux visages par les pluies d'obus. Ceci n'est pas une guerre. Il a toujours eu horreur de la vivisection, et le voici exposé aux pires blessures. Il peut se tenir à distance, il est le chef et n'est pas chirurgien. Il regarde ces hommes mutiques, tremblants, qui ne trouvent plus le sommeil. Ceux qui sont en état de retourner au front ne font montre d'aucun enthousiasme. Pourquoi ne pas suspendre la guerre ? Il y a une douceur dans ce pays de France : contre un peu d'argent, des femmes de Rethel proposent de laver et repasser le linge des soldats allemands.

Juin 1944

Jour après jour, l'électrochoc a l'inestimable mérite d'aider Drohocki à penser à autre chose qu'à ce lent massacre qui passe entre leurs mains, à autre chose qu'au risque que Jadwiga soit exécutée et ne lui envoie plus les petits billets qu'il reçoit régulièrement. Ils traitent une dizaine de patients par jour, et Kaplan s'est peu à peu habitué au protocole. Il maîtrise quelques mots en grec, en polonais, en tchèque. Ce boîtier n'est plus seulement un talisman pour eux-mêmes, mais un faire-valoir pour leurs SS. Drohocki ne traite plus seulement des mélancoliques choisis en vertu d'une méthode obscure, mais il a fait des tests sur les asthmatiques, et cela a porté ses fruits. Il y a de temps à autre des problèmes avec certains patients, qui souffrent de fractures. Drohocki assure que ce ne sont que d'inévitables conséquences de leurs recherches. Ils font aussi des tests sur des détenus bien portants, pas toujours volontaires, mais ils n'ont pas le choix, il leur faut de la matière et se donner une contenance. Il y a deux jours, ils ont ainsi choisi des convalescents de l'hôpital, mais aussi un des membres du kommando des cuisines. Ils leur disent qu'il s'agit de tester une méthode pour guérir les troubles mentaux des soldats, mais les autres n'ont pas l'air convaincus, d'autant que certains meurent, inexplicablement, à la suite de la secousse électrique.

Une autre fois, ils doivent opérer un phlegmon au niveau de la main, et comme toujours manquent d'anesthésiants pour étourdir le pauvre bougre, un Français qui tremble très fort et ne cesse de parler. De guerre lasse, en accord avec Budziaszek, Drohocki allonge le bonhomme, lui pose les électrodes et envoie une décharge sans même prendre la peine de lui expliquer. Il en aurait sans doute été trop effrayé. Les quelques dizaines de minutes de sommeil permettent de crever l'abcès et d'opérer proprement. Comme des enfants avec leur nouveau jouet, ils répètent la manœuvre avec de nombreux patients.

Mis au courant par le préposé Neubert, le médecin SS Fischer est enthousiasmé et tous deux viennent brièvement assister à une séance. Drohocki et Kaplan délivrent l'électrochoc, puis Budziaszek opère, avec l'emphase qui lui est coutumière. Fischer semble ravi, il imagine qu'ils ont trouvé là un remède universel, mais Drohocki lui rappelle que c'est pour l'instant la dépression qui devrait répondre le mieux au traitement. Cela n'empêche pas de pratiquer de nouvelles expériences. On voit briller dans les yeux de Fischer une sorte de fascination peu en rapport avec les sous-hommes qu'ils sont censés être et le misérable bungalow qui les abrite. L'aura mystique de l'électrochoc les rapproche des détenus, quelque chose d'élémentaire et de wagnérien les transporte, un coup de cymbale, un roulement de tambour, un éclair dans la nuée.

Une fois Fischer parti, Neubert tire une cigarette, prend une chaise et semble se délecter de cette atmosphère scientifique.

« Ce que j'ai toujours aimé, c'est apprendre de nouvelles choses. Ici, au moins, vous voyez, j'apprends ! »

Drohocki et Budziaszek acceptent les cigarettes tendues par Neubert et s'assoient à leur tour, dans la petite pièce où il commence à faire chaud.

« Qu'avez-vous fait comme études ? demande Budziaszek.

— Rien de très intellectuel. J'étais facteur de pianos, puis j'ai dirigé un magasin de meubles à Diepholz. Vous connaissez Diepholz ? Ici j'étais d'abord gardien, mais j'ai progressé.

— Vous n'avez pas participé à la guerre ?

— Pas trop, et on oublie vite la guerre, ici ! Je suis entré dans la Waffen-SS, on est allé jusqu'à Prague. C'est là que j'ai tout appris du métier de soldat. Puis une année dans l'armée d'occupation aux Pays-Bas, et un peu sur le front de l'Est. Ça ne s'est pas si bien passé, j'ai réussi à me faire nommer ici.

— Vous en avez eu de la chance !

— Je ne crois pas au hasard, Drohocki. Tout cela se travaille. Tout en étant gardien, j'ai passé ici un diplôme d'aide-soignant et de désinfection. Le Reich nous donne toujours des possibilités de progresser. C'est pour cela que nous avons gagné cette guerre. Et me voilà parmi vous, du bon côté du manche !

— Croyez-vous à ce que disent les nouveaux arrivants ? Que le débarquement en Normandie est un coup dur pour le Reich ? »

Neubert s'étire et fait un grand sourire.

« La Normandie, l'Afrique… Rien ne peut être un coup dur pour le Reich. Nous avons fait le plus difficile, nous avons dominé l'Europe et conquis la France en quelques semaines. Comment voulez-vous que nous perdions ? Il est normal que les autres se défendent et tentent des choses… Mais chaque territoire conquis, ce sont des ressources supplémentaires. Nous faisons peur, et tout le monde va se casser les dents sur Hitler !

— Et les raids aériens ? »

Neubert se lève et secoue la tête.

« C'est intolérable, c'est d'une telle lâcheté ! L'arme des faibles et des isolés… Mais nous sommes en train de trouver des remèdes, des armes fantastiques pour faire tomber ces Anglais du ciel, comme votre électrochoc, docteur ! Construisez d'autres appareils, mes supérieurs sont des entrepreneurs, ils aiment que les choses aillent de l'avant !

— Justement, Herr Neubert, demanda Drohocki, avez-vous des nouvelles des arrivages ?

— Vous verrez, vous aurez largement de quoi faire, à Birkenau, au camp, au village ! »

Neubert finit sa cigarette, hésite à en allumer une autre, semble hésiter sur la quantité qui lui reste, et finalement sort de la pièce avec Budziaszek.

« Drohocki, c'est toujours un plaisir ! Je vous dis à demain ! »

Deux jours plus tard, Fischer demande par courrier à Drohocki d'approfondir ses expériences et de lui préparer un mémoire sur l'électrochoc, qu'il pourrait utiliser pour un exposé lors de l'inauguration prochaine d'un hôpital pour les SS. La lettre à la main, Drohocki rosit d'un plaisir coupable : « Après tout, ce n'est qu'une épilepsie déclenchée... », murmure-t-il à Kaplan.

1915

« *Sœurette,*

Cette guerre est monstrueuse. Je veux dire, bien plus qu'une guerre normale, si cela a jamais existé. Depuis octobre, je dirige la section des maladies nerveuses de l'hôpital de Sedan. Moi qui avais un si bon sommeil, moi qui regardais les étoiles comme nous le faisions ensemble, je ne suis plus qu'un insecte qui cherche à se cacher, même si au fond je ne risque rien en tant que médecin.

Je suis heureux de ne pas être un combattant, de ne pas devoir blesser, tuer des êtres humains, mais plutôt pouvoir aider et guérir ! Combien volontiers j'aiderais aussi les Français, les pauvres Russes qui meurent ici loin de leur patrie. L'universalité de l'humain, c'est ce dont le Christ nous a fait prendre conscience.

Je m'accroche à des lectures. Il n'y en a plus d'innocentes en une pareille époque : la Vie de Jésus *de Renan, les Évangiles. Et je continue mes recherches, je suis mon propre cobaye puisque tout le monde est devenu cobaye. Je note chaque matin ma température rectale au 100*^e^ *de degré, pour détecter les variations mensuelles des capacités de travail de l'esprit. C'est seulement lorsqu'une lettre m'a appris la mauvaise santé de maman, que ma température matinale a varié de 0,3 degré plutôt que les 0,15 habituels. Je ne sais que faire de tout cela.*

Au moins je n'invente pas d'armes destructrices. Pour le pire, notre chimie transfigure encore la matière et a inventé l'ammoniac, le caoutchouc et la cellulose synthétiques. Maintenant, ce sont les gaz de combat : et voilà comment on fait du chlore, un simple détergent liquide, un gaz qui empoisonnera les poumons de l'adversaire et créera de terribles souffrances.

Plus personne ne croit aux combats, mais personne encore n'ose parler politique ou accord de paix.

Dans le service dont je m'occupe, les lits sont remplis de malades de l'obus. Je les ai repérés depuis le début de l'année. Ils sont sourds et muets, tremblants, parfois aveugles, nous leur donnons bien sûr de l'éther. Quand ils récupèrent, sortent d'une carapace invisible, ils demandent leur mère en hurlant, ou chantent l'hymne national. En haut lieu, personne ne sait nommer ce mal : neurasthénie, choc nerveux, névrose, hystérie de guerre ? Dans nos salles où s'entassent ces malheureux, on les appelle tout bonnement les Kriegszitterer *ou les* Schüttler, *les trembleurs.*

L'empereur avait pourtant dit que la victoire irait à la nation "aux nerfs les plus solides". Tous pensaient que les combats tremperaient les caractères trop primesautiers. Mais voilà des hommes dans la force de l'âge, de vaillants héros, eux aussi frappés de cette mystérieuse hystérie qui ôte tous les moyens. Les voilà, eux aussi, dotés d'un invisible et fragile utérus, car ils n'ont par ailleurs aucune blessure, sœurette, et il y a des choses qui ne se simulent pas. Ils ne parlent pas, ne bronchent pas si on les frappe comme les pleutres qu'on les soupçonne d'être. Ils ne guérissent pas si nous leur donnons de la bonne nourriture, de la valériane ou même des bains d'aiguilles d'épicéa.

Je pense que ces soldats sont bel et bien affligés d'une hystérie masculine favorisée par l'horreur du front. Mais nos autorités sont inflexibles, dans cette période de guerre, notre Reich ne veut pas être aussi compréhensif qu'il l'a été autrefois avec les accidentés de l'industrie ou des chemins de fer. Ceux-là avaient bénéficié d'un diagnostic de "névrose traumatique". Bien des voix s'étaient alors élevées contre cette épidémie de "névroses" n'ayant pour but que de décrocher une pension d'invalidité. Dans les hôpitaux militaires d'aujourd'hui, ce sont en bien pire les mêmes troubles qu'on voyait, en temps de paix, affecter les ouvriers de l'industrie, les habitants des grandes villes comme Berlin.

Sœurette, tu sais combien j'aime mon pays et notre armée, mais ces champs de bataille ressemblent de plus en plus à une usine ou un chantier devenus fous.

À présent, il est hors de question d'attribuer quelque pension que ce soit à ces traumatisés de guerre, qui sont pris pour des faibles. Ce serait créer une "épidémie de névroses", nous dit-on. Un collègue a eu ce verdict, figure-toi : "Je considère que le devoir le plus important du neurologue et du psychiatre est de protéger le Reich d'une prolifération d'invalides mentaux et de bénéficiaires de pensions de guerre." *Il ne faudrait pas les indemniser, mais guérir le mal par le mal. Pour certains de mes collègues, la guerre est un remède tout indiqué pour ces civils efféminés et ramollis par trop de paix ! Je sais qu'Ursula partage cette opinion, nous évitons d'aborder ce sujet lors de mes courtes permissions. N'oublie pas qu'elle vient d'une grande famille de militaires et de serviteurs de l'État.*

Stübler m'écrit que les soldats admis à l'hôpital militaire de Iéna sont invités à jardiner, à effectuer des travaux de la ferme. Le directeur Binswanger demande qu'on fasse alterner récompenses et punitions, promesses et menaces. L'électricité est employée à la fois comme stimulation régénérant les parties du corps atteintes, et comme sanction. On n'emploie que des courants faibles, mais on menace les récalcitrants de véritables décharges.

Les patients affligés de tremblements voient leurs membres fautifs entièrement plâtrés, même s'il s'agit du cou ou de la tête ! Quand un membre libéré recommence à trembler, on menace le malade de lui en plâtrer un autre en bonne santé ! On les menace aussi de les laisser seuls, enfermés dans le pavillon des fous les plus dangereux. Binswanger s'inspirerait d'un Américain pour développer des thérapies par l'isolement, la privation de tout contact humain et de toute distraction. Pour lui, "nous ne traitons pas une maladie, mais des êtres humains malades". Il est d'avis que trop de compassion ne fait qu'entretenir et renforcer les symptômes d'hystérie. Un retour chez soi, dans la douceur familiale, ne ferait qu'empirer les choses. Alors on les isole dans une chambre, avec l'interdiction de lire, d'écrire, de fumer, de parler aux infirmiers ou de recevoir des visiteurs. Ailleurs, ce sont des décharges d'électricité qui rendent leurs jambes aux malades, redressent les dos, comme s'il s'agissait de reconnecter ces corps rebelles aux ondes de la guerre.

Je me sens si accablé ! Ces soldats me semblent incurables, et tu sais que j'ai du mal à appréhender les maladies individuelles. Je me console en lisant le philosophe espagnol du siècle d'or, Balthasar Gracian, et ses propos sur la vie en société.

Toute l'année 1917, celle des cinq ans de Klaus, j'ai craint que la mort d'un enfant se répète, après celles de notre oncle Ernst et de notre sœur Anna. Je n'ai rien dit à Ursula. Mon seul bonheur, c'est la naissance d'Ilse, mais je n'ai bien sûr pas pu me rendre auprès d'eux. C'est notre troisième enfant, et c'est la première fois que je suis éloigné de sa mère pour la délivrance. Ne penses-tu pas que les douleurs de l'accouchement auraient dû me parvenir, si l'on conserve l'hypothèse que la transmission de pensée opère entre personnes intimes et dans des circonstances exceptionnelles ? Je n'ai rien reçu d'elle en pensée, juste un télégramme comme quoi l'accouchement s'était bien passé. J'ai voulu que l'enfant porte en deuxième prénom Anna, en mémoire d'Anna Sophie : ce sera donc Ilse Anna Hedwig Berger. Dans ce carnage du front, Klaus toujours vivant, j'ai suffisamment confiance pour honorer les morts sans craindre de revivre le même destin.

Laisse-moi enfin te raconter la vie que tu aurais menée : tu aurais refusé la trêve, tu serais allée, par tous les moyens, au congrès international des femmes socialistes contre la guerre, à Berne, avec cette Clara Zetkin qui fait tant parler d'elle. À Berlin, je suis persuadé que tu aurais été heureuse de prendre la place des hommes occupés à se battre, d'être conductrice de tramway ou de train.

Ton Hans. »

Juillet 1944

Ils sont une nouvelle fois des milliers à faire la queue dans la grande cour d'appel, sous la pluie fine. Les kommandos extérieurs viennent à peine de rentrer de leur journée, chacun meurt de faim, mais la soupe ne sera servie que dans très longtemps, après cette cérémonie qui les conduit vers la potence. Un homme a été pendu et ils doivent en être témoins, comme au Moyen Âge où la publicité des supplices servait de cours de droit. Une marche militaire résonne lugubrement, avec sans doute Georg au violon. Budziaszek, Drohocki et tous les médecins français, polonais ou grecs retrouvent leur triste condition au ras du sol. Leurs SS apprentis philanthropes se sont évanouis pour les laisser au contact de leur fer et de leur boue. Ils peuvent mesurer à nouveau leur chance de ne pas travailler dans les kommandos extérieurs. Ceux-là font partie d'une autre humanité, leur masse arrêtée autour d'eux, dans cette queue, sent la mort à plein nez, comme leurs malades. Même pour les médecins qu'ils sont, il est clair que la mort est contagieuse. Il suffit de la voir, de la frôler, d'être son voisin, d'en entendre parler pour mourir à son tour, telle une marée montante. Les hommes des kommandos extérieurs sont couverts de cicatrices, leurs ongles ont quasiment disparu, mangés par la terre et le sang. Ils font tout pour éviter l'hôpital, et l'hôpital fait tout pour les éloigner. La vie est quelque chose qu'il faut aller décrocher toujours plus haut chaque jour, perché sur des échasses toujours plus branlantes.

Cela fait bientôt une heure qu'ils avancent lentement vers la haute silhouette de la potence, quand quelqu'un qui en revient se penche vers Drohocki et lui chuchote que Georg est dans le coup. Il doit encore attendre, goûter à cette pluie, jusqu'à découvrir qui est le pendu, petite silhouette encore indéchiffrable. Ce n'est qu'à trente mètres qu'il parvient à l'identifier par sa silhouette rebondie, le visage étant à moitié couvert par une sorte de cagoule, comme on en revêtait les condamnés pour que la peur ne nuise pas à la besogne du bourreau. Il monte à son tour sur cette scène, poussé par un kapo armé d'un pic. Deux autres, de part et d'autre du pendu, s'assurent qu'il regarde le cadavre bien dans les yeux plusieurs secondes, les pieds se balançant au-dessus de la trappe.

Georg, sans être lui.

Ce que Drohocki croyait être une cagoule à moitié défaite est en réalité une carbonisation épouvantable de la moitié du visage, l'œil gauche n'est plus qu'un charbon qui flotte dans une cavité osseuse, l'autre, exorbité, a encore quelques reflets humides, dans une tête enflée par l'œdème généralisé. De la mâchoire à la tempe, ou ce qu'il en reste, on distingue encore la marque ronde du poêle à charbon contre lequel on a pressé sa tête jusqu'à ce qu'elle cuise sur cette tranche, comme une entrecôte. Ils ont dû être cinq ou six pour l'immobiliser contre la fonte, avant ou après lui avoir tondu le crâne, car il n'a plus ses longs cheveux de privilégié. Voilà la vengeance des *Reichsdeutsche* du bloc 7 avec lesquels ce Polonais voulait rivaliser en avantages. Sur un panneau de carton, à grandes lettres en allemand, polonais et hongrois, l'humour habituel de ces cérémonies : « *J'ai volé et trafiqué, mais maintenant je suis sage.* »

Drohocki est resté trop longtemps devant lui, les kapos n'en demandaient pas tant, il gêne les centaines de prisonniers qui attendent de s'inoculer cette image en cinq secondes. Il regarde une dernière fois le corps et voit sa main droite d'où pendent trois doigts, trois doigts de violoniste qui ne joueront plus, ni le matin, ni le soir, ni dans d'autres exécutions. Dans une cave quelconque, ils lui ont réservé tout un programme en trois temps, commencé sans doute plusieurs jours avant la pendaison, en le forçant à voir ses mains avides et musiciennes toutes retournées, à ressentir degré par degré ce qu'est une oreille, une joue qui fondent, un œil qui bout et éclate dans son orbite.

Devant une cruauté si accomplie, Drohocki ne ressent strictement rien, alors qu'il aurait peut-être eu de la peine pour Georg s'il avait attrapé une saloperie dans le bordel des Polonaises du bloc 29, pourtant réservé aux

Reichsdeutsche. Là, il n'est plus qu'un pantin, un destin dilué dans la foule.

Georg mort n'est que la conséquence de Georg vivant. Drohocki aussi, sans doute, est déjà mort. En attendant de l'apprendre, tout le monde espère manger dans pas trop longtemps.

1918

Sur la planche de l'hôpital de Sedan, le soldat Koch a un visage épluché. Tout le côté droit est effondré, c'est une plaie béante qui laisse pendre la joue, montre une partie de la mâchoire et des dents. Au-dessus de ce fracas, des yeux ouverts bougent, pensent et voient encore. L'homme est arrivé il y a quelques heures, la blessure est vieille d'à peine deux jours. Hans, en blouse blanche et masque au visage, se tient aux côtés de Bach, chirurgien de la face dans le service voisin du sien, qui ne désemplit pas. Aucune guerre n'avait à ce point découvert les visages, comme s'il s'agissait de pétales à effeuiller ou de jupes à soulever.

Le corps a été apaisé au chlorure d'éthyle, après quoi le masque de chloroforme est souverain, mais seulement quelques minutes. Le chloroformateur doit revenir avec ses gouttes et empêche le travail du chirurgien. Cette face écrasée court contre la montre, il faut l'empêcher d'être infectée par contamination des cavités de la bouche, du sinus et du nez, et de se transformer en cloaque. Par précaution, on a déjà chez Koch détartré les dents et extirpé une racine douteuse. Bach doit aller vite, la chair a honte et veut se refermer, quitte à laisser à la place du visage une balle fibreuse et sèche, qui emporte le reste dans sa rétractation de cicatrice, quitte à arrêter la vie, salivation ou mastication.

Pour l'instant, le soldat est endormi. Au-dessus des débris de son visage vient rouler bruyamment un tube métallique en suspension, terminé par une pointe. Bach consulte le cliché de l'appareil radiographique à sa droite et demande à l'infirmière d'allumer le courant. Aussitôt, la tête qui est encore celle de Koch se soulève légèrement, et la douleur le réveille. Malgré les précautions de l'anesthésie, la souffrance est trop forte, il gigote en tous sens, le courant est coupé, la tête retombe. Le chloroformateur revient accomplir sa besogne.

La tête se soulève à nouveau, et avec elle bougent tout seuls les lambeaux de chair en partie nécrosée. Malgré l'aide des rayons X, Bach n'est pas entièrement sûr de la localisation. Mais il faut essayer. Le courant de l'électro-aimant est rétabli, et cette fois les yeux traqués ne s'ouvrent pas. Il faut accélérer. Ce n'est plus chercher une aiguille dans une botte de foin, c'est aspirer un éclat d'obus en acier caché derrière un visage. L'électro-aimant l'a ferré comme un pêcheur un thon. La blessure est encore fraîche, il devrait être possible de faire marche arrière, d'écarter les chairs, de rebrousser le temps, centimètre après centimètre. Le soldat Koch a ouvert un œil, mais il se contient, lui aussi veut accoucher ce diable.

Puis il gémit avec ce qu'il lui reste de gorge, ses mains s'agitent.

Bach fait couper les 23 ampères et 110 volts de l'aimant, on administre à Koch un nouveau masque de chloroforme. La radiographie montre que l'éclat a bien bougé, qu'il commence à sortir comme aucune pince, aucun scalpel n'aurait pu l'obtenir sans tout délabrer. Toute la difficulté est de lui trouver un retour suivant le chemin creusé à l'aller. Koch est à nouveau inconscient et prêt à s'ouvrir comme un sexe de femme. Le courant revient, les ondes électromagnétiques se propagent et aspirent l'acier au fond des chairs. Nous ne sommes plus très loin, soupire Bach, gêné par l'odeur du chloroforme qui l'étourdit lui aussi. Le courant est coupé, la tête retombe sur un tissu blanc. Les rayons X confirment une nouvelle fois que le morceau d'acier est à portée de scalpel. Bach pratique une incision comme un autre pratiquerait une césarienne, et fait venir juste au-dessus la pointe de l'électro-aimant. La peau frémit, se tend selon la droite d'un fil invisible. Et voilà qu'enfin la pointe émerge à la surface, avec la timidité d'un nouveau-né. Hans préfère quitter la pièce.

« *Ma Pauline,*

J'ai été enfin libéré de cette guerre innommable. Et encore, je n'en ai vu que les coulisses ensanglantées. Pour services rendus, figure-toi que j'ai obtenu la croix de fer de 2ᵉ classe, la croix de médecine militaire de la Hesse, la croix de chevalier du grand ordre du grand faucon de 2ᵉ classe. Ursula en est fière, elle en parle à sa famille avec des trémolos dans la voix. Nous devrions tous au contraire porter le stigmate de ce carnage, une tache de vin sur le visage, un poinçon à la joue, une brûlure au fer rouge. Je suis accueilli en héros, à Iéna comme à Coburg. Il n'y a rien à espérer du genre humain. Au lieu d'extraire les pensées, comme j'essaie de le faire, nous ne savons qu'extraire des balles ou des fragments d'obus au fond des visages ! Voilà où en est arrivée la science. Et cela continue. Margarethe m'a décrit l'horreur des insurrections de ces insensés de "spartakistes" à Berlin. Il faut à présent qu'il y ait des morts allemands de main allemande !

La poussière des combats est retombée, et je compte au moins une dizaine de mes étudiants, tous des jeunes hommes pleins de joie de vivre, tombés pour la patrie. Partout, les visages sont amaigris, les dos voûtés, du fait des privations. Mon patient Schott est mort, lui aussi, sans doute du manque de soins. Tout se dépeuple, les acteurs qui ont joué sur cette scène abominable ne se relèvent pas au tomber du rideau. Il est très troublant de voir surnager de ce désert Klaus, Ruth et Ilse, nos trois enfants qui me semblent courir, jouer et grandir dans un cimetière.

C'est un jeu idiot que d'écrire ces lettres à une morte, il y a tant de morts partout, à quoi cela ressemblerait-il si chacun agissait à ma manière ? Ces lettres ne répondent pas à la morale du vieux Kant, j'en ai bien conscience.

Ton Hans. »

« Messieurs, commence le doyen de l'Université de Iéna, notre très honorable collègue Binswanger ayant décidé de quitter ses fonctions de directeur de la clinique pour retrouver sa Suisse natale, j'ai l'honneur de présider notre conseil aujourd'hui et de vous annoncer le nom de l'heureux élu. Il est évident que cette nomination, quelle qu'elle soit, ne pourra faire l'objet d'aucun recours. Le candidat désigné devra prendre ses nouvelles fonctions dans les dix jours. Je compte sur votre coopération à tous. J'en viens maintenant au choix définitif… »

En cet après-midi de 1919, un frisson parcourt l'assistance. Le doyen échange à voix basse avec Binswanger, qui affiche un visage impénétrable. Une petite fiche circule entre leurs mains. « Les candidats étaient MM. Berger, Biedermann et Strohmayer. Notre nouveau directeur sera M. le professeur et docteur Hans Berger. Je vous invite à le féliciter ! Il devient de ce fait *professor ordinarius.* »

Un silence de quelques secondes précède de lents applaudissements autour de la grande table. Biedermann et Strohmayer restent paralysés sur leurs sièges. Chacun connaît l'estime médiocre dans laquelle le premier tient le dénommé Hans Berger : « Un esprit fruste, un simple intrigant. » Quant à Strohmayer, il ne se gêne pas pour pointer du doigt le nouveau directeur : « Avec tout le respect que je vous dois, cher collègue, ce n'est pas sur vous qu'il faudra compter pour faire avancer la science, ni pour prendre soin de nos patients. Vos manœuvres font du tort à notre université. » Le doyen le réprimande, mais Strohmayer sort à grand fracas, en bousculant des chaises.

Binswanger tente d'apaiser les esprits. Quelques heures plus tard, il prendra Strohmayer à part et lui expliquera son jugement de Salomon : à Berger la gestion de la clinique, à lui sa prestigieuse patientèle. Hans, mal à l'aise, est secrètement soulagé par le succès que lui ont garanti quelques relations bien placées à Weimar, et le souhait de Binswanger de ne pas désigner un successeur qui pourrait lui faire de l'ombre. Tout comme son mariage avec Ursula, ses nouvelles fonctions sont un baume sur sa douloureuse stérilité scientifique, cet affront fait à la communion avec Pauline.

Quelques semaines plus tard, Hans est alerté par un télégramme de Margarethe. Leur mère Sophie est gravement malade. Il la trouve alitée dans la maison familiale de Coburg, qu'il n'avait pas revue depuis les années de guerre. Margarethe, Maria et Bertha sont épouvantées, toutes éprouvées par les privations. Des meubles ont disparu dans le salon, et le personnel est réduit à une femme de ménage. Sa mère mourante prend leurs mains à tous, et récite très lentement un poème de leur grand-père Friedrich Rückert. Puis elle semble s'endormir, mais se ravise, signale d'un doigt à la bonne de sortir.

« Mon Hans…

— Maman ? »

Avec ses sœurs, Ursula et les petites Ruth et Ilse, Hans est assis à ses côtés et son regard s'attarde sur les joues creusées. Les gueules cassées, les joues hachées, les mâchoires tombées au sol, les trous en guise de nez défilent devant ses yeux, il se félicite qu'aucun visage de femme n'ait été fracassé, que les femmes soient restées à l'arrière, à mourir à petit feu, en sauvant leurs apparences.

« Tu sauras t'occuper de tes sœurs ?

— Bien sûr.

— Il faut s'occuper de tes sœurs, Maria qui est veuve, Margarethe qui n'est pas mariée… Pour qu'elles puissent être d'honnêtes mères de famille. »

La petite Ruth se blottit contre sa grand-mère, les larmes aux yeux.

« Et quel âge as-tu, maintenant ?

— Tu peux répondre, Ruth, dit sa mère.

— Tout juste cinq ans, grand-mère ! »

Sophie pâlit et serre l'enfant contre elle.

« Mais pourquoi ? C'est très mal d'avoir cinq ans, ma petite !

— Très mal, grand-mère ? répond Ruth en bredouillant.

— Ça veut dire que quelqu'un va mourir. »

Du coin de l'œil, Ursula interroge Hans, qui ne bronche pas.

« Grand-mère est fatiguée, Ruth, nous allons la laisser, je crois…

— Pourquoi je ne devrais pas avoir cinq ans, maman ?

— Mais tu as de la chance, ma petite, reprend Sophie, je vais mourir pour toi. »

Bertha tend à sa mère un verre d'eau qu'elle refuse, préférant s'envelopper dans ses draps et se mettre un linge mouillé sur le front. Ursula sort avec les deux enfants, trop agités, et referme lentement la porte. Sophie reprend sa respiration.

« Je suis si contente de voir que vous êtes sortis sains et saufs de cette guerre. Il n'y aura plus de guerre comme celle-ci, les gens ont compris. Les armes vont trop loin. Non, ne t'assieds pas là, Maria, et tirez un peu le rideau si vous voulez bien. Nous autres femmes pouvons revenir à ce pour quoi nous sommes faites. Et n'oubliez pas d'entretenir les tombes. Celles de Paul, de Pauline, d'Anna Sophie. Une fois par semaine, cela devrait suffire. Qui le fera ? »

Elle meurt le lendemain en fin de matinée, quelques minutes après la visite du médecin. Les enfants sont tous sortis de la chambre et boivent à présent une infusion dans le salon, où la menue vaisselle résonne excessivement. Ursula est restée dans le jardin.

« Je voulais vous demander, dit Margarethe à voix basse. Qui est Anna Sophie ?

— Anna Sophie ? » répète Bertha.

Hans regarde sa jeune sœur, qui fêtera bientôt ses quarante et un ans. Si engagée, si instruite, devenue si berlinoise, et pourtant toujours ignorante de l'existence d'une sœur morte cinq ans avant sa naissance. Il sent que ses aînées lui laissent le choix de divulguer ou de taire, de garder les barrières de l'escalier ou de les enlever. Après tout, une enfant morte il y a si longtemps n'est pas un tel scandale.

« C'était une amie de maman, répond Hans.

— Que je ne connaissais pas, mais que vous connaissiez ?

— C'était une femme de condition modeste, à qui maman rendait visite. Maman lui a payé sa sépulture, les parents ne tenaient pas à ce que cela se sache. »

Margarethe le regarde en fronçant les sourcils. Bertha et Maria tentent de prendre un air dégagé.

« Les familles ont de ces petits secrets ! commente Margarethe, vexée.

— Cela se voit souvent, conclut Hans. Par ailleurs, il faudra faire réparer la serrure de l'entrée.

— Pour pouvoir vendre ? demande Margarethe.

— Pour pouvoir vendre », dit sèchement Maria.

« *Sœurette,*

Je suis reparti de Coburg, maman allait mal, mais elle va mieux. Elle résiste encore, à l'heure où tant de femmes meurent à l'arrière, avec un temps de retard. Autour de moi, le vide s'étend. Certains de mes amis botanistes ont laissé leur vie sur le champ de bataille, et je ne parle pas des multiples estropiés qui hantent les restaurants.

Qu'avons-nous gagné en échange ? Certains sont ici flattés que la nouvelle "République" ait choisi Weimar pour se fonder. Je ne suis pas de ceux-là. La perte de l'Alsace-Lorraine et de nos colonies africaines, la suppression du service militaire obligatoire sont un désastre qui nous suivra longtemps. Et la guerre s'est terminée si étrangement. Nous n'aurions sans doute pas gagné, sachant que les Américains étaient de la partie, mais nos soldats ont été bien vite écartés. Ce fut humiliant, et la famille d'Ursula a sans doute raison de haïr ces socialistes à l'égal des communistes. Notre Allemagne n'est plus.

La guerre n'est pas réellement terminée, et je n'en dors plus. Tous ces traités de paix exorbitants ne sont que sa continuation par d'autres moyens, de même que les vétérans du front, démobilisés et errant dans les rues, continuent à vivre, le visage arraché aux deux tiers, mal caché par des prothèses en carton, de même qu'on n'arrête pas le bruit des canons dans les cerveaux, qu'on n'arrêtera pas la force des usines qui sont là pour produire du métal.

Comme je suis devenu directeur, nous avons emménagé dans le logement de fonction de Binswanger, une Klinikerbau cossue, avec une tourelle pointue, en face même de l'Université. Tant que Ruth aura cinq ans, je ne serai pas tranquille avec les escaliers et les hauteurs. J'y ai découvert un toit-terrasse, d'où je continue de scruter les étoiles avec un télescope, tout seul, bien trop longtemps, bien trop tard, car j'entends toujours la guerre. Mes amis d'Urania, avec qui je scrutais le ciel, sont eux aussi morts sur le front ou restent terrés chez eux, souvent défigurés. L'indifférence des étoiles ne peut que les ulcérer.

Ma nouvelle position à l'Université me vaut des envieux, j'ai du mal à reprendre mes habitudes, à aller vers ces nouveaux étudiants qui ont à peine connu la guerre, j'imagine qu'ils pensent que je suis juste un gestionnaire.

J'ai honte de cette réussite, sœurette. Mes obligations administratives m'empêchent aussi bien de renouveler mes cours que de reprendre mes recherches. Dans toute l'Allemagne, mes collègues ne s'intéressent, tels des fragments d'obus, qu'à découper le cerveau en zones spécialisées dans telle ou telle tâche, alors que je cherche une énergie unique. Le soir, j'ai souvent l'impression que je n'ai plus rien à enseigner ni apprendre des autres, que je ne peux apprendre que de moi-même, de toi et d'un continent inconnu.

Après avoir conduit tes tramways et tes trains, tu aurais repris tes cours, nous serions toujours collègues, il y aurait d'autres femmes que toi professeures, dans toutes les disciplines, y compris les plus ardues. Et surtout, comme Margarethe tu serais partie à Berlin pour fêter votre victoire historique, votre triomphe sans égal, le droit de vote des femmes, dans le même temps que l'Autriche, la Hongrie, la Pologne. C'est un point positif pour cette soi-disant République, je te le concède. Puis tu nous aurais rejoints à Coburg auprès de maman, et grâce à toi, elle irait encore mieux qu'elle ne va aujourd'hui.

Ton Hans. »

Juillet 1944

Drohocki et Kaplan poursuivent leur œuvre avec des têtes encore pleines et vivantes, des hommes de Monowitz, des femmes de Birkenau, qu'ils se contentent de stimuler par une décharge, délicatesse et luxe inouïs, tandis qu'il suffit de circuler dans le camp pour sentir la mort rôder, voir les irrécupérables et les fantômes. Pourtant, des malades de l'hôpital ne comprennent pas ce qu'ils font là et rechignent à s'allonger sur le lit, comme s'il s'agissait d'un nouveau stratagème pour les éliminer. « *Docteur, on m'a dit que c'est comme ça que vous voulez traiter les soldats devenus fous, c'est vrai ?* »

Au moment du repas, finissant sa soupe en raclant sa gamelle, Drohocki se contente de dire à Kaplan qu'après la mort de Georg, les choses seront plus compliquées pour négocier les affaires des morts, qui chaque matin sont une précieuse monnaie d'échange pour l'ordinaire de l'hôpital. Georg savait y faire pour fourguer au mieux les chaussures, les habits, les cuillers et aussi les restes des paquets envoyés par la famille, quand il y en avait.

Rien ne va plus entre lui et Charles, le médecin français. Plus que jamais, Drohocki s'interroge sur ses capacités. Ils n'en sont plus aux débuts du camp, où des menuisiers opéraient et faisaient des carnages. Désormais, le niveau médical a monté, il y a assez de monde pour trouver des compétences. Aujourd'hui, Noyer n'a pas su diagnostiquer une fracture à la jambe. Pour le cacher, il fait comme à son habitude : hurler sur des patients qui croient pourtant avoir trouvé un refuge dans l'infirmerie, les prendre de très haut. Cette fois, il a poussé quelqu'un par terre et l'a accusé de simuler. Drohocki est très soucieux des quelques instants de paix que l'on peut offrir à ces malheureux, la plupart issus des kommandos extérieurs. Il accourt, relève le malade.

« Charles, dit-il en français, vous avez fait vos études de médecine à Lyon ? Dans quelle spécialité ?

— Pas de spécialité, dit-il en haussant le ton. Je n'ai pas eu le temps de finir, les Juifs, on ne les a pas laissés finir. C'était en 40.

— Je ne pense pas que vous ayez fait des études de médecine. Un médecin ne traite pas des malades comme vous le faites depuis des semaines.

— Et les médecins allemands qui nous traitent si bien, vous en pensez quoi ? Qu'ils n'ont pas non plus de diplômes ?

— Vous ne vous comparez pas à des nazis ? Ils ne sont pas là pour nous soigner, mais eux le pourraient, s'ils voulaient.

— Vous croyez que Budziaszek les traite mieux ? Il en laisse dehors, avec des plaies béantes, surtout des Juifs ! Je n'ai pas de comptes à vous rendre, Drohocki. Je sais me rendre utile. Et ne vous croyez pas au-dessus des autres parce que vous avez votre boîte à musique.

— Vous n'êtes pas gêné de traiter les gens comme vous le faites, Noyer ? Hier, vous avez hurlé contre un malade qui a vomi, aujourd'hui, vous poussez quelqu'un qui manifestement souffre d'une fracture, la semaine dernière, c'était un nouveau que vous avez giflé et que vous n'avez même pas laissé entrer !

— Nous ne sommes pas sur la Riviera, Drohocki. La plupart de ces gens-là sont des profiteurs et nuisent à notre fonctionnement. On ne va pas s'apitoyer.

— Vous ne pensez pas qu'ils en subissent assez toute la journée ?

— Je fais les choses comme j'entends les faire. Nous pouvons tout à fait nous ignorer, il y a assez de place pour nous deux.

— Vous ne pensez pas à la suite, à ce que ces gens penseront de vous ? Tout se saura un jour, Noyer.

— Mais de quoi parlez-vous ? Qu'est-ce qui se saura ?

— Vos agissements, quand nous sortirons d'ici. »

Noyer part dans un grand rire.

« Sortir d'ici, Drohocki ? Mais nous ne sortirons jamais d'ici ! C'est ce que vous ne comprenez pas. N'attendez rien du monde extérieur ! Au moins ici nous sommes du bon côté. »

La veille, Drohocki est allé voir Dora à son réveil. Il s'est attaché à elle qui est leur première patiente, la vitrine de leur science, leur faible crédit. Elle en est à sa dixième séance, avec toujours un petit public malsain venu d'autres blocs, des autres infirmeries, parfois un SS. Cette alliance de femmes et d'électricité attire. Dora est amenée chaque fois de Birkenau avec d'autres, reste quelques heures puis repart avec le groupe, entourée d'infirmières et d'un SS à l'air suspicieux. Pendant ses quelques dizaines de minutes de sommeil, Drohocki ne s'éloigne pas trop des châlits, il sait ce qui peut se passer l'espace d'une ou deux minutes, on viole si vite. Il y a des regards concupiscents dans l'arrière-salle, et sans doute des regards amoureux de Hongrois, plus tendres et innocents, qui n'ont pas la force d'aller plus loin. La pauvre ne donne pas satisfaction, c'est à peine si elle s'aperçoit des décharges qu'elle reçoit, bien qu'elle ait déjà eu une petite fracture aux côtes. Drohocki ose parfois jouer sur la durée ou l'ampérage. Ils augmentent les doses comme pour remettre en état un jouet cassé, en espérant que le ressort du mécanisme se remette en place de lui-même.

Sorti de l'enceinte de l'hôpital pour aller au *Schreibstube*[1], il voit un des kapos les plus bornés élever la voix et prendre à partie un prisonnier, sans doute un Français ou un Belge, d'après ses cris. Dans les grandes villes, il y a les quartiers où il n'est pas bon de traîner le soir, des coupe-gorge, des rues

1. Bureau d'enregistrement.

mal famées. Cela se joue à quelques rues, à quelques pâtés de maisons. Ici, c'est à quelques mètres, voire quelques centimètres, non loin des deux grandes tentes, de l'autre côté de l'allée centrale. L'énergumène porte un bâton, il pue l'alcool en ce milieu d'après-midi. Il hurle de plus en plus fort, donne des claques à chaque fois que l'autre répond. Drohocki croit comprendre qu'il lui reproche de ne pas bien faire son lit. Puis, comme s'il rattrapait le temps perdu et avait été bien trop indulgent, il commence à frapper les jambes, que le prisonnier replie sous lui, et c'est maintenant son dos qui prend les coups. À trente mètres de là, des SS entendent le raffut et continuent comme si de rien n'était, prétendant pourtant ménager la main-d'œuvre… Le kapo se sert maintenant du bâton comme d'une épée, pour donner des coups lourds et précis dans les côtes, sur la tête, dans le ventre. Il ne cesse de parler d'un lit mal fait. Puis il fait mine de couper du bois à la hache, de haut et à deux mains, avec des cris de jouissance plus fort que les cris de douleur de sa victime.

Drohocki voit déjà ce corps en lambeaux arriver tout à l'heure chez eux, avec plaies ouvertes et fractures, il voit les médicaments qu'il va consommer, la couchette qu'il va occuper, la nourriture qu'il va ingurgiter, tant et si bien qu'il risque de ne pas être admis, non réparable dans les délais prescrits. Mais peut-être a-t-il provoqué le kapo pour s'assurer une place chez eux. Quelques personnes se sont immobilisées pour contempler de loin le spectacle, avec une forme d'horreur tranquille et le soulagement de voir étinceler un paratonnerre.

Le kapo est maintenant reparti, comme après un besoin naturel, et sa victime gît inanimée par terre. Les vêtements miteux sont imbibés de sang, le pantalon trempé d'urine. Drohocki attend quelques minutes pour être sûr de laisser retomber la tornade, de ne pas profaner un triomphe, et comme un bon infirmier lui prend le pouls, tâte la carotide. Le constat est sans appel. Il n'y aura pas de gâchis de leur côté, il continue son chemin et informera la morgue au retour. Plusieurs fois par semaine, l'infirmerie recueille de tels débris encore vivants, des hommes censés travailler à la grandeur du Reich, censés être épargnés ou mourir utilement. Mais les prédateurs qui rôdent n'en ont cure et ne renoncent pas pour si peu à leur mode de vie.

1920

« Ma sœur bien-aimée,

Dans les rues de Iéna, mois après mois, on ne peut manquer les vétérans de guerre. Ils boitillent, grimacent, claudiquent, crachent par terre, oscillent entre l'abattement et les grandes tirades, beaucoup ayant gardé leurs habits de soldats pour rappeler à quoi ils furent bons, malgré la défaite finale. Ils sont arc-boutés sur ce qui leur manque, œil, jambe, nez, bras, main, oreille. Un sens leur a été volé par la même occasion, la vue, le goût, l'odorat et le toucher ne sont plus que des mots depuis que les femmes ne veulent pas d'eux pour refaire leurs vies brisées.

Ils se plaignent de ne pas trouver de logements, de ne pas avoir d'argent. La municipalité a pris la décision d'émettre des billets bleus de cinq marks, des verts de dix, des bruns de vingt, des roses de cinquante, valables seulement dans la ville, une monnaie de singes locaux. Les anciens combattants sont prioritaires dans les usines, dans les bureaux, mais pas toujours bienvenus, peu efficaces, souvent absents. Certains portent leurs pas vers la petite annexe, la Hufeld Häuschen où j'ai repris mes expériences.

Avec mes assistants, je les accueille avec tous les égards dus à leurs blessures. Il n'y a jamais eu autant d'accès à des crânes entrouverts, dans une forme d'alliance entre la science et la guerre. Les hommes s'assoient et patientent, ils ont droit à un café et à quelques sucreries. Je leur demande toujours un accord écrit pour mes expériences, et je n'oserais plus, comme avec Schott, les surprendre par un coup de pistolet dans le dos. Les électrodes que je leur fixe sur le crâne leur donnent l'aspect de tristes clowns hirsutes. Ils patientent sans toujours comprendre de quoi il retourne exactement, fiers avant tout de mettre en avant leurs douloureux pedigrees au sein de l'Université. C'est une médaille de plus, qui se porte à même le cuir chevelu. Respirant difficilement, ils ont du mal à rester en place, sont en proie à de nombreux tics qui empêchent l'installation de l'appareillage.

S'ils jetaient un œil sur les tracés de l'activité psychique que j'obtiens, ils en concluraient qu'ils ne rendent pas hommage à leurs tourments : désespérément plats ou insignifiants. Où sont l'odeur âcre des tranchées, les hurlements du camarade toutes tripes dehors, les ordres contradictoires, la boue qui remonte dans les manches, le mauvais alcool distribué à volonté, la respiration difficile dans le masque à gaz, le crépitement des mitrailleuses quand l'assaut est lancé, les combats avec les rats ? Moi qui ai été près du front, je me sens gêné que leur dévouement ne laisse aucune trace sur mes rouleaux.

J'ai désormais décidé de recourir à la stimulation électrique. Il faut peut-être provoquer le cerveau comme un animal craintif qui refuse de se trahir. Je pose mes instruments sur les brèches osseuses et je mesure, tout en prenant garde à ne pas causer de douleur. Je ne prends pas que des vétérans, mais beaucoup de patients de mon collègue chirurgien Guleke, qui viennent de subir une trépanation, en distinguant les différentes aires du cortex. Un de mes plus jeunes cobayes est un lycéen de dix-sept ans, Zedel, déjà opéré deux fois pour l'ablation d'une tumeur au cerveau. Il me fait penser à Schott et sa balle perdue, en plus jeune.

Toujours aussi peu de résultats ! Ce n'est pourtant pas faute de discipline et de persévérance. Ma journée commence à 8 heures du matin. À 9 heures, je règle les problèmes administratifs que m'impose ma charge. La matinée est consacrée, jusqu'à midi, à la tournée des patients. Je m'extrais ensuite de la clinique pour déjeuner avec Ursula et me promener avec les enfants sur les hauteurs de la ville. Une petite Rosemarie nous est née. Ilse, quant à elle, grandit et s'approche de ses trois ans. Elle sera, je l'espère, la deuxième fille après Ruth à franchir le cap des cinq ans, même en portant le prénom de sa grand-tante morte à cet âge.

À 16 heures se tient ma consultation privée. De 17 à 20 heures, je m'adonne à mes recherches sur l'énergie psychique. Après le dîner, un patient de longue durée, M. Schlömich, travaille pour moi comme secrétaire et prend des notes sous ma dictée.

Je sais que je ne gagne pas l'estime de mes pairs par mes travaux, mais juste par la solidité de mes diagnostics sur la localisation des tumeurs. Je ne rate pas une seule des opérations de Guleke ayant lieu suite à mon pronostic. Je suis bien loin de nos ambitions, sœurette !

Je rêve d'un accès au corps humain. Si les humains marchaient nus et avaient la peau et les os transparents, on ne se laisserait plus prendre à l'illusion du moi. On verrait les organes, baignant dans du liquide, du gazeux, du solide, chacun avec sa couleur. On verrait peut-être le parcours des pensées dans l'encéphale, on verrait combien tout cela flotte dans l'air et dans l'eau, perméable et malléable, prêt à crever à tout moment comme une baudruche. En tout premier, capter cette énergie psychique !

Madame le professeur, vous viendriez parfois m'aider, confraternellement, en vous soumettant vous aussi à mon appareillage, cela ferait bien sûr scandale et miracle ! Je verrais s'écrire sur mes rouleaux vos réponses à toutes ces lettres stupides.

Ton Hans. »

Il plie la feuille, la glisse dans une enveloppe qu'il cachette et range ensuite dans un tiroir où s'entassent toutes ses semblables.

La plupart des professeurs de l'Université de Iéna n'ont que mépris pour la nouvelle République et toutes ses innovations « rouges ». D'année en année, ils célèbrent ostensiblement le 18 janvier, date de fondation du Second Reich. La Constitution de la République, quant à elle, ne sera honorée qu'une seule fois, le 11 août 1924, par le professeur Gerland. Par la suite, la ville prendra le relais, jusqu'à s'en lasser, constatant que l'événement n'intéresse pas le peuple. Hans ne porte pas la République dans son cœur, mais reste discret. En 1922 pourtant, il est choqué par un panneau illégal apposé dans les auditoriums de médecine : « Dans les salles de cours, les quatre premiers rangs sont réservés aux étudiants d'extraction purement germanique. »

La même année, Ursula achète *Rassenkunde des deutschen Volkes*[1], du philologue Hans Günther, un succès immédiat dans le pays, avec près de 300 000 exemplaires vendus pour sa première édition. Elle le lit et le relit, l'offre autour d'elle et en dit le plus grand bien à Hans, qui n'en a que faire. En juin, le ministre des Affaires étrangères, le Juif Walther Rathenau, tombe sous les balles d'un groupe d'action nommé Consul, qui a pour objectif de supprimer les « ennemis de la patrie ». L'un des auteurs, Techow, est d'abord condamné à quinze ans de prison, mais n'en accomplira que quatre, avant de devenir avocat. Plate, collègue de zoologie à Iéna, voit dans ce meurtre un « signe de bonne santé nationale ». Lors de ses cours, Hans l'entend dire que « la race juive pense toujours à un niveau international. Regardez le SPD, qui nous a apporté le fléau de la révolution, c'est une invention juive. Les Juifs sont les porteurs de l'immoralité sexuelle, ils ne peuvent pas s'étonner des pogromes ». La commission disciplinaire qui se tient en janvier 1924 ne le sanctionnera pas.

1. Raciologie du peuple allemand.

Juillet 1944

Kaplan et Drohocki sont trimbalés vers Birkenau, sous la garde de deux SS. Ce matin, il y a encore un peu de brume aux alentours, et pour la première fois Drohocki sort du camp vers une autre destination que le chantier de la Buna, autrefois, il y a une éternité. Habitué des lieux, Kaplan est allergique à une indéfinissable substance qui flotte dans l'air, il en a les yeux qui pleurent. Le camion est celui qui transporte les condamnés à la chambre à gaz, Drohocki l'a vu se remplir déjà plusieurs fois lors des « livraisons » consécutives aux sélections. Ils ont beau laver, des taches d'excréments, de sang et de vomi sont visibles partout, sur les sièges, au sol et sur les parois. Même la suspension semble avoir souffert des dernières minutes de vie qu'elle transporte quasiment chaque jour.

Il y a une bonne dizaine de kilomètres à parcourir. Le camion entre dans le village d'Auschwitz, traverse la Sola, l'affluent de la Vistule, puis longe interminablement les voies ferrées. Entre-temps, les yeux rouges, Kaplan a relevé la tête, indiquant du doigt l'immense site de production d'armements tout près de la gare, dont la Bertha, le projet raté d'usine de détonateurs de Krupp. Puis, à droite, les bâtiments interminables de Birkenau. Monowitz n'est qu'une lointaine banlieue de cette métropole. Leur camion continue à rouler vaillamment, toujours le long de la voie de chemin de fer. Ils entrent dans le domaine du *Zerlegebetrieb*, l'immense chantier de démontage, desservi par une voie spéciale qui sort de l'écheveau des rails, puis se dédouble encore pour livrer ses cargaisons.

Kaplan descend hardiment du camion, sous le regard fatigué des deux SS. Des centaines de détenus mal en point sont à pied d'œuvre dans ce qui ressemble à une décharge à ciel ouvert, où s'entassent à perte de vue des centaines de carcasses d'avions abattus. Drohocki voit Kaplan marcher rapidement vers un hangar, dans un tapage monstrueux. Ici on tord, on martèle, on fait peser tout son poids pour plier la tôle, on casse au marteau les hublots, on soulève des masses colossales, on récupère tout ce qui est acheminé par les trains depuis les champs de bataille du ciel. Kaplan cherche quelqu'un des yeux, s'adresse en allemand à un homme qui ressemble à un garde, mais qui est en réalité un soldat de la Luftwaffe, étonné qu'un détenu étranger ose lui adresser la parole. Leurs deux SS font un signe de tête, indiquant que tout est normal, et qu'il doit répondre. Non, le Polonais qu'il cherche n'est pas là aujourd'hui, il s'est blessé en désossant le cockpit d'un Bristol. Il ne reviendra peut-être plus jamais, on voit ça tous les jours. Le soldat ricane, comme si ces avions étaient avant tout des instruments de torture.

Kaplan semble contrarié, puis demande à voir quelqu'un d'autre, un Russe. Deux minutes passent et on lui amène un solide gaillard, dans ses loques de détenu. Ils discutent longuement, malgré le vacarme, puis l'autre s'en va.

Kaplan revient, explique qu'ils n'ont pas de chance. Ce Polonais connaissait bien le chantier, les choses vont être plus difficiles pour la commande suivante, que Neubert lui avait pourtant garantie. Celle qu'ils viennent confirmer concerne plusieurs pièces qui manquent, pour de nouveaux appareils à électrochocs, pour l'appareil à électronarcose que projette Drohocki, pour des réparations et des montages demandés par l'administration du camp. On ne trouve pas tout sur le chantier de la Buna. Il faut aller très vite, avant que d'autres camps, d'autres kommandos repèrent les composants électroniques, les nouveaux arrivages d'avions, comme si une vache venait d'être livrée et qu'un troupeau de chacals se disputait ses entrailles.

Pour leurs commandes « spéciales », ils n'emporteront rien avec eux, d'autant que ce sont souvent des pièces de taille imposante. Comme pour les crimes que l'on commet ici, il y a une soigneuse division du travail de vol, qui évite à quiconque d'avoir les mains trop pleines, trop sales, trop visibles. D'autres qu'eux apporteront du pain, un supplément de soupe, de tabac, de bordel, et comme par magie d'autres trouveront ce qui est demandé dans le dédale des avions abattus, d'autres encore le mettront dans un véhicule qui passait par là, dans une livraison officielle de pièces nécessaires, d'autres enfin le réceptionneront quinze kilomètres plus loin à Monowitz, puis l'équipe de Kaplan s'en saisira, Budziaszek l'accueillera et les médecins SS se réjouiront de ces équipements de l'hôpital, comme des enfants au pied du sapin.

Ils sont plus de mille à travailler dans le kommando 301 du *Zerlegebetrieb*, assure Kaplan. Drohocki ne peut s'empêcher d'admirer l'art allemand du recyclage : qui a déjà, en pleine guerre, récupéré les balles, les tanks, les uniformes, hormis les détrousseurs de cadavres des batailles napoléoniennes ? Les compagnons d'Achille, d'Ulysse ou d'Hector ramassaient-ils les armures, les lances, les épées et les boucliers encore chauds devant Troie en prévision de la semaine, du mois, de l'année suivante ? Leurs maîtres à eux l'ont fait, c'est sans doute ce qui les rend invulnérables, de même qu'ils transforment leurs prisonniers de guerre en main-d'œuvre, en artisans de leurs immenses victoires. En guise de récompense, ces pauvres hères ont droit deux fois par mois à une *Zulage*, un supplément de pain et de saucisson.

Dans le bungalow, Kaplan, d'un air détaché, sort d'une caisse les pièces qu'il avait commandées, comme s'il s'agissait de raretés de musée. Il fait tout pour ne pas ressembler à un acquéreur, se dit Drohocki. Elles semblent lui donner satisfaction, et le Russe, revenu, prend ce silence comme une confirmation, les pièces seront livrées un jour ou l'autre, dans une suite de hasards concordants, une solide chaîne de corruption. Mais que peut-on attendre d'une cité de gens affamés ? Tout comme dans les entrepôts du Canada où s'entassent les biens des déportés, les gardiens et les voleurs sont les mêmes personnes. La manne humaine est détournée à la source, par ceux qui la découvrent.

Ils remontent dans le camion, le chemin est différent, ils se faufilent parmi ces centaines de carcasses d'avions de toutes formes et de toutes couleurs, un cimetière des éléphants, une foire de ferrailles. Juchés par grappes de trois ou quatre sur des ailes, des fuselages parfois démesurés, les hommes du kommando les dévisagent distraitement. Ils semblent plus abattus encore que les avions qu'ils dépècent, loin des sourires de triomphe des aviateurs posant devant leurs engins. Leurs guenilles tranchent tristement avec les inscriptions encore pimpantes, les zébrures de guêpe des Messerschmitt, les verts bouteille de camouflage des Spitfire anglais, les grosses lettres peintes d'un Avro Lancaster. Kaplan les connaît tous et vante tout particulièrement l'électronique des Douglas A20 américains, si performants que bien peu tombent et arrivent jusqu'à Auschwitz. Le jour où un Douglas sera signalé, Kaplan accourra avec son équipe. Dans les années, les mois qui viennent, avec les victoires de leurs maîtres, tous ces avions pleuvront et s'entasseront ici pour donner des pièces à leurs appareils à électrochocs, qui permettront de survivre, de part et d'autre des électrodes, à ceux qui recevront les décharges, à ceux qui les enverront, ces décharges contre la mélancolie dont Drohocki sait qu'elles leur viennent, encore fumantes, des combats du ciel allemand.

Le camion repart, cette fois vers Birkenau. Drohocki ne peut s'empêcher de trembler en pensant à Jadwiga. Il croit respirer l'odeur pestilentielle des corps brûlés, celle qui, d'après des conversations avec les civils de la Buna, envahit les environs. Il grimace et regarde du côté de Kaplan, qui le devance et le reprend.

« C'est juste une odeur de chantier ou d'immondices. L'odeur des hommes en poudre, quand on la sent, c'est autre chose. Les fours ne sont pas à l'arrêt, mais le vent ne souffle pas dans notre direction. »

Le camion s'arrête et Kaplan soupire. Leurs deux conducteurs descendent du véhicule et on entend le claquement lourd des portières qui se referment.

« Cela va recommencer, plus on s'approche du camp, plus ils ont de contrôles et de petites missions, de petits arrangements. On se rapproche de la caverne d'Ali Baba, les entrepôts du Canada. À chaque convoi s'entassent les héritages de 5 000 personnes. Depuis des mois, ce sont les Hongrois qui arrivent. Les Allemands ont bien tout prévu. Jusqu'ici les convois s'arrêtaient normalement, le long des rails. En avril, ils ont construit une voie qui mène directement à l'intérieur du camp, tout près des chambres à gaz. Ces Juifs sont le bouquet final.

— Pourquoi cela s'arrêterait-il avec eux ?

— C'est vrai, pourquoi ? Tout cela veut dire que nous devons fabriquer davantage de machines pour l'hôpital, les SS ne comprennent que cela, il faut leur montrer que nous servons à restaurer la force de travail. »

Leurs deux SS sortent d'une guérite, sourire aux lèvres, plusieurs petits paquets sous le bras. Mais ils repartent à pied vers la droite, les laissant enfermés dans le camion, au milieu de cette campagne plate et grise.

« Sûrement de l'alcool, du salami, des saucisses de leur pays. Les Juifs font voyager les nazis et leur font découvrir la gastronomie… Par contre à leurs têtes, cela risque de durer. Ils ont l'air d'être tombés sur un filon. »

Ils sont arrêtés entre les deux grands entrepôts de pommes de terre de Birkenau, de quoi nourrir près de 100 000 personnes entassées derrière cette enceinte et ces barbelés. Kaplan respire profondément et se prend la tête dans les mains. Drohocki fixe sa paire de chaussures dépareillées, une sorte de mocassin troué à gauche, à droite une chaussure de ville en cuir beige, tachée de partout, du grand luxe. Son corps d'électricien est préservé, mais ses mains sont pleines de petites coupures.

« Nous ne sommes pas en retard pour les femmes de l'hôpital ? demande Drohocki.

— Je crois que cela ira, ils devraient finir par revenir. Attendez, ça y est, le vent a tourné. C'est bien de Birkenau, maintenant. »

Effectivement, l'odeur a changé, ce n'est plus une odeur de matériaux ou de combustion sèche, mais quelque chose de visqueux et d'une combustion grasse. Instinctivement, Drohocki prend son calot de détenu et se le plaque sur le nez. Kaplan ricane.

« Ça marche les deux premières minutes, avant que votre tissu ne s'imprègne lui aussi. Rien que pour les Hongrois, ils ont renforcé les cheminées pour une chaleur intense, mais ils n'ont pas encore trouvé comment capturer les fumées. »

Leurs SS sont enfin remontés dans le camion, en s'apostrophant, et leur mission semble leur tenir plus à cœur depuis qu'ils ont trouvé leur butin. Ils continuent de rouler vers l'entrée principale du camp. Drohocki et Kaplan ont été regroupés, pour des raisons d'économie, car l'essence se fait rare, dans le convoi qui vient deux fois par semaine prendre le groupe de femmes demandé à König, le médecin de Birkenau. Lui et Schwarz, le commandant de Monowitz, leur ont donné l'autorisation de faire ce détour par le *Zerlegebetrieb*, pour fouiner dans les nouveaux arrivages.

Pas question pour autant de s'arrêter devant l'entrée principale du camp, monumentale avec ses rails presque neufs, qui forme un large portail de pierre, l'essentiel de l'enceinte étant composé de barbelés et de miradors. Le camion longe ces clôtures, sur une route chaotique, et les voilà arrivés vers les baraques des SS et du commandement, en lisière du camp. Une fois devant le portail, ils ne sont pas autorisés à descendre.

La dizaine de femmes en tenues rayées se tient déjà là, gardée par quatre soldats et leur fusils mitrailleurs. Sont-elles choisies pour leur égarement, leur folie douce, leur jeunesse, à la façon dont König comprend les critères de Drohocki, à la façon dont Birkenau comprend Monowitz ? Elles contemplent, effarées, un horizon sans barbelés, ces deux détenus hommes qui les attendent au fond du véhicule. Leurs regards sont incrédules. Vont-elles vers un sursis, un bordel ou une mort nouvelle ? L'une d'elles passe dans la main de Drohocki le billet de Jadwiga, et une immense joie le parcourt. Dans la promiscuité du camion, tandis que Kaplan reste muet, il tente de répondre à plusieurs d'entre elles, de les rassurer, mais la gentillesse et les douces paroles ne sont plus que des cartouches utilisées par leurs maîtres pour obtenir le calme avant la mort. Elles n'y croient plus et semblent plutôt s'inquiéter de leurs bonnes mines et de la joie déplacée de Drohocki.

1922

À l'Université, un après-midi, Hans vient de finir un cours de physiologie devant une trentaine d'étudiants. Souvent son esprit s'absente, il se contente de lire ses feuillets dont certains commencent à jaunir. À quarante-neuf ans, qu'ont-ils à espérer de lui, qu'a-t-il à espérer de lui-même ? En fin de matinée, un groupe d'étudiants s'attarde souvent dans l'amphithéâtre. Hans essaie de les contourner, mais un dénommé Heinrich trouve toujours moyen de l'interpeller.

« Monsieur le professeur ? »

Hans, dans sa longue blouse blanche, avec son crâne dégarni et sa moustache sévère, contemple le visage intact et arrogant du jeune homme.

« Je vous écoute.

— Avez-vous une opinion sur les thèses du docteur Freud ?

— La soi-disant psychanalyse ? Elle n'est pas enseignée dans mon hôpital.

— Bien sûr, mais qu'en pensez-vous ?

— Voyez-vous, j'en pense que c'est chez les primitifs que le traitement des maladies est purement psychique. Par les exorcismes, les rites, les symboles, l'autosuggestion ou que sais-je… Vous pouvez conclure de vous-même.

— À savoir ?

— Que la psychothérapie moderne est caricaturale. Elle est un simple retour aux époques primitives, comme tant de choses aujourd'hui. Il en va de même dans l'art, avec les nouvelles tendances. »

Les étudiants gloussent, heureux d'avoir fait sortir le directeur de son quant-à-soi.

« Faites-vous des recherches vous-même, professeur ? demande un autre, à la gauche d'Heinrich.

— Bien sûr que je fais des recherches !

— Je veux dire, avez-vous une théorie bien à vous ? Comme Freud ? »

Hans fait un pas vers la sortie, serre un peu plus ses dossiers.

« Comme Freud, dites-vous ? Je m'en garderais bien. Tout cela n'a rien de scientifique.

— La science n'a rien à nous dire de nouveau sur l'esprit humain ?

— La science impose la patience et la modestie. Nous travaillons au sein de théories bâties par de plus grands que nous, et c'est tout à notre honneur. À présent, vous m'excuserez. »

Il retourne dans son laboratoire, où sa principale théorie s'appelle Pauline. Tout aurait été plus facile avec l'aide du professeur Biedermann, excellent électrophysiologiste, évincé du poste de directeur de la clinique, et qui lui voue un solide mépris. Berger bricole donc à peu près seul, avec l'aide ponctuelle du professeur Esau, directeur du département de physique, et ses deux assistants techniques, Wien et Dietsch. Il n'a jamais pris part aux grands congrès de neurologie, se contentant de prier le dieu niché au cœur de la matière et de l'esprit. Son oratoire est rempli de câbles, de cadrans et de petits caissons d'acier.

Comme chaque jour après le déjeuner, Ursula se présente à la porte de la clinique pour commencer la grande promenade en famille sur les hauteurs boisées de la ville. Rosemarie est gardée par la gouvernante à la maison, Ruth tient la main de sa mère, tandis que Klaus est à l'école. Ilse a échappé à sa mère et a filé vers l'annexe de son père. Elle a eu cinq ans il y a quelques mois, et depuis son anniversaire, ce sera à son tour de mourir, ou de continuer à briser la malédiction, malgré le prénom d'Anna que Hans lui a ajouté. Ursula elle-même, sans savoir pourquoi, ne la quitte plus des yeux, l'emmène en ville et ne la laisse qu'à contrecœur aux soins de la gouvernante. Inquiète, la voilà poussant la porte et faisant irruption dans le laboratoire.

« Mon Hans ! »

Plongé dans un dossier, le professeur se redresse, surpris et contrarié.

« Suis-je en retard ?

— Non, mais Ilse se cache quelque part !

— Ilse ? Elle n'est pas avec toi ? »

Ursula cherche des yeux l'enfant. Ils entendent alors son rire dans la salle d'à côté.

« Ma fille, que fais-tu là ? »

L'enfant se regarde dans un miroir mural. Elle s'est coiffée de la résille d'électrodes et se trouve irrésistible en hérisson.

« Ilse, on ne touche pas aux machines ! crie Ursula en allant vers elle.

— Pourquoi ?

— C'est fragile et cela coûte cher !

— Ça sert à quoi, père, ce bonnet ?

— Disons… à savoir ce que les gens pensent, Ilse !

— Mais on ne peut pas savoir ! Ce qu'on pense, c'est rangé dans la boîte ! » répond l'enfant en montrant son crâne du doigt.

Ursula s'avance pour faire descendre Ilse du fauteuil où elle s'est juchée. Hans la retient par le bras.

« C'est vrai, mais si la boîte est cassée, on peut écouter à travers. Je travaille justement avec des gens qui ont eu des accidents. »

Hans sourit et montre du doigt les caissons métalliques.

« Avec tes appareils ? demande Ilse, intriguée.

— Et ils l'écrivent ici, sur ces petits rouleaux, répond Hans en lui montrant les tracés inexploitables et insensés de ses derniers cobayes. Ce sont des espions.

— C'est des gribouillis ! objecte Ilse, scandalisée.

— Oui, ma fille, mais moi je sais les lire ! »

Ilse semble à nouveau impressionnée.

« Avec toi, on ne pourrait pas bien sûr, ma chérie ! » ajoute Ursula.

Ilse regarde sa mère avec un air de défi.

« Mais si, j'ai la tête cassée ! J'ai un trou dans la tête, et tout sort par là !

— Par où donc ? demande Ursula.

— C'est un trou pour les pensées, ça ne se voit pas. Il ne faut le dire à personne, maman, les gens vont m'envoyer tous leurs cauchemars ! »

Hans se reprend.

« Qui t'a dit que tu avais la tête cassée ?

— Tu peux allumer ton appareil, papa ! Et tu sauras !

— C'est grotesque, Ilse, dit Ursula.

— Allons-y donc, ma fille, reprend Hans en lui arrangeant la résille d'électrodes. Je lance la machine, attention ! »

Ilse ferme les yeux, fait un grand sourire et attend la fin de la manipulation. On peut entendre les rouleaux tourner, et Hans voit l'aiguille former les mêmes lignes dénuées de toute signification, simples artefacts électriques, d'autant que les électrodes ne sont pas enfoncées dans le cuir chevelu.

« C'est fini. La photo est prise !

— J'ai bien senti que ça sortait, papa !

— Mais c'est bien sorti, ma fille, dit-il en brandissant les rouleaux.

— Tu arrives à lire ? Tu sais maintenant ? lance Ilse en enlevant le casque, sans même regarder les papiers.

— Oui, je sais tout ! Et tu m'as beaucoup aidé », conclut Hans en souriant et en invitant Ursula à reprendre Ilse pour leur promenade quotidienne en forêt. Il sent que son troisième enfant vivra.

L'année suivante, un Autrichien nommé Hitler, ancien caporal dans l'armée allemande, dirigeant d'un « Parti national-socialiste des travailleurs allemands », a tenté, à partir de la brasserie de Munich *Bürgerbräukeller*, de renverser le gouvernement de Bavière, avec le soutien du général Ludendorff et de quelques milliers de partisans. L'assaut est réprimé par l'armée, mais le tribunal jugera que les putschistes avaient été « guidés par un pur esprit patriotique et par la plus noble des volontés ». Ludendorff est acquitté et Hitler condamné à cinq ans de forteresse, échappant à l'expulsion vers l'Autriche. Le NSDAP est interdit dans tout le pays, et le responsable local à Iéna, Wünsche, arrêté.

Fin 1923 commencent à se propager sur le sol allemand les ondes découvertes par Marconi, avec la première émission de la « Radio publique de divertissement », un mélange de musique classique et d'informations, que seuls deux cents privilégiés peuvent entendre à Berlin. Telefunken, Lorenz et Huth se lancent dans la construction en masse de récepteurs. Dès janvier 1924, sur le Holzmarkt de la paisible ville de Iéna, le marchand Mangner fait la démonstration d'une installation radiophonique, au grand émerveillement des badauds. Les ondes criardes se mettent à cerner l'oratoire de Hans.

Le 6 juin 1924, le jeune Zedel, deux fois trépané pour sa tumeur, est à nouveau à sa disposition, allongé sur la table de manipulation. Hans a encore changé la façon de se servir des électrodes d'argile utilisées pour la stimulation cérébrale. Cette fois, il les raccorde à un galvanomètre à fil Edelmann, l'appareil prévu pour les électrocardiogrammes, et le signal convenant au cœur est amplifié cent fois pour entendre le cerveau, au cas où.

C'est alors que des oscillations se manifestent, régulières et constantes, comme une source de vie. Hans ne comprend pas pourquoi, mais cela oscille et semble parler une langue inconnue.

« Docteur ? demande Zedel.

— Oui, mon garçon ?

— Tout va bien ?

— Tout va très bien, mon garçon, nous allons continuer… quatre fois vingt-trois, s'il te plaît ?

— Quatre-vingt-douze ?

— La capitale de l'Égypte, du Brésil et de l'Espagne, à présent ? »

Zedel répond, mais les petites oscillations se contentent de vivre, sans régularité, sans refléter en rien un effort cérébral. Les essais s'accumulent, jusqu'au 7 juillet, avec des tracés francs et continus, sans artefact. La partition jouée par le processus cérébral ressemble enfin aux courbes sinusoïdales générées par les alternateurs électriques et les signaux télégraphiques transatlantiques ! Mesurables, reproductibles, scientifiques. Dans son oratoire de physiologie, comme Marconi, Hans a lui aussi traversé son océan, il a donné la parole à Dieu en tant qu'énergie psychique, il a trouvé le gisement, à moins que le gisement ne l'ait trouvé.

« Sœurette !

Il est possible que j'aie accompli l'objectif que j'ai caressé pendant plus de vingt ans : créer une sorte de miroir de l'esprit : l'électroencéphalogramme ! Baptisons-le EEG !

J'ai essayé au siège de la trépanation de ce brave Zedel, là où l'os manquait, de montrer l'existence de courants par des électrodes en argile et le petit galvanomètre d'Edelmann. Ces recherches ont réussi seulement quand les deux électrodes se trouvent sur une cicatrice qui parcourt l'aire de la trépanation de haut en bas. J'ai commencé par des électrodes creusées en argile avec sulfate de zinc, et suis passé plus tard aux aiguilles-électrodes recouvertes jusqu'à la pointe d'une couche de zinc, enfoncées dans le cuir chevelu sous novocaïne. J'ai obtenu de meilleurs résultats avec des aiguilles enfoncées dans le périoste de la voûte crânienne. On peut distinguer deux types d'ondes : les premières à 10-11 occurrences par seconde, lentes, et les secondes à 20-30 occurrences par seconde, rapides, avec une amplitude entre 0,00002 et 0,00015 volt ! Ce n'est pas un mirage, c'est un gisement que j'ai découvert, sœurette !

Le cerveau n'est pas un animal timide, mais un organe n'ayant jamais été assez écouté. Nous ne voyons que le spectacle de nos pensées, sans entendre le travail en coulisses de l'encéphale ! Tout se passe comme si je devais capter une émission de radio locale venue d'un autre continent. C'est bien autre chose que de diffuser des émissions tapageuses ! Quelque chose vit dans le cerveau de Zedel, c'est peut-être une sorte de nouveau code Morse !

J'ai commandé un galvanomètre encore plus perfectionné, qui arrivera dans plusieurs mois seulement. L'énergie psychique, c'est la grande tâche qui m'est spécialement confiée ! Je suppose que l'action à distance est liée à l'apparition de l'énergie psychique. De même que l'énergie psychique est quelque chose d'agissant, une force, elle est de même en mesure de provoquer un mouvement d'ondes qui se propage dans l'espace, non pas certes une télékinésie, mais un mouvement capable d'influencer les processus d'un cerveau donné. Je me représente cette transmission de la façon la plus simple, comme un mouvement ondulatoire, comparable aux ondes hertziennes, mais en aucun cas identique à elles.

Pour l'occasion, j'ai quitté l'annexe du Hufeldhaus, et j'ai installé mon laboratoire à l'étage du bâtiment principal, dans une pièce proche de mon bureau. Il me faut entendre le plus petit bruit possible, le bruit de la pensée. Quand je le peux, tous les autres équipements électriques sont éteints pour éviter les interférences. Toute la société, toute cette époque perverse devrait se taire et retenir son souffle. C'est dans le silence de l'âme que s'entend la voix de Dieu. Je n'ai qu'un objectif certain dans le cœur, mais le vrai : soit le sacré, soit rien ! De vraies et durables réalisations ! Notre idée du miroir du cerveau : EEG !

Tu viendrais me féliciter, tu me prendrais dans tes bras, et nous pourrions vérifier mille fois la réalité de ces ondes enfin dévoilées. Nous en ferions des frises et nous pourrions les déchiffrer comme Champollion fit avec la pierre de Rosette.

Ton Hans. »

Avec l'assassinat de Rathenau a commencé la chute libre du mark. Le 2 novembre 1922, il faut 9 000 marks pour acheter un dollar. En septembre 1923, c'est un milliard. Le revenu de la famille Berger diminue dangereusement, la viande se raréfie à table, mais Hans est professeur d'université, il perçoit des indemnités de l'État et ne craint pas le chômage, qui frappe des millions de ses compatriotes. Les rares fois où Ursula et lui vont au restaurant à Iéna, on leur demande une caution pour les couverts et la vaisselle. Pour éviter les vols, l'Université a renforcé les portes et recruté quelques gardiens supplémentaires. Dans les couloirs, entre collègues, on se prête l'unique exemplaire du journal, devenu trop cher, alors que les plus pauvres s'amassent devant les kiosques pour lire gratuitement les gros titres. On regarde de travers les quelques touristes étrangers, Hollandais ou Suisses, venus profiter de l'aubaine, tandis que le caporal Hitler sort libre en décembre 1924 de la forteresse de Landsberg.

Juillet 1944

De retour dans l'hôpital, à côté de la salle de chirurgie, Drohocki se dirige vers le lit à mi-hauteur où gît un corps à peine vivant, qu'ils essaient pourtant de sauver, Kostas, le Grec de Salonique. Il a pris le risque de le faire revenir vers eux.

Budziaszek a tout d'abord refusé, sans même aller le voir dans son bloc. Jamais on ne ressusciterait ce « Musulman » décharné, couvert de pus, et qui semble lui-même rechercher sa fin, un mur où se défoncer la tête. Drohocki n'a cessé de revenir à la charge, hanté par la façon dont Georg l'avait condamné, retourné du bout de la chaussure comme un crabe, Grec rejeté par les Grecs.

Cette loque aurait été bien incapable de faire la queue comme les autres, ils doivent l'admettre par une procédure exceptionnelle, en forçant la main à Budziaszek. Les autres malades ne l'accepteraient jamais dans leur bloc si on ne le lavait pas abondamment. Cette tâche revient à Drohocki, personne d'autre ne s'y collera. Il le soulève, l'autre le déséquilibre tant il est long, creux et léger, et

Drohocki le traîne jusqu'aux lavabos. Les quelques personnes qu'ils croisent les accablent de sarcasmes dans trois ou quatre langues. Pendant qu'il lui fait une toilette sommaire avec des chiffons mouillés, le Grec reste inerte, bredouille quelques mots dans sa langue, cherche de la nourriture en tâtant le sol de ses doigts.

On lui trouve une couchette pour la nuit. En avalant d'un trait sa soupe épaisse du soir, il s'étouffe et salit les habits propres qu'on vient de lui enfiler. Le lendemain matin, il ne fait pas partie des morts de la nuit, même si la plupart l'auraient souhaité. Le médecin Makowski trouve du temps pour l'ausculter. Kostas se tient en permanence recroquevillé, grimaçant, les mains sur le ventre, et ne connaît de répit qu'après le repas. Quelques heures plus tard, la radio lui trouve un ulcère perforé à l'estomac. En l'annonçant à Drohocki, Makowski manifeste une joie étrange. « Stefan n'aura plus rien à dire, il va pouvoir opérer et faire le paon devant nos médecins SS ! »

Sans répit, Makowski est désigné pour faire partie de l'équipe chargée de l'examen sanitaire d'une dizaine de femmes qui officient au bordel. Elles doivent chaque semaine s'allonger, ôter leurs blouses et leurs sous-vêtements, car celles-ci en ont toutes. Pour dépister les maladies vénériennes, elles ouvrent les cuisses et découvrent avec divers degrés de lassitude leurs organes génitaux. Un écran de tissu sépare l'examen du reste de la salle, seul le médecin est autorisé à regarder. Certaines femmes n'ont plus de pudeur, elles se relèvent, la toison à l'air, le corps bien fait et bien nourri, prennent leur temps pour se rhabiller, comme pour affirmer leur position de travailleuses, à l'égal d'un menuisier. Elles officient dans le bloc 30, de l'autre côté du camp, près de la laverie, protégées par de hauts grillages en barbelés. Ce sont des Polonaises, des Tchèques, des Hongroises, récompenses pour les détenteurs de *Prämienschein*, les loyaux serviteurs qui, eux aussi à la suite d'un examen, peuvent passer une vingtaine de minutes entre leurs bras et fichés dans leurs vagins. Les Juifs ne sont pas censés profiter de ces avantages. Tout juste sont-ils autorisés à entretenir la bonne marche de ce commerce génital.

1924

« Devant mes yeux, dans ce graphique plein de pics et de chiffres, se trouve dessinée la ligne de mon caractère. C'est une image de ma personnalité, presque identique à celle que je porte dans mon cœur. » Dans cette édition du *Berliner Illustrierte Zeitung*, l'écrivain Emil Ludwig est catégorique. Jamais un appareil n'a si bien dévoilé l'âme humaine. L'ancien collègue de Hans à Iéna, Adolf Friedländer, est tout aussi enthousiaste. Il suffit que le cobaye empoigne une électrode de stimulation, que le manipulateur touche environ cinquante points de la tête et mesure la conductivité du courant alternatif à travers le crâne. C'est alors que le volume des sons produits révèle entre autres l'imagination, la logique, la conscience du devoir, l'intelligence ou la vanité du sujet.

La gloire et la reconnaissance sont là ! Le procédé est utilisé comme test d'aptitude officiel dans de nombreuses entreprises, à la poste suisse et même chez la police criminelle allemande ou l'Institut des sciences sexuelles de Berlin. Et Johannes Verweyen, professeur de philosophie à l'Université de Bonn, recommande l'examen pour un mariage bien assorti.

Pas de doute, selon Emil Ludwig, « à Bunsen et Helmholtz, Edison et Marconi, Curie et Rœntgen s'ajoute maintenant le nom de… Zachar Bissky ! ». Le médecin ukrainien est bel et bien l'inventeur de cette splendide « diagnoscopie ». Nous tenons enfin les rayons X de l'âme, grâce à un appareil dont le courant alternatif est à la même fréquence que le cerveau humain. Bissky assure à tous ses clients, patrons d'usines, directeurs d'administration, présidents de conglomérats, que « la diagnoscopie évite le gaspillage d'un maximum d'énergie sociale, intellectuelle et psychique et permet son usage le plus efficient ».

« Qu'en dites-vous, monsieur le directeur ? »

Beinicke, l'austère surveillant principal de la salle des hommes de la clinique psychiatrique, depuis quelque temps le bras droit de Hans, termine la lecture de son quotidien.

« L'effervescence autour de Bissky ?

— Il y a même un "Bioinstitut pour la connaissance pratique de l'homme" qui vient d'ouvrir à Berlin. Mazette !

— C'est indubitablement une grande avancée pour la science », répond sèchement Hans.

Sur la table, Beinicke remue un des nombreux pistolets dont il fait collection, et qu'il range dans de petites caisses remplies de paille. Il est très actif au plus grand club de tir de la ville, un de ceux qui pullulent à travers l'Allemagne, privée de véritable armée par le traité de Versailles. On s'y côtoie virilement, on joue à la vie militaire en compagnie d'anciens combattants qui exercent l'œil qui leur reste.

« On pourrait tester nos malades ? Voir s'ils seraient aptes à un emploi ? ricane le bras droit de Hans.

— Remarquable idée, Beinicke !

— Ou les marier ? Ils partiraient et leurs femmes s'occuperaient d'eux, cela ferait de la place à la clinique !

— Vous êtes en forme, ce matin ! Je vous laisse, je dois préparer mon cours. »

Grand et robuste, Beinicke en impose même aux jeunes médecins, qui parfois le prennent pour un professeur. Il ne fait qu'un avec son directeur, à qui il rapporte consciencieusement chaque matin. En son for intérieur, Beinicke est lui aussi resté en guerre : il considère les névrosés comme des simulateurs ou des tire-au-flanc et n'a pour eux que mépris. Chaque jour, il s'amuse à en mettre certains en joue de ses deux doigts, et à faire claquer sa langue pour une petite explosion. Il fait régner un ordre implacable. Hans n'aime pas les salles bruyantes, les cris des malades. Il veut bien qu'ils s'expriment, mais pas que leurs cris laissent penser qu'ils sont maltraités. Il n'aime pas les camisoles de force, les contraintes, et pour obtenir la paix qu'il chérit tant, il demande à Beinicke d'administrer généreusement des sédatifs.

Hans n'a quasiment plus d'échanges détendus avec ses étudiants, il entre et sort de son cours quotidien sans bonjour ni au revoir, sans un regard. Il ne fait aucune mention de ses recherches, n'aborde pas le sujet frivole de la « diagnoscopie » de Bissky, cette entreprise commerciale. En privé, il ne cesse de se battre avec les électrodes, l'oscillographe, les appareils qu'il adore. Tous ses cobayes sentent son faible intérêt pour les humains, et la passion qui l'habite pour ses instruments, toujours plus performants, sensibles et puissants. Ses expériences d'EEG ont lieu surtout le dimanche, jour du Seigneur et de l'extinction de tous les autres appareils de la clinique, tout spécialement les appareils de radiographie, qui pourraient générer des interférences. Il aimerait des journées silencieuses et des nuits d'un sommeil sans guerre ni rêves.

« *Pauline,*

Les doutes reviennent. Plus les instruments sont sensibles, plus il est possible que les ondes viennent d'ailleurs : des muscles du corps, du cœur, des muscles oculaires ou des muscles du crâne, d'on ne sait quel poste de radio ou d'électrothérapie des environs. Les appareils ne savent pas distinguer la vie cérébrale des vies inférieures. Je repars à zéro, qui accroît son savoir accroît sa souffrance, c'est déjà dans la Bible. Idéalement, il me faudrait un cadavre pensant, un cerveau actif dans un bain d'huile, dégager l'âme de sa gangue corporelle, comme dans le Phédon *de Platon. Un tel gibier ne se chasse que dans le silence absolu. Le pire est, sœurette, que* je ne sais pas ce que je fais. *Il me semble veiller dans le temple d'Apollon et attendre l'oracle de la Pythie, rien de plus. Peut-on viser la pensée par une théorie ? Ou tout juste espérer qu'elle se laisse surprendre par un instrument ? Je change l'appareillage en amateur, comme on adresse des prières à un saint choisi au hasard. Que penserait de moi Biedermann ! Son mépris est si justifié. Et pourtant je ressens le besoin d'un travail scientifique créatif. Pendant de nombreuses années, j'ai travaillé en vain sur le soi-disant EEG. Et maintenant ? Tant d'ambition et tant d'incapacité !*

Je reste au moins un bon télépathe. Pas un bon émetteur, sauf avec toi, quand j'ai failli mourir, mais un bon récepteur. Un matin, en m'habillant, il m'est venu à l'esprit une expérience désagréable, vécue avec un camarade de classe que je n'ai pas revu depuis vingt ans. Je ne peux m'empêcher de penser à lui, je n'arrive pas à me débarrasser de ce souvenir désagréable, jusqu'à ce que les tâches quotidiennes m'absorbent entièrement. Quatre heures plus tard, figure-toi, le concierge de la clinique m'annonce la venue de cet homme, qui souhaite me parler immédiatement au sujet d'une affaire personnelle. Tant que je vivrai de telles choses, mes recherches auront du sens.

Ton Hans. »

Comme d'ordinaire, il glisse la feuille dans l'enveloppe, la cachette, mais il doit vider un nouveau tiroir pour répartir le flot de sa correspondance.

Ursula a ramassé les touffes de cheveux noirs tombées sur le sol carrelé et les a rassemblées dans un sac en papier qu'elle brandit sans un mot devant le professeur. Il congédie les assistants de son laboratoire.

« Je suis désolée de te déranger, mon Hans.

— Que se passe-t-il ?

— C'est pour t'aider, père ! interrompt Ilse d'un ton catégorique.

— Ne dis pas n'importe quoi ! Qu'as-tu fait à tes cheveux ?

— Je suis sortie faire une course, et voilà ce que je trouve dans la salle de bains. Et elle n'a que sept ans !

— Elle s'est coupé elle-même les cheveux ? demande Hans en s'approchant.

— Même presque rasé, à certains endroits, soupire Ursula. Regarde-moi cela ! Cela mettra des mois à repousser. Qu'allons-nous dire à l'école ?

— Tu dois voir mes pensées, père !

— J'ai déjà vu tes pensées l'autre fois, ma chérie ! répond Hans. Tu ne te souviens pas ?

— Oui, j'avais cinq ans, elles ont changé, et tu vas les voir beaucoup mieux !

— Tu ne pouvais pas me demander avant ? »

Hans invite Ilse à s'asseoir sur le fauteuil d'examen et prend à part Ursula.

« Je vais simuler un examen, puis je te la ramènerai.

— Il faudra la raisonner.

— Tout à fait. »

Une fois Ursula partie, Hans s'assied à côté de sa fille. Le visage d'Ilse, dépenaillé, le crâne semé de traces de ciseaux, est animé d'une volonté farouche, elle semble une martyre de la science.

« Tu penses toujours que ta tête est cassée, comme l'autre fois ?

— Bien sûr, père », répond-elle avec une tranquille assurance.

Les mains de Hans hésitent entre deux solutions, lui enfiler à nouveau la résille et faire semblant, ou rendre hommage au courage de sa fille en la soumettant au protocole couronné de succès, qu'il n'a appliqué qu'aux accidentés.

« Es-tu prête à avoir un peu mal, Ilse ?

— Ça m'est égal, père, dit-elle avec un grand naturel. Je ne me suis pas coupé les cheveux pour rien ! »

Hans se lève, sans raison tire les rideaux du laboratoire, et prend la seringue de novocaïne nécessaire à l'insertion des électrodes dans le cuir chevelu. Il commence les injections, ne recueillant que quelques grimaces. Parfois, il coupe lui-même quelques touffes récalcitrantes. Il effectue à présent les insertions superficielles et met en place la résille.

« Tu ne parleras pas de cela à ta mère, n'est-ce pas ? Je te traite comme une grande. »

Elle hoche la tête, la mâchoire serrée.

« Avec tout ça, on va voir beaucoup plus de choses, père ?

— Peut-être, ma fille, peut-être. »

Il regagne le fauteuil de laborantin et actionne l'appareil comme on s'en remet au destin. Les rouleaux défilent, et à partir de cette enfant intacte s'inscrivent les mêmes tracés obstinés et véloces que pour les crânes d'hommes brisés, mutilés, perforés, trépanés. Ilse dévisage son père, avec ses grands yeux convaincus d'une vérité insaisissable.

« Père, c'est plus clair, maintenant ?

— Oui, beaucoup », répond Hans d'une voix blanche.

Deux ou trois minutes se passent, sans qu'il juge nécessaire de lui proposer un exercice mental. Puis, délicatement, Hans retire toutes les aiguilles insérées dans son cuir chevelu. Il reste stupéfait, jusqu'à ce qu'Ilse le tire par la manche.

« Alors, à quoi est-ce que je pense ? Tu sais le lire ? »

Il la regarde et lui prend les mains.

« À vrai dire, je ne sais pas à quoi tu penses. Mais je sais que tu penses ! »

Ilse semble atterrée.

« Tu ne savais pas que je pensais ?

— Plus exactement, je peux croire qu'il y a une énergie psychique en toi, mais il faut encore le prouver. Tu pourrais être un robot, une machine… Ici, tu n'es pas ma fille, tu es un cerveau que j'examine.

— Mais il y en a partout, de la pensée, père. Chez les animaux, les arbres, les ruisseaux…

— Non, Ilse, aujourd'hui, dans tout l'univers il n'y a que toi qui penses, c'est ce que me disent mes appareils magiques. »

Père et fille, contents l'un de l'autre, quittent la clinique pour une promenade en forêt, le temps que s'effacent les traces de piqûres.

Dans les mois qui suivent, Hans, exalté, sollicite la participation de toutes les personnes disponibles : assistants, membres de sa famille, patients deviennent cobayes de ses expériences. De 1924 à 1929, il enregistre l'activité cérébrale de 38 personnes porteuses de brèches opératoires, durant 101 séances, mais aussi de son fils Klaus, entre ses quinze et dix-sept ans, avec 73 courbes en 14 séances. Les crânes sans brèche répondent systématiquement présents, grâce à un galvanomètre Siemens de dernière technologie, acquis en 1926. Ilse ne revient plus dans le laboratoire, comme s'il lui avait suffi d'ouvrir le chemin.

Entre-temps, l'électricité n'est plus le privilège de quelques laboratoires : à Berlin, près d'un tiers des foyers est raccordé au réseau, et les travaux ne cessent pas à Iéna. La maison des Berger est reliée en 1925. À partir de 1926, plus d'un million de postes de radio ont été écoulés dans le pays. Régulièrement, Ursula lui demande l'achat d'un appareil, pour écouter de la musique. Elle se tient devant lui, avec sa haute taille, et plaide sa cause au nom de Klaus et de Ruth. Cela les amuserait tant d'entendre le bruit du monde, ils pourraient y rester des heures et apprendraient tant de choses ! On a même retransmis dans toute l'Allemagne les battements d'un cœur humain !

Hans s'y refuse, la petite Ilse également, arguant de sa tête cassée, au grand énervement de sa mère. Il a déjà accepté l'achat d'un gramophone pour écouter des disques, le dimanche ou certains soirs de la semaine. L'agrandissement de la vieille salle de cinéma « Astoria » et la création d'une nouvelle de 1 200 places, le « Capitol », déplaisent au professeur. Bientôt Iéna connaîtra trois salles où se presseront les foules. Tout cela est pour lui un hideux vacarme qui étouffe le bruit de la pensée. Dans la même veine, le 19 novembre 1925, pendant trois heures, le caporal et chef du NSDAP Hitler a parlé sans discontinuer au public réuni dans la *Volkshaus*. Trop long, il a fatigué jusqu'à ses partisans, et n'a récolté que de faibles applaudissements.

C'est son patient et secrétaire Schlömich, qui, un soir d'octobre 1927, parle à Hans de l'émission diffusée sur le *Berliner Rundfunk*, qui a fait sensation.

« 4 000 auditeurs, figurez-vous ça !

— Et pour quoi faire ?

— Une heure de télépathie, monsieur le directeur !

— De télépathie ? C'est grotesque.

— 4 000 auditeurs se sont prêtés au jeu, âgés de dix à soixante-dix-sept ans. Ils présentent cela comme scientifiquement explicable.

— Mais encore ? demande Hans en continuant à lire des notes.

— Un comte "von Arco" tire les premiers chiffres. Il dit "maintenant", puis commence à regarder ces chiffres très attentivement. Les auditeurs, à l'autre bout du pays, doivent rester en silence à observer quels chiffres leur viennent à l'esprit. Puis, après environ deux minutes, ils écrivent les chiffres dans le formulaire de réponse.

— Et ils l'envoient par télégramme à Berlin ?

— C'est cela ! Payé par la radio, bien sûr.

— Ce n'est donc pas de la télépathie, Schlömich !

— C'est de la transmission de pensée, non ?

— Un seul homme communique sa pensée à toute l'Allemagne, et les autres sont censés la recevoir ? D'autres qu'il n'a jamais vus ni connus ?

— Les résultats sont arrivés : près de 10 % des réponses concordent, c'est au-dessus de la probabilité mathématique, disent-ils !

— Ce sont surtout des coïncidences que l'on prend pour des miracles, c'est tout. On confond télépathie et télégraphie. »

Schlömich regarde Hans, incrédule.

« Mais vous n'y croyez pas, docteur ?

— Bien sûr que j'y crois, c'est un phénomène naturel. Mais un arc-en-ciel est aussi un phénomène naturel, et je ne prétends pas qu'il soit visible sur la terre entière ou à travers toute l'Allemagne. C'est une diffraction qui n'a que quelques kilomètres d'envergure. Il en va de même pour la télépathie. »

Schlömich secoue les épaules, comme pour passer à un autre sujet.

« Bon, ils auraient tous dû être présents dans le studio, sous votre arc-en-ciel ! Peut-être le referont-ils un jour. »

« *Sœurette,*

Je suis désormais capable d'enregistrer des électroencéphalogrammes de volontaires normaux ! Je ne suis plus tributaire des brèches osseuses. J'ai adapté un nouveau galvanomètre Siemens et Halske à double bobine, grâce auquel je distingue toujours mieux les ondes que j'appelle alpha.

Les courbes d'un cobaye ont montré que j'ai enfin trouvé les courbes de l'EEG de l'homme. Eurêka est vrai ! La résistance de la peau est très importante, si bien que rien qu'un petit déplacement de l'aiguille a un grand effet sur la validité de l'enregistrement. Mais les courbes montrent avec certitude et précision que les oscillations ne viennent pas de la peau. Les courbes concordent parfaitement ! Elles montrent une concordance profonde aussi avec celles prises sur des défauts osseux d'un autre cobaye. J'ai trouvé, j'ai trouvé ! Juste au moment où par désespoir je pensais abandonner l'affaire !

Pauvre de moi ! Je crois avoir trouvé, puis le lendemain, ces ondes perdent toute signification à mes yeux. Elles ne sont plus que des réflexes épidermiques psychogalvaniques. Un soir j'ai même appliqué les instruments de mon "électroencéphalogramme" sur mon tibia. Les courbes crâniennes ne seraient-elles que des courbes de vaisseaux sanguins ? Le silence n'est jamais assez entier, autour de moi comme dans mon esprit. Les ondes du corps se distinguent-elles des ondes du cerveau, celles du cerveau se distinguent-elles de celles de la pensée ? Celles de la pensée des ondes radio, du téléphone et du cinéma qui envahissent notre ville ?

Et si je n'avais pas donné la parole à Dieu en tant qu'énergie psychique, mais à la guerre ? La guerre est toujours tapie dans l'ombre, les explosions continuent de sourdre dans les cerveaux civils et militaires. Les ondes que je mesure existaient-elles seulement avant la guerre ? Ne sont-elles pas une hystérie cérébrale, l'écho éternel des obus, le bruit des blessures qui sort des crânes fendus des vétérans désœuvrés ? Comme leurs visages, leurs consciences sont trouées et je ne fais qu'enregistrer leurs fuites. Cette soi-disant énergie psychique disparaîtra-t-elle avec tous ces apporteurs de têtes qui ont connu la guerre ? Mais Ilse, Klaus et Zedel n'ont pas connu la guerre. Est-il possible de ne pas connaître la guerre ?

Si tu étais encore là, tu viendrais toi aussi t'offrir à l'examen, et nous déchiffrerions tes tracés. Nous retrouverons notre énergie, sœurette, mais le chemin risque d'être long, et il est important de n'en parler à personne.

Ton Hans. »

Juillet 1944

Quatre jours plus tard, tôt le matin, Neubert et Fischer sont conviés à l'opération conduite sur Kostas par Budziaszek. Enfilant des blouses sorties de l'étuve et des masques de fortune, les deux SS se tiennent derrière le jeune *Lagerälteste*, ravi d'étaler à la fois le luxe d'équipements qu'avec leur bénédiction il a rassemblés à partir de rien, et son savoir-faire acquis de fraîche date, invoquant des méthodes et techniques « polonaises ». La salle d'opération du bloc 18 est effectivement un miracle : sol en béton lisse, facile à nettoyer, murs peints à l'huile, lampe chirurgicale au-dessus de la table d'opération.

Pour Kostas, on trouve même un anesthésiant. L'opération se passe bien, et Drohocki voit sortir les deux Allemands d'excellente humeur, tandis que le malade est transféré dans la salle de réveil du bloc 19, une autre grande fierté de Budziaszek.

Une table est dressée devant le bloc 16, et des boissons servies. Fischer et Neubert se tiennent, heureux de profiter du soleil de juillet. « Nous avons bien de la chance, Stefan, commence le médecin-chef du camp, d'avoir grâce à vous le meilleur hôpital, et, grâce à Monsieur le comte Zenon de Drohocki, les recherches les plus pointues. Sachez-le, c'est apprécié en haut lieu.

— Vous avez su que j'étais…

— Je me suis renseigné ! Nous avons donc un aristocrate polonais parmi nous !

— Ce n'était pas la peine…

— Et surtout un grand scientifique. Pour ce que je peux en comprendre, évidemment. Je n'ai fait qu'une petite spécialité de gynécologie.

— Ah ? Je ne savais pas, reprend Budziaszek.

— Autant vous dire que j'en ai oublié l'essentiel. Je reprendrai peut-être après la guerre. Vous m'avez redonné la foi ! Je crois que je ne sais plus opérer, en tout cas je ne saurais pas faire ce que vous venez de faire…

— Et quand voyez-vous cette fin ? »

Fischer tapote sur la table et regarde Neubert en souriant.

« C'est devenu plus difficile de donner une date pour la victoire définitive. Il aurait fallu que les Anglais soient raisonnables et concluent la paix. Avec le nouveau front en France, ils ont choisi le contraire, tant pis pour eux. Notre riposte sera terrible, ils n'ont aucune idée de ce qui les attend. Hitler est le plus grand stratège de l'histoire, il l'a prouvé dix fois. Les Anglais auront encore la possibilité de faire la paix. Tout le monde veut la paix !

— Tout le monde, répète Neubert.

— À un moment donné, reprend Fischer, comme dans toute l'histoire de l'humanité, il faut acter les nouvelles frontières. Toutes les frontières, même les plus paisibles et les plus naturelles, un fleuve, une montagne, sont nées des guerres.

— Vous voyez cela pour quand ?

— S'ils ne comprennent que la force… Fin 1945, début 1946… Neubert le voit un peu plus tôt, n'est-ce pas, Neubert ?

— Tout à fait. »

Tous deux laissent un silence s'installer, puis Fischer reprend.

« Les Russes, il faut juste les anéantir. Mais avec les Anglais et leurs alliés, il faut trouver une paix possible. Si nous voulons conclure un accord, il faut être présentable. Et c'est bien simple, j'ai travaillé à Oranienbourg, à Dachau, à Stralsund. Maintenant ici. Le Führer n'accepterait pas une minute ce qui se passe dans les camps. Cette misère, cette violence, cette saleté, ces morts inutiles. Nous n'en avons pas besoin.

— D'où cela vient-il, alors ? demande Drohocki, les yeux ronds.

— Ce sont des fils qui sont tirés depuis Berlin, continue Fischer, pendant que le Führer est occupé par la conduite de la guerre, pas une mince affaire. Nous ne pouvons rien décider concernant les conditions de travail et la nourriture, c'est IG Farben et la Buna qui ont la main. On nous en demande toujours plus, il faut faire du chiffre. Mais le Reich mérite mieux, même ceux qui doivent mourir méritent mieux, même les Juifs méritent mieux. Et tout finit par se savoir. Pour un traité de paix, ce que nous faisons ici n'est pas présentable. »

Fischer marque une pause, puis finit sa chicorée en faisant la grimace.

« Votre mixture est épouvantable. Il faudra qu'on vous fasse envoyer du café de nos casernes, du vrai.

— Volontiers !

— Il y a longtemps que j'en ai plein les bottes, Budziaszek, continue Fischer, mais je suis comme tout le monde, je ne peux pas revenir en arrière. Je vous laisse, nous avons une réunion au *Stammlager*. Vous venez, Neubert ? »

Après leur départ, contrairement à son habitude, Budziaszek ne se remet pas aussitôt à la tâche, se contentant d'agiter la cuiller dans sa gamelle.

« Qu'est-ce que tu vois là, Zenon ? Les personnes qui s'en vont ?

— Neubert et…

— Mais encore ?

— Deux médecins dont nous dépendons… Deux membres de la SS…

— Certes, et je n'allais pas leur donner le meilleur café que m'envoie ma famille. Tu y es presque…

— Qui sont médecins…

— Tu tournes en rond.

— Qui sont des soldats également ?

— Mieux ! Et où a-t-on besoin des soldats quand on est en guerre ? Et surtout quand il se pourrait que cela aille mal ?

— Sur les champs de bataille, j'imagine.

— Parfait. Ils n'y sont pas. Wirths, leur chef à tous, a été engagé sur de nombreux fronts. Il a eu une crise cardiaque en Finlande et a été muté à l'inspection des camps et puis au commandement d'Auschwitz. Tu l'imagines en soldat de retour sur le champ de bataille ? Fischer, maintenant. Ils se connaissent, ils ont fait leurs études de médecine ensemble. Ils se retrouvent ici. Fischer m'a raconté sa nausée lors de son premier matin sur la rampe de sélection, à trier ceux qui vont mourir le jour même et les autres, hommes, femmes, enfants, vieillards qui sont vomis par les wagons. En tentant de se persuader que ce petit geste d'envoi à la mort est une simple mesure sanitaire pour s'éviter les maladies. Je ne te fais pas de dessin. Sans l'aide de Wirths, Fischer n'aurait pas tenu son tour sur la rampe de Birkenau. Et pourtant, ce n'est pas un perdreau de l'année. Ce qu'il ne t'a pas dit, c'est qu'il a soigné les tuberculeux de première ligne pendant l'assaut contre la Russie.

— Cela a dû être une vraie boucherie.

— Mais c'est différent entre soldats "consentants". On ne fait pas tuer des enfants d'un mouvement du menton. Maintenant, il s'est habitué, ils alternent sur la rampe, et pour rien au monde ils ne voudraient revenir au front.

— Où veux-tu en venir, Stefan ?

— Tous les compliments qu'ils te font, le mémorandum que Fischer t'a demandé pour l'inauguration de leur hôpital, ce sont des garanties de leur importance, de leur compétence, des raisons de rester jusqu'à ce que la paix revienne. C'est l'enfer pour la plupart, le purgatoire pour nous, le paradis pour eux. Ton électrochoc, dans mon hôpital, dans cette guerre, tout cela est très solide, nous nous tenons les uns les autres. »

En fin de matinée, Drohocki peut aller voir son protégé dans le bloc 15. Kostas a le ventre entouré d'un gros bandage et dort paisiblement, comme si l'opération en elle-même l'avait nourri. Ses voisins ne sont pas ravis de le voir revenir, mais comprennent bien que ce corps vaut plus que son propriétaire, qu'il est investi de soins et d'attentions particulières. Un infirmier au camp depuis plus d'un an et demi dit à Drohocki que c'est bien la première fois qu'il voit ressusciter un « Musulman ».

1929

> « Il ne faut pas permettre à la technologie d'avancer plus vite que le Reich ; le Reich doit avancer au même rythme que la technologie. »
>
> Joseph GOEBBELS,
> *Revolution der Deutschen*, 1933.

On a enfin découvert l'énergie universelle qui agite le vivant, qui anime les cellules dans leur intimité. Elle s'appelle adénosine triphosphate ou ATP. Le physiologiste Pflüger l'avait bien dit : « Les cellules de l'organisme brûlent en permanence, même si nous ne voyons pas leur lumière », car la vie est « une flamme chantante ». L'adénosine triphosphate est le phénomène qui s'approche le plus de cette énergie psychique que Hans a toujours recherchée.

Mais c'est le chimiste berlinois Karl Lohmann qui la découvre en 1929 dans les muscles, et Hans n'en sait rien. De même que Lohmann ne saura rien de l'article de

Berger sur l'électroencéphalogramme. Lohmann a trouvé ce que cherche officiellement Hans, et Hans continue de chercher non pas l'énergie du vivant, mais l'énergie psychique rendant possible la télépathie, son lien à Pauline.

Il a été invité par son confrère Henschen au prochain congrès international de neurologie qui se tiendra à Stockholm, à l'été. Il sait que c'est une invitation de courtoisie, eu égard à ses fonctions de directeur, au mieux un hommage à son flair pour détecter les tumeurs. Personne ou presque ne connaît ses recherches sur l'énergie psychique. Pour lui, c'est l'occasion de se faire connaître au grand jour. Toute l'Université sera bien obligée de reconnaître ses mérites : Strohmayer, Biedermann et toute la bande. Pour en parler devant d'autres, il sera enfin tenu de comprendre ce qu'il fait.

Dans *Archiv für Psychiatrie und Nervenkrankheiten*, il publie en avril un article intitulé « De l'électroencéphalogramme humain ». L'EEG est maintenant entre les mains de tous. Il y règle son compte à Zachar Bissky et sa « diagnoscopie », lui qui a osé postuler que la fréquence de 335 Hz était la fréquence propre du cerveau humain…

Plein d'optimisme, Hans s'est pour la première fois appliqué son propre protocole. Il est le cobaye, celui qui pense, le cerveau, l'effort mental. Mais aussi le chercheur, celui qui observe, celui qui mesure, celui qui donne l'exercice. Une fois harnaché, immobile, ses assistants partis, il se fait l'effet d'un mystique prêt à entrer en communication avec son corps. Il veut observer sa propre courbe. Les miroirs livrés par l'opticien Zeiss, qui devaient servir à tout autre chose, ont ainsi été honorés. Avec leur aide, il peut observer son propre EEG.

Une fois l'enregistrement enclenché, il s'astreint à se sentir joyeux, puis triste. Il pense violemment, puis doucement, pense aux choses les plus pures, les plus impures, pense à Pauline, se souvient de leurs communications, pense à leur mère morte, aux visages explosés, à Ilse, il s'inflige même des multiplications complexes ! Il enregistre au total sur lui-même 56 tracés en 11 séances. Mais rien de cette vie intérieure, de ces efforts ne transparaît sur les tracés, si ce n'est les deux mêmes types d'ondes, et leur alternance ne concorde aucunement avec les états dans lesquels il s'est plongé. Ces signaux sont plus profonds que ses pensées superficielles. En réalité, aucune constatation sur des processus psychophysiologiques n'est possible, sans doute parce qu'on ne peut être à la fois l'observateur et l'observé.

Le jeune médecin Raphael Ginzberg vient d'entrer, comme tous les lundis, dans la grande salle de garde sous la responsabilité de Beinicke. Celui-ci l'introduit dans le bureau de Hans. La récente publication de son article le rend confiant, d'une humeur que Ginzberg ne lui avait jamais vue.

« Ginzberg ! Merci de votre ponctualité.

— C'est la moindre des choses, monsieur le directeur.

— Vous connaissez mes recherches. Je souhaiterais tenter une nouvelle expérience, et vous proposer d'en être le cobaye. Je veux procéder à la mesure de l'EEG dans le sommeil. A priori nous ne pensons pas, dans notre sommeil. Mais nous rêvons, n'est-ce pas ?

— C'est en tout cas mon expérience, répond Ginzberg en souriant.

— Donc il y a une activité cérébrale ! Avez-vous un bon sommeil, Ginzberg ? Une bonne santé générale ?

— À ma connaissance, oui.

— Très bien, retrouvons-nous demain soir. Beinicke vous donnera les instructions. »

Le lendemain, Beinicke serre très fort la main de Ginzberg, qui vient de se présenter vers 22 heures, avec une petite valise.

« Vos effets personnels ? Pas plus que convenu ? Nous manquons d'espace.

— Non, rassurez-vous. Où nous installons-nous ? »

Ils s'enfoncent dans les couloirs de l'hôpital, et entrent dans une salle reculée, que Ginzberg n'avait jamais repérée. Une armoire métallique se dresse à droite de la porte, à côté d'un petit bureau et d'un lit de camp poussiéreux que Beinicke fait mine de nettoyer. Quelques minutes plus tard, Hans arrive en chaussons, sans un bruit.

« Bonsoir, Ginzberg !

— Bonsoir monsieur le professeur.

— Vous êtes prêt ?

— Je l'espère. »

Hans le fait s'asseoir sur la couchette et, avec l'aide de Beinicke, l'harnache du dispositif crânien.

« Docteur ? Et si ces appareils m'empêchaient de m'endormir ? »

Hans suspend ses gestes et semble contrarié.

« Pourquoi ne pourriez-vous pas vous endormir ? Vous ne pourriez pas faire cela pour la science ?

— Effectivement, ajoute Beinicke.

— Si je prenais un somnifère, nous multiplierions les chances… »

Beinicke échange un regard avec Hans.

« Pas question, Ginzberg, nous n'allons pas créer de biais. Tout serait à refaire.

— Une petite bière que j'ai apportée, alors ? implore Ginzberg.

— Le professeur a dit aucun biais, jeune homme ! » grogne Beinicke.

Hans hésite, puis lui accorde l'alcool.

Le lendemain matin, Ginzberg est réveillé très tôt.

« Alors, cette nuit ?

— Finalement, j'ai trouvé le sommeil assez facilement. »

Avec l'aide de Beinicke, Ginzberg commence à ôter sa capuche de caoutchouc.

« Vous avez le sens du devoir, c'est bien, dit Hans en examinant les rouleaux. Regardez donc ! Il y a bien des oscillations. Toujours les deux types d'ondes, les *alpha* et les *bêta*, réduites à l'activité métabolique du tissu cortical. L'homme pense durant son sommeil ! Ou plutôt son cerveau est tout aussi actif que durant la veille. Voilà qui est bien plus scientifique que ces niaiseries de la psychanalyse ! »

La publication du premier rapport tombe à plat. Tous les scientifiques de renom sont passionnés par la localisation des fonctions cérébrales, mémoire, conscience, effort mental, vie végétative, que les blessures de guerre ont permis d'isoler. Et voilà qu'un inconnu prétend déceler un *bruit d'ensemble simpliste* du cerveau, et ce à partir de la *surface* du crâne, alors que le cerveau est d'abord un *volume* de fibres et de cellules. Par ailleurs, bien des confrères de Hans sont échaudés par l'affaire Bissky, et on ne les reprendra plus à s'enthousiasmer pour un énième décodeur de pensées. Le grand professeur reste le petit Hans.

« *Sœurette,*

J'ai eu bien tort de divulguer nos secrets, mal m'en a pris. Suite à une maladie de l'organisateur, le congrès où je devais m'exprimer a été annulé et mon rapport n'a suscité qu'une indifférence polie. À leurs yeux, on n'est pas sérieux à cinquante-six ans, sans rien qui annonce le génie !

En lieu et place, c'est un simple hebdomadaire, Die Medizinische Welt, *qui a fait connaître ma découverte, dans un numéro de juin 1930. Tout l'été, mes ondes cérébrales sont devenues le sujet à la mode, comme les frasques d'une actrice ou le dernier veston de chasse de Hitler. Ces titres tapageurs sont insupportables :* “L'écriture électrique du cerveau”, “La courbe en zigzag de l'âme humaine”, “Rendre visibles les pensées”, “L'électricité met tout au jour – nous apprenons enfin ce qui se passe dans notre cerveau”, “L'écriture électrique des pensées", "La machine qui lit les pensées", "Le déchiffreur électrique des pensées" !

Je ne cherche aucunement à me faire connaître aux profanes, c'est de la confiture aux cochons. Grâce aux élections au Reichstag, les journaux se sont heureusement à nouveau tout à fait détournés de ma "courbe en zigzag". Certains de ces articles de journaux sont purement grotesques !

Ce 6 juillet, cela fait six ans que j'ai vu le petit fil s'agiter dans le galvanomètre. Comme je puis être heureux d'avoir trouvé sur la plage ce caillou-là, qui montre une jolie forme cristalline ! Plus je le regarderai et le ressentirai, plus il me sera cher : un miracle, dont la nature est prodigue et qu'un dieu m'a laissé apercevoir ! Je ne veux pas m'arrêter en si bon chemin, je me suis lancé dans un cycle de conférences, notamment devant l'assemblée générale de l'association allemande de psychiatrie, à Bonn. Et j'espère même obtenir le prix Nobel de physiologie, sœurette.

Pour faire court, j'appellerai les ondes du premier type les ondes A, les ondes du deuxième type les ondes B, de même que j'utiliserai systématiquement l'abréviation EEG pour "électroencéphalogramme".

J'en arrive à l'hypothèse selon laquelle les ondes B correspondent aux manifestations de la vie du tissu cérébral et par conséquent sont toujours présentes lorsqu'on mesure des tissus vivants. Les ondes A me semblent au contraire être des phénomènes accompagnant la fonction particulière d'un tissu. Je penche en faveur de l'idée que les ondes A sont vraisemblablement les manifestations de ces processus corticaux matériels qui peuvent être liés aux phénomènes de la conscience.

Mais pourquoi les ondes A disparaissent-elles lors d'une activité psychique ? Sans doute parce qu'elles se réfugient à l'intérieur du cortex, tel un banc de poissons, et qu'elles ne sont plus détectables en surface ? Je retrouve le problème du volume cérébral qui n'est mesuré que sur la surface du cuir chevelu, et la pensée, dans ce qu'elle a pourtant de spatial, m'est à nouveau cachée. N'aurais-je pas détecté la pensée, mais juste l'attention ? Il faut avancer !

Un long chemin, lourd d'échecs, de doutes et de désespoir se tient aujourd'hui derrière moi et à présent : "Impavidi progrediamus !" L'ancien cri de ralliement de Iéna ! Nous y parviendrons !

Ton Hans. »

Il range la lettre à Pauline, datée et cachetée, dans son deuxième tiroir, tandis qu'en retour le courrier qui lui est adressé à la clinique ne cesse de grossir. Il est devenu un mage à qui des fous écrivent. Tous ces habitants des grandes villes aux nerfs reliés par des postes de radio, des salles de cinéma, des néons gigantesques, des torrents de musique, des lumières incessantes, tous s'adonnent à leurs petits appareils d'électrothérapie Wohlmut, si répandus qu'ils interfèrent avec les émissions de radio.

Tel jour, c'est une graphologue : « Plus je me plonge dans cette science, plus il m'apparaît évident que l'écriture manuelle et l'écriture cérébrale sont une seule et même chose. Qu'en serait-il s'il existait des relations entre les ondes cérébrales mesurées expérimentalement et l'écriture d'un homme ? C'est pourquoi je souhaiterais à l'occasion pouvoir comparer chez vous l'EEG et l'écriture d'un même sujet. »

Le professeur August Mayer, chef de clinique à Tübingen, propose d'utiliser l'EEG comme test de grossesse, afin de prouver les liens entre grossesse et activité électrique cérébrale.

Le directeur d'un cabinet d'études d'éclairage électrique espère, grâce à l'appareil de Berger, comprendre « les effets de la lumière sur l'humeur, la productivité et autres grandeurs analogues ».

Le Dr. Huxdorff, de l'école de cavalerie de Hanovre, pense mesurer au moyen de l'EEG le tempérament d'un cheval.

Le fabricant de chaises Anton Lorenz de Berlin-Schöneberg veut prouver grâce à l'EEG l'effet relaxant d'un nouveau modèle.

Un homme écrit à Hans qu'il se sent depuis de nombreuses années observé, poursuivi et lésé par un groupe de méchants criminels : peut-il l'aider ?

Un commerçant lui demande s'il est possible de bloquer les rayonnements de pensée, afin que leur enregistrement par un appareil devienne impossible.

Un correspondant s'enquiert de la possible libération de prison de soi-disant « psychopathes », sur la foi d'un examen avec l'EEG.

Le prend-on vraiment pour un nouveau Zachar Bissky ?

Un matin, Hans voit dans les propos de son secrétaire Schlömich, ce patient au long cours, des signes d'avancement de sa dégénérescence cérébrale.

« Il y a de quoi se réjouir, monsieur le directeur !

— Encore vos nazis, Schlömich ? Que leur trouvez-vous ?

— Vous avez entendu à la radio ?

— Je lis les journaux, Schlömich.

— Bien sûr ! Pardonnez-moi. Notre Land est le premier à faire entrer un député NSDAP dans son gouvernement.

— Triste nouvelle pour la Thuringe ! De qui s'agit-il ?

— De Wilhelm Frick. Ministre de l'Intérieur et de l'Éducation.

— De l'Éducation ?

— C'est pour cela que je vous en parle, monsieur le directeur.

— À tout prendre, j'aurais préféré ne pas le savoir, Schlömich.

— Les socialistes disent que c'est un des condamnés du putsch de la brasserie, mais c'était en 1923, une éternité !

— J'espère en tout cas qu'ils laisseront en paix notre université.

— Tout ne peut aller que pour le mieux, monsieur le directeur ! » s'écrie Schlömich en reprenant son travail d'écriture.

Pourtant, le nouveau ministre appuie aussitôt la nomination du philologue Hans Günther à une chaire de raciologie créée à l'Université de Iéna, à la grande indignation du corps enseignant. En novembre 1930, Hitler lui-même fait le voyage pour assister à sa leçon inaugurale, où Günther a tout loisir de développer les thèmes de la conscience de soi d'un peuple, de l'importance de la forme des crânes, du rôle néfaste du christianisme dans le métissage des races. Il est porté par l'enthousiasme des étudiants membres de la *Sturmabteilung*, qui s'écrient « *Sieg Heil !* » dans une aula en grand apparat, où se tiennent Ursula, Klaus et de nombreux membres de la famille von Bülow. Hans, lui, a préféré rester dans son laboratoire.

Juillet 1944

Parmi les femmes de Birkenau qui sont emmenées deux fois par semaine par petits groupes pour subir à l'hôpital leur traitement, la jeune Tchèque Dora ne semble en rien profiter du privilège qui lui est réservé, des semaines entières sans corvées. Cet échec individuel est intégré dans le protocole scientifique suivi par Drohocki, même si la stagnation de leur première patiente l'afflige et pourrait les compromettre. Chaque fois, son jeune visage émergeant du camion ressemble à un drapeau flottant sans couleur et sans signification. Elle est toujours docile, se laisse transporter et manipuler, ayant renoncé à toute prise sur sa vie.

Les pépiements et l'animation d'une petite moitié des femmes du groupe, des Tchèques, des Russes, des Polonaises, sont d'autant plus frappants. Décharnées, vêtues de hardes, les yeux enfoncés dans les orbites, les crânes rasés et constellés de plaques rouges, elles semblent heureuses de sombrer dans l'inconscience quelques dizaines de minutes. D'autres sont hagardes et éplorées.

Soit terriblement nerveuses, se cachant les unes derrière les autres, et se parlant à elles-mêmes à voix basse, soit comme Dora, éteintes et murées.

Toutes entrent dans l'hôpital par le sas d'admission. Les deux SS de Birkenau, leurs fusils-mitrailleurs en bandoulière, les attendent à l'extérieur. Les femmes sont une attraction pour tous les hommes des kommandos à l'intérieur du camp, qui dévorent des yeux ces corps exténués. Aussi préfère-t-on qu'elles ne stationnent pas dehors. Drohocki veut penser que grâce à leur électrothérapie, ils inversent la pente fatale qui les mène à la mort.

C'est de bonne guerre : tout comme à König, Fischer et Neubert, ils ne peuvent refuser à certains *Prominente*, *Kapos* ou *Lagerälteste* le spectacle des spasmes, l'image de femmes secouées et convulsives, aux gestes saccadés comme dans les vieux films muets, y compris la grisaille. Leur tranquillité et leur prestige sont à ce prix. En plus des habits et effets des morts du matin, les jeunes femmes de Birkenau sont une autre monnaie d'échange, un bordel pour les yeux, parallèle au véritable et s'alimentant aux mêmes sources. Lorsqu'ils traitent des hommes, ils sont bien plus tranquilles.

C'est ainsi que le bloc 18, avec sa salle d'opération et sa pièce de « soins électriques », continue à être une exception intimidante, où chacun trouve son intérêt bien compris. Dans la petite pièce, ils ont insisté pour ne faire entrer que deux spectateurs, deux mâles à la fois, auxquels on demande de laisser la place aux suivants pour la prochaine femme. Ils sont un mélange de magiciens coupeurs en deux, de proxénètes et de montreurs d'ours. Pourtant, chacune ne passe que quelques minutes dans la pièce, avant d'être évacuée sur civière dans la salle de réveil du bloc 19, tout proche.

Kaplan et Drohocki s'appliquent à suivre le rythme, à faire montre de douceur malgré le temps qui leur est compté. Aujourd'hui, le choc électrique a produit une fracture ou une luxation. La malheureuse s'appelle Milena, c'est une jeune Tchèque. Pourtant, ce sont les jeunes qui résistent le mieux. Ils savent qu'ils rendent une femme estropiée à Birkenau, et qu'ils précipitent sa fin. Kaplan fait tout pour attacher les cobayes ni trop lâche, ni trop serré. Il tente de remettre en place l'épaule de Milena et de lui confectionner un bandage. Drohocki semble exaspéré par ces ralentissements. En sortant de sa torpeur et en découvrant sa luxation, Milena leur a lancé un regard encore plein de confiance, comme si cet incident faisait partie du traitement et que tout finirait bien entre leurs mains. Elle ne voit pas qu'ils sont moitié sauveurs, moitié tueurs.

Une fois par semaine, ils convoquent quelques prisonniers du camp en guise d'interprètes et font le point sur l'effet du traitement avec leurs patientes, dans la petite pièce de consultation de neuropsychiatrie de Drohocki, au bloc 15, avant leur séance du jour. Drohocki tente de tout noter sur de petites fiches récupérées au Canada. Toutes évoquent des pertes de mémoire provisoires, certaines rapportent un surplus d'énergie, une meilleure humeur. Pour autant, parmi celles qui acceptent d'en parler, aucune ne retrouve ses règles. D'autres ne disent rien des effets du traitement, comme s'il s'agissait d'une formalité ou d'un prétexte. Au contraire, elles leur posent des questions, comment ils sont arrivés là, si la vie est plus dure, ce qu'ils ont à manger. À les entendre, elles ne sont pas plus ménagées que les hommes, elles creusent, portent des charges démentielles, tirent des câbles et charrient des briques. Le chantier de Birkenau est sans fin, leurs *Blockova* sont aussi féroces que les kapos, parfois pires encore, pour affirmer leur autorité. Mais ces femmes sont vivantes, et le traitement les protège du pire. Drohocki imagine même qu'il veille à distance sur Jadwiga.

Il veut d'autant plus y croire qu'une grande partie du travail de tous les médecins est celui des pompes funèbres, dans presque tous les blocs où ils sont actifs. Chaque matin, au moment où ils se lèvent, prennent la température des malades, distribuent la soupe et le pain, les deux tasses de chicorée sans sucre, ils parlent en partie à des cadavres encore chauds. Une petite dizaine de corps sont sans vie, jamais tout à fait ceux que l'on estimait à l'article de la mort, telle est la roulette russe du pullulement des microbes ou du flétrissement d'un organe, un seul.

Ils donnent ainsi double ration aux plus fragiles comme Kostas. Le Grec a retrouvé le goût de vivre, il se fait peu à peu adopter par ses voisins du bloc de chirurgie. Budziaszek ne cesse de parler de son opération réussie. Kostas engloutit toujours trop vite sa nourriture, mais ses doigts s'occupent surtout à dessiner sur des petits morceaux de carton qu'il glane. Tout être encore vivant dans cet enclos semble disposer d'une santé infinie et incompréhensible.

Que peuvent-ils guérir ici ? Les maladies de peau et les inflammations ulcéreuses sont « soignées » avec de simples pommades. La dénutrition ne se soigne pas, elle fait partie de cette forme de vie inventée par leurs maîtres. Elle cause des faiblesses généralisées, tout comme les chaussures trouent les pieds et mitent les corps. Le médecin Waitz, un Français, leur a fait observer que chaque saison apporte ses maladies : comme c'est l'été, la diarrhée prévaut. Au printemps ou en hiver, on accueillera plutôt des pneumonies, des œdèmes ou des érysipèles, s'ils sont encore vivants pour le voir.

Les médicaments leur arrivent de la pharmacie du camp principal d'Auschwitz ou du Canada. Et c'est surtout du Canada, des poches et des valises des déportés, que leur vient l'antibactérien Sulfatiazole. Le sujet des médicaments leur est douloureux et les transforme en bourreaux amateurs : pour les cas les plus graves comme la pneumonie, ils n'ont jamais assez de doses. Faut-il partager entre tous les malades qui en ont besoin, au risque de ne guérir personne et de gâcher la marchandise, ou bien privilégier les plus jeunes, les plus vigoureux ? Les infirmiers se contentent de faire ce qu'on leur demande. La nourriture des morts, à elle seule, est un remède, quand les médecins sont assez dévoués pour la donner aux malades les plus mal en point. Comme les parents de Budziaszek habitent non loin, ils lui envoient des paquets de nourriture dont il fait profiter quelques malades. Lorsqu'il était encore basé au camp de Jawischowitz et était transporté chaque jour en train sur le chantier de la Buna, ses parents tentaient de l'apercevoir à l'arrêt de la petite gare d'Auschwitz. Sa mère agitait son mouchoir et voyait parfois en retour son salut de la main.

Makowski, lui, pratique chaque jour des dizaines d'injections de glucose. Il doit souvent monter dans la pénombre jusqu'à la troisième couchette, une lampe de poche entre les dents, et si dans cette ascension l'aiguille de la seringue a effleuré un drap suspect, il redescend la désinfecter. Le glucose est le seul remède en abondance, car il est produit directement par le laboratoire de l'hôpital. C'est grâce à de telles injections qu'on a pu récupérer Kostas.

Ce jeudi après-midi, dans la chaleur écrasante du début du mois d'août, Drohocki n'ose imaginer la souffrance des kommandos extérieurs, sur le chantier de la Buna et ailleurs. Il ignore comment leurs équipes prendront en charge les insolations, les coups de soleil, les déshydratations qui leur arriveront ce soir ou demain matin. Sous les toits de l'hôpital, il fait chaud, mais ils aèrent en ouvrant portes et fenêtres et en aspergeant le sol des dortoirs.

Le service de médecine interne s'occupe de patients en état critique, qui ne peuvent quitter leur lit, il est inutile d'attendre une aide de leur part. La plupart souffrent de collapus circulatoire, qu'ils traitent avec des bains chauds ou des applications de bouteilles d'eau chaude, ou encore, quand ils en disposent, de strychnine médicinale, quand ce ne sont pas, comme toujours, des injections de glucose. Pour l'arthrite aiguë ou les douleurs musculaires, on se contente de tablettes d'aspirine. D'autres souffrent de pleurésie, et Makowski a fait aujourd'hui sa première ponction pleurale, avec une aiguille et une seringue, mais sans quoi aspirer. L'écoulement du liquide trouble peut prendre plusieurs heures, ce qui leur fait compter le temps comme avec une clepsydre. Son patient est Jacek, un jeune étudiant de Varsovie qui a la particularité de raconter des histoires drôles avec un visage impassible. Seuls les Polonais comprennent et s'esclaffent, même s'il tente d'expliquer à grand renfort de gestes et de mots allemands. Il a dix-neuf ans et beaucoup de chance, car ses parents lui envoient des doses supplémentaires d'aspirine et de la nourriture en abondance. Makowski sait que bien souvent, c'est la tuberculose qui est à l'origine des pleurésies, mais elle n'est jamais diagnostiquée comme telle, sans quoi elle vaut un aller simple pour Birkenau. Elle aussi, ils la traitent avec des injections de chlorure de calcium.

Plus tard, au bloc 18, Drohocki soumet une bonne dizaine de femmes à l'électrochoc, et il semblerait que deux d'entre elles aient été blessées par la décharge, dont il a demandé d'augmenter le voltage. L'une d'elles grimace, se plaint de douleurs à l'épaule, une autre se plaint du dos. Kaplan prend à part Drohocki et lui demande s'ils ne peuvent pas les ménager. Drohocki refuse net, se contente d'isoler les deux malades et le prie de continuer pour les autres, sur le même protocole. Kaplan poursuit en son absence, mais une autre se réveille à nouveau avec de grandes douleurs au dos. Il lui en reste trois, et il ne se voit pas continuer ainsi. Il va voir Drohocki dans la pièce à côté, où il est en train d'inspecter le bras de la deuxième traitée.

« Docteur, encore une qui se réveille avec des douleurs…

— Ça peut arriver, Serge, vous le savez bien…

— Ça pouvait arriver, mais nous n'avons jamais comme aujourd'hui… »

Drohocki respire profondément, parle fort et lentement, comme s'il tentait de se persuader lui-même. Ses yeux fixent le mur d'en face.

« Nous sommes des scientifiques, Kaplan, nous ne pouvons continuer pendant des mois à tester le même protocole. Il faut modifier les variables pour comprendre tous les effets et les champs d'application. On fait varier l'ampérage, le voltage, la durée, vous avez compris, tout de même !

— Mais elles se plaignent de…

— De quoi voulez-vous qu'elles se plaignent quand elles retournent là-bas dans une heure ? Comment voulez-vous prendre cela en compte ? Vos remarques n'ont aucun sens. »

Kaplan applique le même voltage, toujours inquiet du résultat. Mais les trois dernières sont résistantes. C'est maintenant fini. La plupart sont en train de se réveiller à l'air libre, dans le jardin de la cuisine, à l'arrière. Sur le bureau de Drohocki ont été déposés les quelques mots habituels de sa femme Jadwiga, transmis cette fois par une Polonaise aux traits creusés et au visage grisâtre, Kristina.

C'est une nouvelle promotion. Leurs yeux vrillent, elles ont du mal à s'asseoir ou à se tenir debout. Et comme dans un rêve, voilà qu'apparaissent sous leurs yeux cinq ou six prisonniers en tenues hétéroclites, pantalons de toile, blouses, chemises, chaussures de clown, faisant des gestes timides, allant vers elles en s'exclamant d'une voix étouffée, les aidant à se relever du brancard, puis finalement tombant dans leurs bras, sans rien d'un rendez-vous arrangé, avec une sorte d'incrédulité et de réticence.

Kaplan surprend ce manège pour la première fois, étant d'ordinaire occupé à ranger le matériel et à discuter avec les kapos et autres huiles du camp, quand les femmes sont prises en charge par Drohocki, qui aujourd'hui ausculte les « défaillantes », ou par un infirmier, absent ce jour-là. Les conversations chuchotées sont en allemand, en français, en hollandais, en polonais, en hongrois bien sûr. Kaplan n'ose les déranger, puis finalement questionne un de ces couples singuliers, des Hongrois. Ils sont frère et sœur, Andras et Renata, l'un enfermé ici, l'autre à Birkenau. Ils ne se sont pas vus depuis plus de trois mois, mille fois persuadés de leur mort, de leur vaporisation, de leur exécution. Alors ils se touchent le visage, se demandent s'ils sont blessés, s'ils se sont trouvé des amis, s'ils ont des combines, ils se tâtent les mains et les avant-bras, la stupéfaction les rend incertains, timides.

Ces visages essorés retrouvent des couleurs et un élan sans retenue vers autrui. Comme dans un bal, pour donner plus de goût à ces unions, d'autres jeunes femmes restent seules comme toujours et contemplent déconcertées ces effusions, qui s'ajoutent à la perte de mémoire immédiate. D'autres ont quelque chose de brisé, peut-être sont-elles regrettées par quelqu'un, sans que la science de Drohocki vienne à leur secours.

Soudain, devant l'entrée de l'hôpital, on entend la voix rauque d'un des deux SS qui les accompagnent depuis Birkenau. Kaplan sursaute et sort. Le soldat semble énervé, il a lui aussi très chaud, il indique l'heure et dit que les femmes sont en retard. Kaplan lui propose un peu d'eau, une tranche de pain pour patienter, après tout pour un SS il pourrait être bientôt l'heure du goûter. Il ne veut rien et fait mine d'entrer pour aller chercher lui-même le groupe. Paralysé, Kaplan lui demande où est son collègue, il répond qu'il ne sait pas, sans doute parti vers les lavabos, derrière le camion. Il esquisse un geste brutal, car après tout, qui est-il pour l'embarrasser de questions et l'entraver dans ses initiatives ?

« Elles sont encore en train de rêver… de dormir… à cause de l'électrochoc », dit-il dans son meilleur allemand en baissant la voix et en pointant ses tempes des doigts.

La mention de l'électrochoc semble faire son effet, comme s'il était le pendant de la *Gaskammer*[1] et possédait son autorité. Le soldat stationne puis recule, ôte sa casquette et remue une chaise, puis revient dans la salle d'accueil.

« Encore combien de temps ? demande-t-il.

— Pas longtemps, elles arrivent ! »

Kaplan lui tend un verre d'eau qu'il finit par accepter. Ils doivent disposer de cinq minutes avant une nouvelle inquisition, implacable si son collègue se décide à revenir. Kaplan retourne vers le groupe. Il entend des pleurs, il y a notamment un couple de Polonais, dont il comprend qu'ils sont mari et femme. Sous ce soleil ils semblent en train de dormir, de rêver. D'un côté, ces hommes convoqués pour de faux et qui attendaient ce moment depuis des semaines, de l'autre ces femmes désorientées qui ne savent plus où elles sont, qui voient surgir de leur inconscience, au beau milieu de l'après-midi et du jardin d'un camp inconnu, leur frère, leur mari, leur cousin donné pour mort, sans qu'on ait pu ni voulu les prévenir. Le passé récent semble infiniment éloigné, et Birkenau qu'elles retrouveront tout à l'heure n'est plus pour l'instant qu'un souvenir lointain. Kaplan met ses mains sur leurs épaules, leur montre l'heure tardive : ce sont des retrouvailles normalement interdites entre « cochons de Juifs », en pleine journée de travail, entre sexes séparés, entre camps séparés, entre vivants à peine tolérés. Les

1. Chambre à gaz.

hommes s'éclipsent à reculons par une autre porte, se dispersent rapidement dans les allées, tandis que le SS voit enfin revenir ces femmes transfigurées, en larmes, rayonnantes, par les seules vertus, semble-t-il, des électrodes. Encore quelques minutes, et les voilà renvoyées à leur survie à Birkenau, et aux causes infinies de leurs troubles.

1930

L'électricité est partout, on vend des millions d'appareils, des ampoules pour éclairer, des téléphones, des tourne-disques, des boîtes d'électrothérapie. Les élections législatives voient le Parti national-socialiste des travailleurs allemands progresser de 15 %, avec plus de 18 % des voix et près de 107 sièges. Le Deutschnationale Volkspartei, auquel Hans adhère toujours, perd du terrain, avec seulement 41 sièges, et se fait siphonner comme les autres partis de droite par ces nouveaux champions de l'Allemagne. Les élections ne sont qu'une des arènes où s'affrontent les courants d'opinion : les Casques d'acier aux uniformes vert-de-gris, les Sections d'Assaut aux chemises brunes, la Ligue rouge des combattants du Front pour les communistes, la Bannière nationale des socialistes investissent les rues, les gymnases, les salles des fêtes, les places et se protègent les uns des autres.

Les meetings électoraux ne peuvent plus se passer de machines qui braillent dans toute l'Allemagne. Dix jours avant le premier tour des législatives de 1932,

Joseph Goebbels fait mieux qu'Hitler sept ans plus tôt : la *Volkshaus* de Iéna est remplie à craquer et des haut-parleurs retransmettent le discours à l'extérieur, déclenchant des vagues de ferveur. Quant à Hitler lui-même, cette même année électorale il se trouve « au-dessus de l'Allemagne » début avril : en une semaine, grâce à l'avion, il est présent dans vingt-deux meetings. Le même jour, il parle à Lauenburg, Dantzig, Elbing, Königsberg, et les jeunes filles passent leur langue entre leurs lèvres en le voyant. Il fait mieux que Jésus marchant sur l'eau, il est le Führer en lévitation, doué d'ubiquité. Il est une des nouvelles ondes, à lui seul un rayon H qui fend l'espace, comme l'atteste le *Völkischer Beobachter* : « Si les montagnes et les mers, le bleu du ciel et les étoiles de la nuit pouvaient le raconter, ils proclameraient le redressement du peuple allemand… Cette symphonie unique en son genre, qui s'est enflammée partout à l'arrivée du Führer, là où le gigantesque oiseau interrompait son voyage pour se poser sur terre, fut ce que l'Allemagne a jamais vu et vécu de plus puissant et de plus sublime. »

Malgré la publication de ses articles, Hans continue à entrer en cours sans regarder personne. Il ne veut pas échanger d'idées, discuter de grands sujets. Sa recherche est son affaire, et il n'a besoin que de cobayes et d'aide technique. Il se sent toujours extérieurement inférieur et intérieurement supérieur à Binswanger, Biedermann ou Strohmayer. Mais par malheur, le Prix Nobel anglais de physiologie, Adrian, annonce qu'il va refaire ses expériences pour démontrer ses artefacts et ses erreurs.

« *Pauline,*

J'ai l'âge de la maturité. Les choses ne doivent plus m'échapper. Sais-tu que j'ai constamment sous les yeux ce quatrain de notre grand-père Friedrich ?

Devant chacun se tient l'image / De ce qu'il doit devenir / Aussi longtemps qu'il n'y est pas / Il ne trouvera pas la paix.

Je continue à bricoler seul, j'ajoute un oscillographe aux deux galvanomètres que j'utilise déjà. Je change sans cesse de type d'électrodes et de montage. Je ne vois plus que des nombres, des chiffres, des fréquences. Je n'ai pas à explorer les différences de mesures selon la localisation cérébrale, car notre énergie psychique se doit d'être seule et unique. J'ai à présent l'aide de Siemens, qui me construit sur mesure un oscillographe avec amplificateur ! Mes publications n'ont pas été vaines.

*En 1933, les 5*ᵉ*, 6*ᵉ *et 7*ᵉ *rapports "De l'électroencéphalogramme humain" sont parus, et pourquoi changer le titre ? L'objet n'a pas changé. J'y décris les effets de l'épilepsie sur l'EEG chez une paralytique de quarante-cinq ans. J'ai su faire également des électroencéphalogrammes un outil de diagnostic des tumeurs cérébrales. J'ai même effectué des enregistrements intracérébraux, pour déceler les ondes bêta.*

À Iéna, je suis inquiet pour la sérénité de notre petite société. Ursula et Klaus soutiennent excessivement ces barbares de nationaux-socialistes, la bande à Hitler. Il faut dire que cette "république" fatigue nos concitoyens : entre 1924 et 1932, nous avons dû nous rendre treize fois aux urnes, deux fois pour des élections municipales, six fois pour les législatives, et trois fois pour les élections du Land de Thuringe ! Pas étonnant ensuite que ces partis l'emportent et qu'un agitateur comme le caporal Hitler soit nommé chancelier du Reich.

Ces gens sont des fanatiques de la radio, et il m'est de plus en plus difficile de refuser aux enfants l'achat de cet appareil, d'autant que le prix a chuté. Seule Ilse me soutient fidèlement. Beinicke en possède un depuis longtemps. Il m'assure que lors du Salon de la radio d'août, on a présenté le tout nouveau modèle, le Volksempfänger VE301, célébrant la date de la prise de pouvoir de Hitler ! 100 000 appareils se sont vendus cette année même, et pour les réfractaires, un réseau de 6 000 colonnes de haut-parleurs est installé dans les rues du pays.

Notre tout nouveau ministre de l'Éducation du peuple et de la Propagande, Joseph Goebbels, a fait en mars un discours devant les directeurs de stations de radio : celle-ci doit devenir "l'instrument le plus moderne et le plus important qui soit pour influencer les masses", de même que le cinéma est "ce canal menant au cerveau de la masse".

Imagines-tu cela ? Ils prétendent organiser la télépathie pour tout un peuple, faire effraction plutôt que faire communion. J'aurais la plus grande peur de recevoir la moindre pensée de ces gens-là, et je ne suis nulle part mieux que le dimanche, dans mon laboratoire, toutes les autres machines débranchées, pour étudier nos ondes.

Je suis sûr que tu te serais refusée toi aussi à entrer dans ce vaste courant. Tu serais restée à lire, à écrire, tu aurais enjoint à tes étudiants de ne pas céder à la mascarade qui est arrivée au pouvoir.

Ton Hans. »

Août 1944

La chaleur se fait toujours sentir, et les mouches le leur rappelleraient, si jamais ils l'avaient oublié. Surexcitées, elles volent par lourds paquets noirs d'un bloc à l'autre. Elles ont de quoi faire, les vivants sentent l'urine et la merde, et les morts y ajoutent l'odeur ammoniaquée du début de décomposition, malgré le chlore badigeonné par les infirmiers. Les dix blocs de l'hôpital ne sont jamais loin de la *Leichenhalle*, la morgue.

Drohocki commence cette journée par la distribution des repas dans quatre blocs, y compris le sien, celui de la médecine interne. Ils reçoivent tout d'abord des cuisines la nourriture pour les présumés vivants, ensuite seulement ils comptent, une à une, les bouches encore en vie. À force de dévisager les morts du petit matin, Drohocki commence à repérer les signes. La plupart meurent la bouche et les yeux grands ouverts, comme s'ils attendaient de la vie un dernier allaitement. Cela ne les rend ni sereins, ni beaux à voir. Les autres meurent bouche et yeux clos, le corps en ordre, à la façon des gisants des cathédrales. La couverture n'est pas froissée, à peine tiède et n'abrite plus la vie. Il faut alors aller chercher une civière, si ce n'est deux, et évacuer le cadavre vers la morgue. Ce matin, ils se sont livrés onze fois à l'exercice, toujours escortés de leurs mouches. Telle est la sélection « naturelle ».

En fin d'après-midi, Drohocki est en train de s'occuper de Jacek, dont les épanchements ne cessent de s'accumuler, tandis que ses blagues incompréhensibles se tarissent. Il entend dans les allées de l'hôpital une agitation inhabituelle. Makowski le prend à part, avec deux *Pfleger*, et leur tend une liste.

« Messieurs, nous allons changer l'emploi du temps. Préparez un certain nombre de patients à quitter les lieux.

— Cette semaine ?

— Aujourd'hui, maintenant. »

Ils se regardent, étonnés.

« Vous les considérez guéris ?

— Suffisamment. Ils vont partir travailler tranquillement ailleurs. »

Budziaszek fait alors irruption, entouré de plusieurs détenus médecins, Waitz, Rutkowski, Lengyel, Silber. Les rejoint également Heymann, un des deux prisonniers chargés du secrétariat de l'hôpital.

« Ils pourraient venir demain, nous n'avons plus beaucoup de temps. »

On assiste alors au spectacle effarant de médecins qui, cherchant à leur éviter le pire, aident des malades à se relever. Ils parviennent à peine à s'asseoir, mais semblent tout à coup animés d'une vigueur nouvelle.

« Je peux prendre le lit 114 en médecine interne.

— Je peux prendre le 92 chez les infectieux, mais ce n'est pas le meilleur endroit.

— Est-ce que le 97 est en état de marcher ? On peut le faire se promener au potager.

— J'ai une place chez les convalescents, il faut juste créer une nouvelle fiche.

— Si le 95 est en état de tenir debout, on peut le déplacer dans l'ambulatorium.

— Le 111 pourrait sortir, mais il sera mis dans un kommando extérieur et sera repéré au retour par les gars de la Buna. Il boite beaucoup trop. Est-ce que quelqu'un aurait une combine pour une place de fonctionnaire ?

— La nouvelle fiche doit servir à changer la date d'admission, souffle Drohocki.

— Ils ont vu trop d'éclopés sur le chemin des chantiers, maugrée Budziaszek. Aujourd'hui c'est une sélection générale et avant-hier nous n'avons proposé que cinq prisonniers. C'était ridicule, je vous l'avais dit.

— Ça a été suffisamment difficile », plaide un médecin.

Tels des metteurs en scène, ils aident une dizaine de malades, les plus mal en point, à ressusciter, à marcher, à se tenir debout, à se tenir assis, à bomber le torse, à avoir du rouge aux joues, à sourire même avec dix dents en moins. Les autres sont dispersés ailleurs dans l'hôpital, réinscrits, le compteur de leur séjour remis à zéro à la faveur d'un changement de service. Kaplan en voit trois ou quatre qu'on ne peut pas bouger, et dont le destin se jouera en quelques secondes.

Budziaszek respire profondément.

« La sélection se fait dans tout le camp. Si tout va bien, cela restera en dehors de l'hôpital. Nous allons essayer de faire au mieux. Je mène une nouvelle "tournée" avec Neubert au moment de l'appel du soir. Je vous dirai. »

Deux heures plus tard se fait entendre cette musique entraînante, à l'aller et au retour des kommandos de travail, celle que produisaient entre autres les mains de Georg, avant d'être brisées. Des valses, des mélodies populaires, sur un rythme toujours trop rapide, le plus souvent sans que les instruments se suivent. Au retour, tous font peine à voir sous le soleil de plomb. Un grand nombre ont des chaussures bourrées de papiers et de chiffons, certains se sont confectionné des visières avec du carton dans leurs calots. Chaque membre des kommandos extérieurs a regagné son bloc et la sélection va pouvoir commencer.

Leur SS *Sanitätsdienstgrad* Neubert est sans doute dans un des moments les plus importants de sa carrière. Devant le premier bloc à inspecter, il se tient raide, l'air féroce, et rien ne trahit ce corps tendre à la corruption et aux considérations désabusées. Drohocki ne voit plus que l'Allemand en quête d'ascension sociale. Les kapos, les chefs de blocs et les SS veillent au passage de chacun, déshabillé, trois petits pas sous le regard du médecin-chef Fischer.

Les hommes nus ne cessent de défiler devant leur baraque, bombant le torse, le pas élastique, défiant la cruauté et la fatigue de leurs juges. Certains ont les bras flasques et secs, leur pénis et leurs testicules gigotent en tous sens, leurs peaux sont zébrées, tachées et maculées, rien de la sérénité de la sculpture grecque, et face à eux il n'est pas difficile de se sentir d'une race supérieure. L'un d'eux tombe, tente de se rattraper avec une pirouette et un petit bond, signes douteux de vitalité. Puis il laisse la place au suivant.

On dit que Fischer a fixé des critères objectifs : œdème, tuberculose présumée, accident avec fractures osseuses et suppurations graves… Quand elle se déroule à l'hôpital, la sélection reste un mélange indescriptible d'arbitraire, de calcul de capacités d'accueil, de prise en compte du stade de la maladie et du temps déjà passé à l'infirmerie, sous le coup de la mauvaise humeur et de jugements expéditifs sur l'apparence du corps : couleur de la peau, maigreur, tonus général, sans compter la vigueur des protestations, la clarté de la voix et du propos. Tout compte en vrac dans les vingt secondes de l'examen, avec un critère qui ne trompe pas, le volume des fesses, qu'on ne peut gonfler d'air et de fausse assurance. Ce sont les dernières graisses qui fondent avant la mort. L'anus doit rester blotti et caché derrière les globes, combattant seul contre les centaines d'autres corps qui espèrent prendre sa place ou, comme ce soir, simplement rester vivants.

Neubert, Fischer et leur escorte SS vont de bloc en bloc pour assister à cette même danse macabre. Les chefs de blocs se font un plaisir d'en rajouter, rabrouant à tout-va, tirant les uns, poussant les autres pour se faire bien voir. Drohocki distingue des conciliabules discrets entre Neubert et Fischer. Le résultat tombe quelques heures plus tard, quand Budziaszek revient parmi eux. La présélection porte sur 334 individus. 334 plutôt que les cinq mollement proposés par les médecins.

Le lendemain, ces malheureux sont enregistrés dans l'ambulatorium, et logés avec peine dans l'hôpital. Ils attendent la sélection finale, qui arrive en fin de matinée, avec Fischer et deux de ses collègues, toujours accompagnés de Neubert et de cinq SS, fusils-mitrailleurs en bandoulière. Dans la crainte d'une sélection qui s'étendrait aux patients de l'hôpital, les médecins ont comme prévu joué à cache-cache, déplacé ou renvoyé un certain nombre de malades.

L'un des 334 n'a visiblement pas dormi de la nuit et reste prostré par terre alors que c'est son tour. Ils le font se lever, c'est peut-être un Français. Ils se mettent en tête de le déshabiller entièrement, et le voilà poussant des cris qui font pâlir les autres, comme si ce traître avait brisé la convention d'une pièce de théâtre en s'adressant directement au public, au lieu de jouer la grande santé, l'égalité d'humeur, le noble malentendu. L'homme doit être fermement maintenu par les SS, qui ne retiennent leurs coups qu'eu égard à Fischer. Il reste plié en deux pour protéger sa pudeur, ce qui le fait paraître plus misérable qu'il n'est, et quand bien même il irait mieux, son vacarme suffirait à indisposer les médecins.

Le passage en revue se poursuit. Fischer reste courtois avec les détenus, il se contente de chuchoter un mot à l'oreille de Neubert qui tient la liste. Il les déshabille peu, leur demande parfois de montrer une partie de leur corps. À quelques mètres de là, l'un d'eux vomit le peu qu'il a mangé, et la flaque à peine colorée se tient exactement sur le trajet du petit groupe. Celui-là est condamné, et on voit les suivants tenter de lire sur les lèvres du *Lagerarzt* le mouvement qui envoie à la mort, pendant que les infirmiers s'empressent de nettoyer le sol avec de vieux chiffons.

L'équipée se termine, on ne sait toujours pas combien exactement sont retenus quand Neubert s'approche de Budziaszek pour lui signifier que l'inspection va s'étendre aux patients de l'hôpital eux-mêmes.

Chacun connaît la règle des cinq pour cent. C'est le taux maximum de « portés pâles » admis par IG Farben. Au-delà de 400 ou 500 personnes hébergées dans leurs services, il faut « faire sortir » les mieux portants, les rendre au travail qui les tue. Si cela ne suffit pas, commence le règne de la sélection. Neubert et Fischer passent en revue tous les malades, nus. Les malheureux élus sont transférés au *Schonungsblock*. Ils sont ensuite promis aux chambres de Birkenau, à vingt minutes de route. On a beau leur mentir et leur promettre un travail moins pénible, plus personne n'y croit. S'il y a de la résistance, les quelques aides présents suffisent à en venir à bout pour la première étape. Ce sont ensuite les SS qui viennent avec leur camion, et il n'y a plus rien à faire, à moins de vouloir enlaidir son cadavre.

Budziaszek pâlit, même s'il avait prévu l'éventualité. Les plus affaiblis ont été transférés dans un nouveau service, d'autres sont en train de marcher ici et là, pour donner le change. Quand le groupe entre dans le bloc 14, Kaplan sait que deux ou trois patients peuvent faire plus pitié qu'envie et qu'ils risquent gros. Fischer passe rapidement devant eux, mais s'arrête devant un lit. Et alors même qu'il a assisté à son opération, voilà qu'il désigne sans ambiguïté à la mort Kostas, leur « Musulman » revenu de l'enfer, Kostas qui s'était attiré la sympathie du personnel, Kostas qui bénéficiait des extras de nourriture puisés dans les colis envoyés par les parents de Budziaszek en personne, Kostas qui avait commencé à apprendre quelques mots de polonais et d'allemand. Budziaszek s'apprête à lui rappeler l'affaire, mais le *Lagerarzt* a déjà fait les quelques pas pour sortir, entouré de son escorte.

En fin de matinée, on les informe que la sélection se portera finalement à 112 sur les 334, à quoi il faut ajouter 24 malades de l'hôpital, dont le bien-portant Kostas. Il est inutile à ce stade d'en appeler aux petits arrangements de Neubert, la liste est détenue par Fischer lui-même et a sans doute déjà été transmise à la SS de Birkenau.

En fin de journée, Drohocki n'arrive plus à travailler et se permet de sortir fumer la cigarette qu'on lui a offerte il y a trois jours. Il en arrive à une moyenne de deux cigarettes par semaine. La plupart sont des monnaies d'échange, les consumer pour le plaisir est un luxe inouï. Budziaszek passe devant lui, d'un pas lourd. Il est nerveux comme jamais. Planté devant lui sous le ciel gris, abattu, il irradie de bonté et de diligence, peut-être les exerce-t-il comme jamais auparavant. Il doit pourtant servir de courroie à leurs seigneurs et va faire tuer des dizaines de personnes.

Dans ses yeux on croit voir passer une ombre, la peur d'avoir perdu leur confiance, de n'être plus que l'homme qui envoie à la mort et non plus la force de vie. Budziaszek est le grand assainisseur, le grand organisateur, le grand jeune homme de leur hôpital, celui qui en a fait un « modèle pour tous les centres ». Il sait que le prestige de son œuvre, que sa capacité à « organiser » des outils, des machines, des médicaments dépendent de l'absence de maladies, de l'absence de typhus, de gale, d'êtres morbides. De l'obéissance à leurs maîtres. Il leur cite encore son Marc-Aurèle d'étudiant en médecine : « Un œil sain doit voir tout ce qui est visible et ne pas dire "Je voudrais voir du vert". »

Drohocki ne comprend pas l'arrêt de mort tombé sur le Grec opéré sous les yeux des Allemands. Étaient-ils simplement avides d'un exploit médical, d'un humain opéré à partir de matériaux de récupération ? Budziaszek assure qu'il ne peut faire autrement, qu'il ne faut pas oublier l'endroit où ils sont. Ou plutôt *à côté de quoi*, l'abîme de Birkenau qui les aspire et les déforme. Si près d'ici, des milliers de Juifs hongrois tués chaque jour, on n'a jamais vu ça. On lui a rapporté que les fours saturent, les *Sonderkommandos* brûlent directement à l'air libre, dans des fosses. La chaleur des cadavres arrosés d'essence grille les cheveux des fossoyeurs.

Budziaszek a du mal à soutenir leur regard. Neubert est devant l'entrée de l'ambulatorium, occupé à se détendre et à boire une des innombrables bières qu'il se procure Dieu sait comment. Drohocki lui fait signe et il approche. Le médecin s'éclaircit la voix et prend un air dégagé.

« C'est une Pils, Neubert ?

— Vous en voulez une, docteur ? Dites-moi, j'en ai encore. On mérite bien un petit plaisir, vous ne trouvez pas ? »

Drohocki approuve et ouvre la bouteille que lui tend Neubert. Les deux hommes ressemblent à des ouvriers couvant du regard les fondations d'une maison.

« C'est rude, hein, docteur ? On s'en passerait bien… Mais il faut bien que quelqu'un le fasse…

— C'est sûr.

— Vous allez pouvoir donner plus de médicaments, maintenant qu'on a plus de place…

— C'est l'avantage. Neubert, vous vous souvenez du Grec, Kostas ?

— Le Musulman ?

— Il était à l'agonie, mais on l'a opéré, vous étiez là avec Fischer, dans le bloc. Nous l'avons remis sur pied, il mange bien, il est en pleine convalescence. C'est sans doute une erreur du *Lagerarzt*, il ne l'a pas reconnu ?

— Le Grec, oui je vois très bien. Encore une opération-spectacle de Budziaszek ! C'est comme vos électrochocs !

Qu'est-ce qu'il apprend vite, docteur ! Il n'avait même pas terminé ses études de médecine, si je ne me trompe ?

— Effectivement… Vous corrigerez ça, donc ? »

Neubert reprend une gorgée de Pils face au soleil couchant.

« Non, il n'y a pas d'erreur. Nous avons tout passé en revue. L'opération faite, ce Grec ne sert plus à rien.

— Il va pouvoir travailler…

— Par contre, continue Neubert, il a bien servi. Son problème, c'est que Fischer l'avait croisé allongé par terre, il y a un mois ou deux, ça a dû rester gravé. On ne peut pas passer trop de temps sur le même bonhomme ! »

Drohocki croise brièvement son regard.

« Nous avons une petite réserve d'argent, si cela vous intéresse…

— C'est gentil, répond Neubert en riant. En ce moment j'ai ce qu'il faut, et l'hôpital, ça ne paie pas. Et franchement, docteur, ne vous donnez pas de mal pour ce type. Un autre, pourquoi pas… On ne comprend même pas ce qu'il dit ! »

L'enlèvement des malades aura lieu le lendemain ou le surlendemain, au plus tard. Les 112 sont rentrés dans leurs baraques respectives, ils sont dispensés de leur kommando et pourront s'occuper au jardinage ou au potager, qu'ont déjà soigné des dizaines de semblables fantômes. En fin d'après-midi, en passant entre les lits de plusieurs blocs, Kaplan perçoit davantage de tristesse dans les yeux des vivants. Parmi les vingt-quatre patients choisis dont ils ont une copie de la liste, certains, prostrés, se sont abandonnés à la mort qu'ils ont lue dans les yeux de Fischer, d'autres errent dehors. Kostas continue à dessiner sur des bouts de carton qu'on lui apporte, son pansement abdominal ne le fait plus souffrir. Des fleurs, des mains, des têtes de chats endormis, des racines d'arbres avec de belles ombres, des verres et des bouteilles. Il faut croire qu'il est doué ou qu'il a étudié les beaux-arts, et de plus ces petits croquis à la mine lui servent d'imagier pour apprendre certains mots en allemand ou polonais qu'il recopie sous les dessins, avec l'aide de ses camarades de dortoir. Ce trésor est caché sous son matelas, en un petit fagot lié par une ficelle. Apparemment, personne n'a tenté de lui dire quoi que ce soit.

En début de soirée, cela commence par une courte introduction, on entend un violon, une trompette, un tambour, puis une voix de ténor s'élève, avec une vigueur étrange. On dirait une chanson populaire polonaise qui retentit dans la cour centrale de l'hôpital. Budziaszek programme de temps à autre de tels récitals, et celui-ci vient d'être convoqué pour l'occasion. Beaucoup de malades sursautent au tout début, tant le son d'un violon, d'une trompette ou d'une flûte leur rappelle le départ vers le chantier de la Buna, ou le retour en loques, battus et épuisés.

Le lendemain, c'est vers 10 heures que le grand Saurer se gare devant l'hôpital. Cinq SS en sortent, accompagnés de Neubert qui tient un dossier sous le bras. Ils commencent par le plus facile. Les 112 autres à cueillir dans le reste du camp attendent enfermés dans leurs blocs, cela peut être demain, ou dans trois jours, ils profitent d'un dernier repos. À l'hôpital, les médecins ne peuvent plus rien faire, ni cris, ni corruption, ni pitié ne changeraient quoi que ce soit. Ils ont, eux aussi, sélectionné les plus faibles. Lorsqu'un ordre est passé dans un camp, il devient objectif, impératif et irréversible. Sur les vingt-quatre malades, une dizaine doit être transportée sur civières. Kostas, lui, peut marcher allègrement et ne s'en prive pas. Drohocki le prend rapidement dans ses bras, le Grec ne possède pas assez de vocabulaire, ni pour qu'on lui dise la vérité, ni pour qu'on lui mente. Il saisit les mains du médecin, ravi et étonné. Puis il se contente de suivre le mouvement et aide un des gardes à porter une civière. Plein de vie, il monte dans le camion, apparemment content de se changer les idées et de prendre l'air. Dans un ou deux jours, ils recevront ses vêtements, qui comme les autres seront simplement désinfectés à la vapeur, gardant ainsi leur patine de sang et d'excréments.

Après le départ du groupe, les infirmiers lavent le sol de la baraque, en y consacrant trop de temps, sans un mot, pour chasser les miasmes. Drohocki attend qu'ils partent pour récupérer les petits cartons dessinés de Kostas. Il se penche vers le mince matelas de paille et une force inconnue le fait s'allonger à la place du condamné, le visage en feu. Comme sa couche est la plus basse, le ciel de lit est composé de planches de bois tachées et mille fois frottées. Avec une imagination d'artiste, on peut y lire des possibilités d'évasion, des élucubrations religieuses, des visages hilares ou torturés, des paysages chinois, des méduses ou des microbes géants, des prédictions, des lignes de la main à déchiffrer… Drohocki écoute la respiration des survivants, leurs bavardages à voix basse, les sifflements et les grognements de ceux qui dorment, car on dort ici le plus possible, pour tuer le temps.

Une silhouette entre dans la baraque et s'approche.

« Que faites-vous là, docteur ? » dit une voix.

Drohocki sursaute. C'est Kaplan.

« Le réveil des femmes s'est bien passé, l'autre jour ? Pouvons-nous y aller ? Il y a des patients qui attendent pour la consultation. »

Drohocki a du mal à se lever. Il aimerait retenir Kaplan encore un peu ici, comme un signe de recueillement minimal. L'entraîner dans sa chute.

« Bien mieux que prévu, Kaplan.

— Savez-vous par quel miracle sont arrivés ces hommes ? Ceux qui connaissaient certaines femmes ? »

Drohocki semble embarrassé.

« Vous fabriquez l'appareil, et moi il m'arrive de reformer des couples autour de lui, dit-il à voix basse. Des maris et des femmes. Des frères et des sœurs. Quand ils ont la chance d'avoir le même nom de famille. Parfois, on me souffle le nom de famille différent d'un parent, d'un oncle, d'un cousin.

— Vous ne craignez pas de confondre les bénéfices des retrouvailles avec ceux de l'électricité ?

— Nous prenons toujours aussi des solitaires. Voyez Dora. Nous restons scientifiques.

— Et… votre femme ? »

Drohocki frémit un instant.

« Cela se verrait trop si je demandais à des SS de m'amener Madame Drohocki… Par ailleurs on me dit qu'elle va bien, j'espère qu'elle n'a pas besoin de ça… »

Kaplan ne sait plus quoi dire.

« C'est très bien ce que vous faites, très bien.

— Avec votre concours, Kaplan. »

Kaplan se penche, Drohocki voit enfin son visage, de loin le plus familier et le plus rassurant dans cette existence misérable. L'autre lui tend la main pour l'aider à se relever.

1934

Il a toutes les électrodes sur la tête, et s'apprête à allumer l'appareil. Il attend quelques minutes, pour avoir un beau tracé régulier et montrer à toute l'assistance, ce 12 mai 1934, les modifications que va entraîner un exercice de calcul mental sur l'électroencéphalogramme. Les ondes alpha diminuent, puis reviennent après l'effort intellectuel. Des murmures d'approbation et d'admiration se font entendre dans la salle. Il renouvelle l'exercice avec autant de succès et termine la démonstration sous les applaudissements.

Edgar Adrian, le grand neurophysiologiste anglais, a abandonné son entreprise de réfutation de la thèse de Hans sur les ondes cérébrales. À Londres, il vient de s'appliquer à lui-même l'appareil qu'il a reproduit d'après les indications de l'Allemand. Il confirme la découverte et lui confère son autorité de Prix Nobel 1932. Il propose même que les ondes alpha soient appelées ondes de Berger.

En lui répondant, bien plus tard, Hans joue le modeste : « Je pense qu'il est plus juste de rester au nom proposé par moi – qui ai découvert les variations de potentiel chez l'homme – plutôt que d'accepter l'appellation qui me fait tant d'honneur, choisie par Adrian. »

Euphorique, Hans publie les rapports 8 et 9, où il décrit les courbes EEG dans un coma insulinique, ou dans la privation d'oxygène. La notoriété d'Adrian attire la lumière sur lui, des chercheurs de nombreux pays reprennent ses travaux, et trouvent rapidement de nouvelles méthodes d'enregistrement. L'alchimiste dans son oratoire est dépassé par les collectifs de chercheurs. Il poursuit néanmoins son travail, espérant pouvoir dépasser l'âge de la retraite et continuer ses recherches, et par précaution devient « membre bienfaiteur » de la SS, sans pour autant prendre sa carte du NSDAP. À chaque expérience il coupe tous les courants de la clinique, les appareils radiologiques, se bouche les oreilles, loin de Joseph Goebbels, le ministre de la Propagande toujours bronzé aux rayons ultraviolets, pour qui « le jour viendra où personne ne pourra vivre sans la radio, où elle fera partie des besoins quotidiens ».

En cette nuit de septembre 1934, ils ont en main tous les interrupteurs et s'apprêtent à allumer les cent trente projecteurs de DCA, posés à douze mètres d'intervalle. Ils brandissent dans le noir leurs pinceaux lumineux qui convergent vers un disque mystique à quelques kilomètres dans le ciel, sous les yeux admiratifs des dizaines de milliers de présents. Il s'agit de la fin du cinquième jour du Congrès du NSDAP, celui de la Volonté, sur le

Zeppelinfeld de Nuremberg, le lendemain des manifestations sportives, vagues de corps jeunes et bariolés, synchronisés, qui satisfont ce besoin d'ondes uniformes niché dans l'âme humaine. Même régularité dans l'esprit du peuple : en 1933, un discours de Hitler a été diffusé chaque semaine à la radio et sur les colonnes de puissants haut-parleurs. Voilà la véritable télépathie enfin inventée, des mots martelés au fond des esprits, des ondes irrésistibles déclenchées, avec le degré d'incandescence nécessaire pour franchir l'obstacle de l'espace et des boîtes crâniennes.

Le 4 avril 1935, Hans reçoit une lettre d'un certain Rohracher, un psychologue inconnu, pas même médecin, travaillant à Innsbruck. Il dit avoir étudié notamment la stimulation électrique du cerveau, avant de découvrir ses travaux. Explorant depuis longtemps les ondes émises par le cerveau, il a reproduit lui aussi l'appareillage de Berger, en utilisant deux instruments différents pour les ondes alpha et bêta. Pour ces dernières, il dispose d'un amplificateur construit spécialement par l'Institut des techniques de télécommunications de la *Technische Hochschule* de Vienne. Il les voit pour la première fois, alors que Hans ne leur faisait que jouer le rôle de faire-valoir des ondes alpha. Ces ondes bêta sont très irrégulières, à une fréquence de 1000 oscillations par seconde. Elles apparaissent lors d'un effort mental ou de stimulations sensorielles, et il soutient qu'elles sont bien des ondes cérébrales, et non une simple activité physiologique des tissus. Hans lui répond avec une certaine hauteur que le sujet est bien trop complexe et qu'il est trop tôt pour se prononcer.

C'est en 1937 qu'il est enfin invité à un Congrès international, après le rendez-vous raté de 1929 à Stockholm. Il s'agit cette fois du 11e Congrès international de Psychologie qui se tient à Paris, faute de pouvoir être organisé à Madrid, emportée dans la guerre civile.

Il va enfin connaître la reconnaissance internationale, et quitte pour la première fois l'Allemagne. Il doit soumettre sa communication aux autorités nazies pour obtenir son autorisation de sortir. Ursula est ravie, et les enfants se réjouissent de la bonne fortune de leur père : Klaus est devenu géologue, Ilse étudie la médecine à Weimar, Ruth envisage d'être institutrice, et Rosemarie est encore au lycée.

Le couple Berger doit passer par Berlin pour prendre le train pour Paris. Le voyage dure plus d'une journée, et ils arrivent gare de l'Est en juillet, où les accueille la grande fresque du hall des grandes lignes, celle du « Départ des poilus d'août 1914 ». C'est un docteur Fischgold qui vient le chercher, et qui emmène le couple à son hôtel. Il parle allemand et est intarissable sur les merveilles de l'exposition universelle qui se tient depuis le mois de mai, avec ses pavillons de toutes les grandes nations.

Le psychiatre Pierre Janet, président d'honneur du congrès, tient une conférence sur les « conduites sociales ». C'est au Laboratoire de Pathologie générale de la Faculté de médecine que Hans est attendu pour exposer les secrets de son « électroencéphalogramme ». À tous ses interlocuteurs, dont les yeux brillent en le voyant, il confesse qu'il n'est pas si connu dans son pays. Le voici, à soixante-quatre ans, dans ce monde des congrès qui l'a si longtemps ignoré. Ursula est ravie de visiter la Ville lumière, tandis que Loomis, un confrère, présente le premier tracé entier d'une nuit de sommeil.

Un certain Zenon Drohocki, chercheur polonais travaillant au Collège de France, lui présente une méthode d'analyse quantitative des données de l'EEG, pour une approche statistique des données. Au laboratoire, Hans est soumis au feu des questions de ses confrères sur l'appareillage, l'amplification, le comportement des courants. Mais il n'est pas habitué à parler de ses recherches, et la technologie n'est pas son fort. Il renvoie poliment son public aux représentants de Siemens, absent à sa découverte, comme si elle se résumait au perfectionnement d'instruments ou à une mode littéraire. On souhaite l'inviter à dîner, mais il décline, et tout juste déjeune-t-il dans un restaurant du Quartier latin avec Ursula.

Il est à un an de l'âge légal de la retraite, soixante-cinq ans. Il a tout bien pesé et dénombré six possibilités : il meurt avant le 1er octobre 1938 ; il vit encore, mais ne se sent plus capable de travailler après 1938 ; il est encore apte au travail, mais doit partir et commencer une consultation privée à Iéna ; il part dans un institut de recherches ; il obtient le prix Nobel et travaille ; on le laisse en service jusqu'à soixante-huit ans.

Août 1944

Cet après-midi, ce sont ceux du *Schreibstube* qui les premiers ont propagé la nouvelle à l'hôpital. Une insurrection générale aurait éclaté à Varsovie il y a quelques jours. Tout a commencé par une bombe placée au quartier général de la Gestapo. Les Soviétiques progressent, les Polonais veulent reprendre leur destin en main. Désormais les nazis sont défiés au cœur de la capitale.

De retour de la Buna, les kapos allemands qui encadrent les kommandos extérieurs et leurs nombreux Polonais distribuent des coups à tout-va. Les détenus ont du mal à se ranger, ils ne cessent de parler, et le beau temps n'arrange rien. Eux aussi savent, grâce à leurs relations avec les civils de l'immense chantier de l'usine.

En fin d'après-midi, la réunion d'équipe avec Neubert se tient un peu plus tard que d'habitude, Budziaszek, Drohocki et deux autres médecins étant arrivés en retard. Les nécessités de service sont expédiées rapidement, il y a principalement un manque de bras dans un des blocs de chirurgie, et des médicaments à demander à l'hôpital central. Quelques médecins repartent, puis comme à son habitude, Neubert s'attarde, allume une cigarette et va jusqu'à en proposer quelques-unes autour de lui.

« Alors, contents de ce qui se passe ? demande-t-il à Budziaszek.

— On ne va pas se plaindre, répond-il, d'un air faussement dégagé.

— Vous savez, une guerre, c'est long. Une guerre mondiale, encore plus long…

— Il faut rester prudents.

— Chaque camp a le droit d'espérer… Mais nous sommes au centre du jeu… Vous écoutez la radio, elle fonctionne toujours ?

— Tout à fait, grâce à Kaplan… »

Neubert prend un air plus hostile qu'à l'accoutumée.

« Cela reste toujours entre nous, Stefan. Il y a quelque chose que la radio ne vous a pas encore dit, et que nous savons par nos liaisons avec l'administration de Varsovie…

— Ah oui ?

— Vous l'apprendrez vous-même », dit-il en se relevant.

Il reprend ses papiers, se dirige vers la porte.

« Ce qui est sûr, ajoute-t-il d'un ton pontifiant, c'est que la guerre, c'est une suite de batailles. »

À la soupe du soir, rien ne se passe comme d'ordinaire, la livraison devant les blocs a du retard, les quantités sont trop faibles, la soupe étrangement épaisse, mais les détenus ont la tête ailleurs, beaucoup se laissent prendre leur place dans la queue. Dans les blocs de l'hôpital, la nouvelle s'est aussi répandue et certains malades en proie à l'ennui en viennent à chantonner des chansons polonaises.

Le lendemain matin, l'ambiance est la même, à ceci près qu'on annonce la visite de Fischer pour 9 heures, bien après le départ des kommandos extérieurs. Il arrive avec Neubert et deux autres officiers SS. Comme d'habitude quand il fait beau, il préfère s'installer devant le bloc 19, sur des chaises à l'extérieur que dispose Drohocki. Budziaszek continue à lui servir la chicorée réglementaire, imbuvable. Comme dans un ballet bien réglé, il n'y touche pas.

« Budziaszek, où en sommes-nous en termes d'effectifs ?

— Ce matin, sept décès, ce qui nous donne 491 patients exactement. Deux autres pourraient sortir, mais nous demanderons probablement six admissions.

— Parfait. J'ai par ailleurs besoin d'un transfert de Polonais d'ici vers l'hôpital de Birkenau. »

Budziaszek se fige, Neubert glousse.

« Ce n'est pas ce que vous croyez, poursuit Fischer.

— Je ne crois rien…

— Ce ne sont pas des représailles, Budziaszek, nous avons nos propres problèmes ici et j'ai toujours besoin de main-d'œuvre.

— Alors de quoi s'agit-il ?

— Étant donné les réactions, le *Lagerführer* souhaite par précaution transférer un certain nombre de Polonais à Birkenau.

— Et combien envisagez-vous…

— Vous le verrez tout à l'heure. Tenez-vous prêts à nous donner les matricules de ceux qui peuvent partir.

— Ce sera définitif ?

— Tout à fait.

— Je vais voir les moins mal en point », dit sèchement Budziaszek en se levant.

Fischer ne semble pas pressé et lui fait signe de se rasseoir, mais d'un petit cercle de la main droite, avec une forme de courtoisie, comme entre égaux. Il va jusqu'à prendre en main la tasse de chicorée, sans pour autant la porter à ses lèvres.

« Ce… soulèvement… Je ne sais pas trop comment le nommer. Vous êtes polonais, beaucoup ici sont polonais. Vous êtes un homme important, Budziaszek. Il y a des événements qui peuvent monter à la tête… Je vous parle entre médecins. Il faut voir plus loin, comme vous l'avez toujours fait. Ce que vous devez comprendre, c'est que les choses changent peu à peu…

— Vous parlez de ceux qui seront vainqueurs dans cette guerre ? »

Fischer part d'un rire forcé, Neubert sourit et lisse son pantalon au niveau des cuisses.

« Non, nous sommes déjà les vainqueurs ! Et le vainqueur a la lourde charge d'organiser le chaos qui accouche d'un monde nouveau. Il fixe les règles pour les décennies, le siècle à venir. Comme les Olympiens après avoir vaincu les Titans… De nouvelles lois s'imposent et cela prend du temps. Parfois, le vieux monde s'agite encore, comme à Varsovie. À notre niveau, nous devons être le modèle absolu de la colonisation à l'Est. Cela passe par la purification de la race, nous y sommes presque. Puis il nous faut retrouver le lien avec la terre. Vous ne trouvez pas cela paradoxal ?

— Quoi donc ?

— L'essentiel de la main-d'œuvre de ce camp est occupée à construire une usine d'huile et de caoutchouc, alors que le destin d'Auschwitz, votre destin, c'est la terre.

— Je ne comprends pas ce… destin.

— Il y a une vie après la guerre, Budziaszek ! plaisante Fischer. Rien de plus misérable qu'un soldat qui reste soldat. Un soldat du Reich n'est pas là que pour détruire, il doit créer ! Une fois la guerre finie, ou même bien avant, nous créerons ici les terres les plus verdoyantes et les plus fertiles jamais cultivées !

— Je n'avais pas ce point de vue.

— On ne reviendra pas au Moyen Âge ! Nous préparons déjà la science agronomique la plus pointue. J'ai récemment visité avec le *Lagerführer* l'institut où nous faisons des recherches sur le "pissenlit russe", une plante qui pourra nous fournir du caoutchouc aussi bien que la Buna. Nous travaillons à l'amélioration génétique des semences. Vous ne saviez pas ?

— Vaguement… Je crois que ce sont surtout des femmes qui travaillent là-bas ? »

Le *Lagerarzt* se refrène à peine, tout à sa joie d'avoir une oreille à la fois intelligente et passive. Drohocki se pince les lèvres pour s'empêcher de demander des nouvelles de sa propre épouse.

« Tout autour de Birkenau, non loin du *Zerlegebetrieb* où vous vous fournissez pour votre électronique, à Plawy, à Harmense, nous développons des élevages en batteries de poules, de lapins, de cochons.

— Sans parler, enchaîne Neubert, des étangs créés après l'assèchement des marais, où ils pratiquent la pisciculture.

— C'est une vision d'avenir, poursuit Fischer. Vous n'imaginez pas les étendues, les centaines d'hectares… Surtout en cette saison ! »

Drohocki et Budziaszek ne sont pas sortis, n'ont mangé ni viande, ni poisson dignes de ce nom depuis des mois, ils n'ont qu'un but, survivre. Mais ils partagent avec leurs maîtres ce besoin d'espérer et d'élargir leurs horizons, eux qui pourtant peuvent circuler librement. Fischer et Neubert se lèvent et annoncent qu'ils vont effectuer, avant de partir, une petite tournée des blocs.

« Budziaszek, Drohocki ! reprend Fischer en s'époussetant, la fin de la guerre est proche. Bientôt vous ne nous verrez plus comme des vainqueurs, mais comme de simples citoyens d'une nouvelle ère. Vous nous verrez construire un pays tout neuf. Il y a un moment où le sang cesse de couler, il sèche et nourrit la terre, et peu importe d'où il vient. »

Le soir venu, un appel spécial se tient dans la cour centrale. Peu à peu, ceux qui ne sont pas concernés peuvent rentrer dans leurs blocs, tandis que les autres sont informés de leur transfert à Birkenau, à pied, près d'une dizaine de kilomètres. Les médecins sont effarés du nombre retenu par Schwarz, le commandant du camp : plus d'un millier en tout, avec une heure pour prendre « leurs affaires » et libérer leur place, qui sera occupée le lendemain par d'autres prisonniers. Une trentaine de SS particulièrement armés venus de Birkenau en camion les escorteront. Une partie de cette foule de Polonais ne croit pas à un simple déménagement. Ils pensent qu'ils seront gazés dans les prochaines heures. Ayant entendu Fischer, Drohocki ne peut se persuader entièrement du contraire. Tout est fait ici pour assassiner paisiblement des gens rassurés.

Les médecins ont choisi leur part, une dizaine de malades polonais, à qui ils répètent mécaniquement les assurances de Fischer, qui d'ordinaire ne leur ment pas, mais ils ne sont plus dans une période ordinaire. Drohocki sait que Budziaszek a misé pour moitié sur un simple transfert, pour moitié sur une « sélection ». Moitié de bien portants, moitié de grabataires, et tant pis s'ils meurent là-bas faute de la qualité de soins que l'on peut prodiguer ici.

Quelques heures après le départ du bon millier de détenus, c'est Kaplan qui vient les informer de la nouvelle. Hier et avant-hier, les 5 et 6 août, les Allemands de la *Sicherheitspolizei* et de la *Sturmbrigade SS* ont massacré des milliers de civils dans le quartier Wola de Varsovie. Femmes, enfants, vieillards, malades. Balles dans la nuque, brûlés vifs, fusillades. Dans le bloc de Drohocki, où se trouve toujours une majorité de Polonais, plus personne ne parle. « C'est Auschwitz à domicile, murmure un des infirmiers, ils savent faire. » Drohocki se voit indéfiniment pris dans ce camp, avec pour chaque débarquement son contre-débarquement, pour chaque insurrection sa contre-insurrection, pour chaque défaite allemande sa revanche baignant dans le sang, à croire qu'ils suscitent ces reculs pour inventer de nouvelles manières d'écraser.

L'insurrection n'est pas finie qu'ils trouvent qu'elle a déjà trop coûté, qu'elle a échoué à faire peur aux Allemands. Drohocki commence à prendre en haine les rumeurs, les informations, les nouvelles, des mots, rien que des mots. Dans le même temps, il s'entraîne à faire des injections de glucose dans les veines de gaillards de quarante kilos qu'il retrouvera froids et morts demain matin.

Le surlendemain, c'est Jacek le boute-en-train que l'on trouve inanimé vers 6 heures. Le traitement était insuffisant, le liquide ne cessait de s'accumuler dans la plèvre. Makowski a diagnostiqué une méningite, causée par cette tuberculose miliaire dont on ne peut ici prononcer le nom. Bien qu'on ait leur adresse, on n'en informera pas les parents, de façon à toujours recevoir de l'aspirine et de la nourriture. Certains envoient même aux familles de fausses cartes postales pour continuer à bénéficier de la manne. Makowski prépare le cadavre pour la morgue, encore constellé des points de ponction dans les côtes, encore prêt à raconter des histoires. Il va falloir faire un certificat mortuaire, il préfère laisser cette tâche à un autre. Comme pour une musique ou un tableau, il est impossible de savoir à l'avance quel mort va laisser de marbre ou affliger, pour quelques heures au moins.

Dans l'après-midi, aux séances d'électrochoc, Drohocki est toujours aussi affairé. Kaplan le salue en entrant et lui parle de ce jeune homme qu'il connaissait de vue, son compatriote. Il ne lève pas le nez de ses fiches et lui lance : « Jacek, oui, je me souviens de lui. Vous ne m'aviez pas déjà annoncé sa mort ? » Et il lui tend le protocole du jour, sur un papier cartonné : « Ou peut-être était-ce un autre. Il faut rester concentrés, Serge, concentrés sur la science, sur ce qui ne meurt pas. Qui peut dire si nous voulons sauver nos vies, les vies des autres, ou les deux à la fois ? »

1938

« La seule personne qui a encore une vie privée en Allemagne est celle qui dort. »

Robert LEY,
Führer du *Deutsche Arbeitsfront*[1], 1938.

L'appareil de radio VE 301 a été remplacé en 1938 par un nouveau modèle, le *Deutscher Kleinempfänger DKE 38*, aussi appelé le *Goebbelsschnauze* ou « museau à Goebbels », toujours performant et bon marché. Le 9 novembre au soir, le même Goebbels s'entretient avec Hitler au sujet des suites à donner à la mort à Paris d'un secrétaire d'ambassade allemand, sous les balles d'un jeune Juif polonais. Il est décidé de laisser se propager les premières agitations antisémites en Hesse et en Saxe. Par téléphone, les chefs de la SA ordonnent de procéder à des destructions de biens juifs, le chef de la Gestapo et

1. Front du travail, organisation nazie des employeurs et des travailleurs.

le chef de la police commandent de laisser faire, tant que des biens allemands ne sont pas menacés. Le lendemain à 20 heures, la radio officielle demande le rétablissement de l'ordre et les policiers réapparaissent pour constater que plus de 250 synagogues ont été détruites, ainsi que 7 500 commerces et entreprises appartenant aux Juifs. La police de Reinhardt Heydrich dénombrera 36 morts.

À Iéna vivent 50 Juifs. Une partie d'entre eux est assignée à résidence dans des logements dédiés, de même ne peuvent-ils faire leurs courses que dans certains magasins. L'année suivante, ils seront dépouillés de leurs biens. Dans son oratoire, Berger tente d'entendre toujours plus finement le bruit de la pensée, malgré le vacarme électrique des pogromes, des viols, des pillages, des profanations et des incendies à travers toute l'Allemagne. Il utilise depuis peu la méthode intégrative des données de son EEG, inspirée du Polonais rencontré à Paris, Zenon Drohocki.

Le 30 septembre 1938, alors qu'il est en pleine tournée de ses malades dans la clinique de Iéna, un appel du recteur de l'Université l'informe qu'il est placé à la retraite à compter du lendemain. Ses appareils, ses expériences, ses souvenirs, ses tracés, ses livres, ses papiers ne lui appartiennent plus ou presque. Il doit également quitter la *Klinikerbau* de Binswanger dans les deux mois. Il n'a jamais autant haï le téléphone.

Abattu, il commence à souffrir du cœur, du moins est-ce ce qu'il se fait croire à lui-même et à Ursula. La famille quitte Iéna pour la petite ville de Bad Blankenburg, à quelques dizaines de kilomètres. Il a l'honneur de devenir directeur du sanatorium local. Jamais plus il ne disposera de l'argent et du matériel nécessaire pour y recréer son oratoire, mais il s'est intellectuellement rallié à la thèse de Rohracher sur les ondes bêta.

Le voici déchu dans un monde à nouveau en chute libre. La guerre est déclarée, ou plutôt elle reprend son cours jamais arrêté depuis 1914, le bruit de fond incessant a repris le devant de la scène. Même s'il méprise les nazis, il s'est mis à disposition de son pays à partir de septembre. Mais le voilà affecté d'une crise cardiaque et d'un furoncle très douloureux, qui le cloue au lit. Il s'occupe à rédiger une petite plaquette qu'il intitule *Psyché*, son testament d'homme, l'étoffe dont sont tissées ses recherches, sa croyance en la télépathie, du moins sa croyance en sa transmission de pensée avec Pauline. Par bonheur et par hasard, une partie de son rêve a fait science.

Son fils Klaus est parti faire la guerre sur le front russe. Il est comme déjà mort. Hans essaie encore et encore de sortir de son lit, ayant été alité pendant plus de huit semaines. Il a derrière lui des journées de désespoir durant lesquelles il a souhaité abréger ses jours. Il a passé des nuits sans sommeil, durant lesquelles il n'a cessé de broyer du noir et se débattre avec des autoaccusations. Il est incapable de lire, d'écrire à une morte ou de travailler efficacement. On lui envoie de gentilles lettres, des meilleurs vœux, ainsi que des fleurs. Il a lu tous les articles sur l'EEG et fait des résumés, lu les mémoires de Napoléon, qui l'ont beaucoup intéressé. Il a de magnifiques fleurs à côté de son lit qui alourdissent son cœur.

L'opticien Zeiss, bienfaiteur de Iéna, fait en 1940 la liste de tous ses collaborateurs d'origine juive. Sa fondation a accepté le financement d'un nouvel oscillographe Siemens, mais on informe Berger qu'en raison de commandes liées à la guerre, il ne pourra être livré avant 1942. Hans est accablé, il s'assied difficilement dans le fauteuil de cette nouvelle maison de Bad Blankenburg qui lui semble un hôtel avant la mort.

Le 9 mars 1941, il se lève difficilement. Ursula s'est déjà mise à ranger la cuisine, leurs enfants bien loin de la maison. Ruth s'est mariée en 1939 avec Nikolaus, un docteur en droit, Ilse est sur le point de terminer ses études de médecine, et Rosemarie profite, autant que faire se peut, de sa jeunesse sous la guerre. Hans s'habille, porte quelques bouts de pain à sa bouche, boit un thé tiède. À cinquante-cinq ans, Ursula a toujours son joli port de tête. Elle s'enquiert de son état, il hésite, lève sa tête massive, ses traits durcis et figés par la douleur, puis, pour la première fois de leur long mariage, lui demande du papier et de quoi écrire.

Ils sont à présent assis à table l'un en face de l'autre, il ne va pas lui poser les électrodes de l'électroencéphalogramme, ni passer une électrode bruyante sur cinquante points de son crâne, ni mesurer l'électricité épidermique de ses mains. Il lui demande de choisir un mot et d'y penser très fort, d'y penser exclusivement, pour autant qu'il est possible avec l'ébullition permanente de l'activité cérébrale. Ursula est à la fois inquiète et flattée, se doutant que pour la première fois elle marche sur le terrain de Pauline et de son frère, s'immisçant dans leur télépathie.

Hans laisse quelques minutes pour que la transmission ait une chance de s'effectuer. Dans leur silence, un mot lui parvient, falot et pas plus affirmé que d'autres : « Bleu ». Elle l'écrit, puis ils échangent leurs rôles, Hans pense très fort au chiffre 50, un chiffre rond, simple et aisément communicable en temps normal. Il se laisse plusieurs minutes pour l'émettre, 50 rivalise avec des souvenirs, une douleur au dos, des images du front vues il y a quelques jours dans un journal. Ursula le regarde avec autant de bonne volonté que si elle était la plaque photographique des psychicones de Baraduc, puis ne le regarde plus, pour être plus réceptive. Elle écrit ce qu'elle croit recevoir de lui, une pensée dansant avec tant d'autres : « Aujourd'hui ». La séance s'arrête, ces faibles efforts ont fatigué l'homme et la femme en ce début de journée. Ils échangent leurs notes, et chacun sourit, gêné de découvrir un mot hors sujet. Aucun ne se sent l'envie de mentir, ils secouent la tête et froissent le papier. Ce n'est pas que la transmission soit impossible, c'est juste qu'il ne se sent pas assez bien, et cela s'arrangera sans doute.

Le 30 mai, en début d'après-midi, Hans a rassemblé dans un carton les dizaines de lettres écrites à Pauline. Dans la cheminée de briques, le feu réchauffe inutilement la maison baignée de l'air tiède du printemps. Hans s'assied dans le lourd fauteuil crapaud et, tel un facteur, commence à poster le courrier dans l'âtre. Il procède par année, depuis 1901 jusqu'à ces derniers jours. Son œil exercé remarque que le papier des années 1900 et 1910, sec et plat, brûle comme un charme, tandis que les missives les plus récentes, encore gonflées d'air, de vie et d'humidité, résistent quelques secondes. Le feu noircit sans se lasser toutes les phrases adressées à Pauline depuis près de quarante ans, un monde meilleur où leur mère n'est jamais morte, un monde sombre où il n'a jamais trouvé de certitudes. Après une courte flambée chaque enveloppe est réduite à quelques grammes de carbone, certaines bribes de papier s'envolent dans le conduit de la cheminée, d'autres se fondent dans la cendre de bois. Il ne reste plus qu'un carton vide que Hans déplie pour le déchirer en plaques alimentant la fournaise.

En début de soirée, une voiture part de Bad Blankenburg pour Iéna. Hans connaît les lieux mieux que personne, il s'est garé à bonne distance de la clinique de l'université. Il sort et marche lentement, un sac à la main. Il y a en lui un reste d'énergie qui devrait suffire. De loin, il distingue la haute silhouette de Beinicke, le surveillant de salle, qui semble bien plus voûté qu'à l'ordinaire. Hans a du mal à respirer, s'arrête derrière une colonne, entre enfin dans le hall de la clinique où il a si longtemps officié. Les salles sont silencieuses, Hans espère que les malades continuent à bénéficier de sédatifs. Les nazis ont, ici aussi, coupé les budgets, car de tels humains méritent à peine de vivre. Sur le mur près du plafond, il existe un crochet dont Berger se souvient bien. La corde qu'il lance est néanmoins trop grosse pour s'y caler. Il n'a plus pour solution que de l'attacher à la balustrade de l'escalier. La méthode sera différente, mais l'issue restera la même, et le silence fera le reste. La douleur est vive lorsqu'il enjambe la rampe, de tels efforts ne sont pas raisonnables à son âge, il pourrait tomber, se blesser et manquer son dessein. Le nœud coulant est solide, de la qualité de ceux qu'il apprenait à Klaus, il le passe autour du cou, et après une courte hésitation chute lourdement dans les quelques mètres de vide, qui lui font moins peur que naguère, dans sa chute de cheval en forêt ou dans l'escalier de la maison familiale. Il serre les mâchoires pour qu'aucun cri ne franchisse la barrière de ses dents, tel un héros de l'*Iliade.* Aucune pensée à destination de Pauline ne sort plus de son crâne.

Le vieux Beinicke le retrouve le matin tôt, comme à son habitude.

Août 1944

Ils sont couchés depuis longtemps. Les conversations se terminent, les *Pfleger* de garde sont partis, d'autres sont revenus, Drohocki a fait sa tournée, il somnole depuis quelques minutes quand les premiers ronflements sourds se font entendre. Non pas humains, mais mécaniques, très haut au-dessus d'eux. On peut tout d'abord les confondre avec des coups de tonnerre, mais le temps n'est pas à l'orage. Ce 20 août, le ciel a été toute la journée clair et ensoleillé. Les secondes passent et des cris de joie, encore retenus, retentissent dans leur bloc, certains se réveillent en sursaut, d'autres s'habillent comme s'il s'agissait d'un appel en pleine nuit. Tout le monde est debout dans le couloir central ou assis sur sa couchette, en sueur. Les sirènes assourdissantes beuglent dans tout le camp, des cris fusent, les lumières sont éteintes et on distingue des faisceaux de lampes torches. Les chiens de leurs maîtres, bien soignés et bien nourris, aboient à tue-tête.

Les sauveurs du ciel sont enfin arrivés. Après les rumeurs de bombardements sur les villes allemandes, les milliers de morts civils, les incendies géants, les destructions massives, ils ne peuvent s'empêcher d'entendre comme une douce musique de libération et de vengeance. *Ils ont été retrouvés.* Ils existent enfin dans cette guerre. Quelqu'un, depuis le ciel, voit leurs misères, le panache des fumées de Birkenau, les colonnes de déportés tombant dans la campagne, les kapos qui s'acharnent sur la chair en bouillie des prisonniers. Tout cela ne pouvait exister que caché et va enfin cesser… D'en haut, ils vont au moins prendre des clichés, les sortir du noir. Il est certain qu'ils vont être sacrifiés dans la tourmente. Ils sont entre les mains des Allemands, qui peuvent les anéantir à tout moment, les entraîner dans leur chute. Ils vont subir le sort de Hambourg, mourir dans un incendie. Ils ont tous l'envie de fuir et l'envie de se cacher, l'envie de hurler de joie et de crier de peur. Les premières explosions se font entendre, ce sont des dizaines de bombes qui crépitent et produisent des vibrations continues, comme la même note jouée obstinément. Cela se passe vers la Buna.

Faut-il que l'on s'attache à son travail ! Les premières pensées de Drohocki vont au gâchis de matières, de travail et de souffrances, après tout la Buna est largement leur œuvre, une somme de morts, et il a encore dans les mains le poids des câbles qu'il a fallu poser au fond des tranchées. Désormais les Allemands n'oseront plus la reconstruire, chaque nuit elle sera détruite par leurs anges gardiens. Elle n'a plus aucun sens, ce chantier pharaonique est perdu. Mais alors à quoi serviront-ils ? Ils ne savent que trop bien le sort des bras inutiles.

Quelqu'un dans le bloc : « Voilà du boulot en moins ! », et tous applaudissent. Heureux de son effet, l'homme répète sa phrase trois fois, sans récolter le même succès. Les explosions redoublent, et s'y ajoute toujours le bruit des sirènes. Les lumières ont été éteintes pour ne pas attirer les bombes, et peut-être même, dans la foulée, a-t-on coupé le courant des clôtures électriques. La tentation de l'évasion en masse se lit dans les yeux, sans que les détenus aient besoin de parler. La fin, maintenant ? Et quelqu'un va jusqu'à imaginer le parachutage d'une armée anglaise ou américaine spécialement envoyée pour les libérer. D'abord les bombes pour « nettoyer », ensuite l'attaque, la vraie. Un débarquement par les airs. « Imbécile ! Et comment ils rentrent ? Comment ils font ? » Le débat ne se prolonge pas longtemps, car les détonations se rapprochent, les fenêtres et les murs tremblent. Cette fois, c'est chez eux, ce n'est plus la Buna. Le chef de bloc a entrouvert la porte d'entrée, il jette un œil et leur confirme que de la fumée se dégage de l'autre côté du camp, à quelques centaines de mètres, des flammes, même. Il voit dans leurs yeux l'envie de sortir. Comme ils sont dans l'enceinte de l'hôpital, avec la liberté d'aller soigner les patients dans les autres blocs, il les laisse choisir.

Une petite moitié ose mettre le pied dehors, tandis que les autres préfèrent rester. Il n'y a pas un choix plus judicieux que l'autre, tout dépend de là où tombent les bombes. On entend alors les cris d'angoisse dans le bloc de chirurgie, dans le bloc des convalescents, mais personne n'a envie d'aller les réconforter, les hommes sont fascinés par leur propre sort, par le désordre dans le camp, les cris des SS, et stupidement ils pensent que leur qualité de prisonniers les protégera des bombes amies, qu'à plusieurs milliers de mètres d'altitude, les pilotes, l'air, le métal, les explosifs sauront faire la différence.

Drohocki ne peut s'empêcher de penser que si l'un de ces bombardiers est abattu, il sera convoyé au *Zerlegebetrieb*, et qu'avec Kaplan ils pourront dès demain le désosser, qu'il leur fournira des composants électroniques, des câbles, des ampoules pour construire un nouvel électrochoc, un nouvel appareil radio, un nouvel appareil de radiographie, pour améliorer l'ordinaire, pour plus de confort, pour les faire valoir aux yeux de leurs bourreaux, comme si tout devait continuer, se nourrir indéfiniment de la guerre. Attachement stupide à ce que l'on connaît, à ce petit hôpital où sa vie est possible, tout le reste paraissant un gouffre inquiétant. Il ne semble pas que le camp ait une défense antiaérienne efficace. Comme le disait Kaplan, si Auschwitz devient à la portée des bombardiers, c'est une mauvaise nouvelle pour le Reich. Soit les Alliés disposent d'avions plus performants, soit ils ont reconquis des territoires et des bases plus proches de l'Europe centrale.

Le silence s'est fait. Le tout a duré à peine une demiheure. À la petite horloge du bloc, il est 23 heures passées. Leur *Blockälteste* est sorti de l'enceinte de l'hôpital pour aller aux nouvelles. Il revient, trempé de sueur. Deux bombes sont tombées sur un bloc, il y a des dizaines de blessés. Ils voient arriver Budziaszek et de nombreux médecins, escortés par des kapos et des SS avec des lampes torches. La nuit se passe à trouver des lits de fortune. Ils sont comme une fourmilière dans laquelle des gamins auraient donné des coups de pied, avant de l'arroser d'essence.

Au fil de la nuit, plus d'une centaine de blessés leur arrive au total. Ils ne parviendront jamais à les caser, à les soigner, à les nourrir. Certains ont des blessures légères, ils se sont simplement pris une poutre ou une brique sur la tête, des éclats de verre ici et là. D'autres ont des plaies ouvertes aux bras, aux jambes, dans le dos, certains sont brûlés, d'autres encore sont simplement sous le choc, incapables de bouger, à moitié sourds. Les morts sont déjà à la morgue. Tous sont sales et assoiffés, à gémir sur les civières installées dans la cour, à quémander à boire tout en se disputant l'espace des couchettes où ils ont dû caser deux occupants. Ils n'ont plus d'eau, les canalisations ont été touchées, on ne sait pas exactement où. De nombreux SS patrouillent toujours avec leurs chiens dans les allées de l'hôpital, y compris à l'intérieur des blocs, comme si ces blessures pouvaient être feintes et ce rassemblement d'éclopés aboutir à une nouvelle insurrection de Varsovie… Après avoir pris quelques heures de repos en fin de nuit, Neubert est revenu, il semble très calme dans cette tourmente.

Budziaszek lui demande un transfert d'au moins cinquante blessés vers les autres hôpitaux, ceux d'Auschwitz-I et de Birkenau. Leur superviseur hausse les épaules, et répond qu'il peut toujours demander, qu'il faudrait tout d'abord faire venir des bidons d'eau pour éviter le pire, comme si l'un excluait l'autre. Drohocki n'a pas dormi, il n'a jamais vu autant de sang d'un seul coup, comme si tous les kapos s'étaient mis à frapper en même temps et leur avaient remis leurs victimes. Leurs malades ordinaires sont rongés de l'intérieur, décharnés, couverts de plaies lentes. Ils ont soudain affaire à une vitesse guerrière.

Cette arrivée de la guerre par le ciel répand une joie étrange. Chez les blessés, même les plus graves, il y a le souvenir tout frais de cette musique des avions alliés, contre lesquels leurs maîtres n'ont rien pu faire. Drohocki court en tous sens, mais ne peut s'empêcher de chantonner comme jamais on ne l'a entendu, il va jusqu'à parler aux blessés avec des bribes de hongrois, et il y a dans les gestes de tous les médecins un entrain inhabituel, une étrange façon de s'accommoder du manque d'eau, de pansements, de désinfectant, comme si la nuit suivante, selon un scénario bien rodé, ils allaient recevoir le nécessaire par parachutes.

Toute la journée, les kommandos d'électriciens, où Kaplan officie, sont mobilisés pour réparer les canalisations. Les menuisiers travaillent à déblayer les blocs touchés par les bombes et à reconstruire les charpentes. Tout cela n'empêche pas les kommandos extérieurs d'aller sur le chantier de la Buna, pour réparer les dégâts, mais également continuer l'ordinaire des travaux de construction. L'orchestre n'a pas joué au départ de la troupe vers l'usine, des officiels d'IG Farben vont et viennent dans l'allée centrale du camp, l'air furieux, tels des clients grugés. Comment la guerre ose-t-elle s'immiscer dans leurs affaires ? Nous ne sommes pas au front, nous ne sommes nulle part, au cœur du Reich, et même dans cette paisible campagne, on ne peut plus travailler ? Les SS qui patrouillaient du côté de l'hôpital se sont éclipsés, sans doute rassasiés. L'hôpital continue à mettre à part les détenus, à les protéger par le spectacle des souffrances entassées, par les cadavres évacués chaque matin, ni trop ni trop peu, pour respecter l'équilibre instable entre le devoir de travailler et la nécessité de mourir.

La nuit est interminable. L'eau arrive de façon capricieuse, par bidons livrés au hasard, elle est souvent souillée ou nauséabonde, comme si l'on s'était amusé à cracher ou pisser dedans. Cela suffit pour laver les plaies, moins pour étancher la soif. De temps à autre, un robinet se met à crachoter un liquide trouble, puis s'arrête. Les médecins se relaient, Budziaszek est invisible, en train de parlementer chez Fischer, auprès de ses contacts à l'hôpital du camp principal, pour avoir des renforts. Drohocki part dormir, épuisé, les mains et les bras tordus par les corps transportés à tous les étages des châlits, jusqu'à environ 6 heures du matin, heure où il est réveillé par le gong du début de journée. Fort heureusement, il n'a pas plu et le temps est clément. Les malades réclament des couvertures, mais la plupart sont habitués à dormir dans le froid, recroquevillés autour de leur blessure la plus vive, ramenant leurs membres autour de leur tronc, faisant des plis multiples avec leurs habits pour entasser les couches.

Vers 11 heures, Budziaszek est de retour à l'hôpital, avec Fischer et Neubert, toujours impeccablement habillés et escortés de cinq soldats. Tous deux ont le visage fermé, passent entre les civières de la cour, soulèvent des pans de vêtements pour reconnaître des visages, identifier des plaies. Quelques minutes plus tard, deux coups de klaxon les font revenir au plus vite à l'ambulatorium. Un convoi vient de livrer un nouvel aréopage et le médecin-chef de tous les camps d'Auschwitz, Wirths. Entouré de sa garde, il s'entretient quelques minutes avec Fischer, qui lui tend un rapport de plusieurs pages, sans doute composé durant la nuit. Les deux hommes déambulent parmi les civières, puis repartent, après avoir visité avec leur escorte le bloc opératoire, délaissant la salle d'électrochocs. Avant de repartir, Fischer a demandé à Makowski la liste des blessés nécessitant d'urgence une radiographie.

Peu après la soupe du soir, Neubert, toujours plus distant que d'ordinaire, leur transmet une enveloppe brune avec l'ordre écrit signé Wirths et Fischer. Tous les blessés du bombardement dans l'incapacité de reprendre le travail dès demain matin devront être transférés à l'hôpital de Birkenau. Budziaszek, pourtant rompu aux coups durs, reste muet, et relit trois fois les mots allemands dans son petit bureau. Il n'y a aucun recours, en raison à la fois de la double signature et de l'aspect anodin de cette condamnation à mort d'au moins quatre-vingts de leurs nouveaux patients. Il est tout à fait normal de transférer des détenus vers un autre hôpital, il est tout à fait normal d'être incapable de travailler, il est tout à fait normal de mourir demain. On décide de ne pas les alarmer, de ne pas les renvoyer claudiquant à leurs kommandos, ce serait ajouter de la souffrance à leur mort et remplacer une sélection par une autre. Ce serait aussi priver leurs maîtres de la joie de faire des victimes expiatoires de la honte du bombardement. Les médecins détenus doivent juger eux-mêmes. L'hôpital de Birkenau, c'est l'autre nom de la chambre à gaz. Ces malheureux auront eu la malchance d'être au mauvais endroit, au mauvais moment, mais pour la bonne cause.

Drohocki en connaît quelques-uns d'assez près, mais à cette nouvelle il ressent encore une fois le raidissement et la fermeture de son cœur, de tous ses organes vitaux. Ni son foie, ni sa rate, ni ses intestins ne doivent s'attendrir, tant l'humanité, la pitié, la compassion savent se faufiler, profitant d'un visage, d'un objet ou d'un cri. C'est en cela qu'ils commencent tous à ressembler à leurs bourreaux : plus il y a d'« envois à Birkenau », moins chaque individu est important. Ils se seraient battus pour trois blessés, pas pour les quatre-vingts qui doivent partir, et dont ils viennent de transmettre la liste des matricules. Eux aussi sont devenus des grossistes.

Budziaszek rassemble les médecins et les infirmiers qui n'étaient pas encore dans la confidence. Il leur explique à tous qu'il ne sert à rien de prévenir les blessés. Ils ont droit à une nuit supplémentaire d'insouciance, dans un hôpital où certains rêvaient depuis longtemps de se reposer quelques jours, et ce rêve est devenu réalité. « Ni trop de soin, ni trop peu. Espérons qu'ils n'aient pas trop soif. Nous n'avons toujours aucune certitude sur l'eau. » La nuit de cette fin du mois d'août est fraîche, même si le soleil se couche encore tard. Ils rassemblent le maximum de couvertures pour que leurs hôtes d'un jour vivent au mieux leur dernière nuit.

Au matin, après le départ des kommandos de travail, arrivent devant l'hôpital les trois camions de transfert, accompagnés d'un camion de soldats. Les premiers informés d'un « transfert à l'hôpital de Birkenau » ne prennent pas la peine de toiser les infirmiers d'un regard accusateur. Il y a là une bonne douzaine d'hommes en armes face auxquels il ne sert à rien de lambiner. Drohocki en voit certains courber la tête et se hâter, comme dans une scène mille fois répétée, et qu'il s'agit de jouer maintenant en public, sous le feu des projecteurs et sans interruption possible. Une bonne dizaine doivent être transportés sur des civières, et il sent à leur passage le surgissement de la convoitise qui se porte sur leurs maigres effets, leurs bols, leurs cuillers, les paquets de denrées que certains, surtout des Polonais sur leurs terres et soignés par leurs familles, recevront de longs mois après leur mort. Ce qui est bon pour l'hôpital n'est pas bon pour les malades. Enfin Neubert les informe que les dix hommes nécessitant des radiographies d'urgence font partie du même convoi et « iront les faire dans la chambre à gaz ».

Le lendemain après-midi, Drohocki et Kaplan reçoivent, comme si de rien n'était, leur groupe de femmes de

Birkenau. Russes, Polonaises, Slovaques… Comme un échange d'âmes, débordant d'ironie. Les hommes forts sans doute déjà partis en fumée, contre ces faibles femmes qui viennent soigner leur tristesse, sous l'aile de la science préférée des SS.

Ils procèdent toujours deux ou trois fois par semaine à l'électrochoc et, quand ils peuvent, aux rassemblements furtifs de frères, sœurs, femmes, maris, cousins, oncles. Ils ne rapprochent jamais parents et enfants, ceux-là sont morts depuis longtemps. Ils ne revoient que rarement celles qui ont subi des fractures. Tout le monde se comprend, tout le monde a compris le jeu auquel ils jouent. Une forme de roulette russe, entre un supplément de vie et une mort accélérée. Pour certaines infirmières qui leur ont parlé, leurs séances ont acquis une petite réputation, celle d'être une autre façon de tuer, une forme d'euthanasie. Quand ils ne sont pas des sauveurs, ils sont des bourreaux.

Drohocki est dérangé par ces rumeurs, mais il continue sans faiblir ses protocoles, ses analyses. Il y a quelques jours, alors que Kaplan s'inquiétait de l'absence d'une femme qu'ils avaient convoquée pour une nouvelle séance, il lui a hurlé la liste des pathologies pour lesquelles ils devraient vérifier la pertinence de l'électrothérapie : ulcère gastro-duodénal, névralgie, polyarthrite rhumatoïde… sans parler des effets anesthésiants déjà constatés. Un univers tout neuf s'ouvre à eux. Peu importe qu'ils profitent ici à la fois d'une cachette confortable, d'un passe-temps précieux et d'une réserve infinie de cobayes !

Il a son visage enflé et ses papiers couverts de notes et de chiffres. Kaplan n'ose plus lui objecter quoi que ce soit, de peur de perdre son soutien et sa position d'assistant à l'hôpital.

La séance d'aujourd'hui s'est déroulée sans encombre. Comme par magie, car elles ont oublié le passé récent, une bonne partie de ces femmes attend derrière la salle 18, devant le jardin de la cuisine, où cette fois elles découvrent avec ravissement, en même temps qu'un parent, les salades, les radis et les oignons qui poussent dans un carré de terre sous le beau soleil d'août.

Les retrouvailles sont encore plus inespérées quand ils ont fait en sorte d'« hospitaliser » pour une journée un membre d'un kommando extérieur, qui d'ordinaire devrait trimer pour réparer les dégâts sur le chantier de la Buna. Par chance, aucun des hommes de ces couples n'a été touché par le bombardement. Quand Neubert tique à l'examen du concerné, ils ont toujours des provisions de schnaps ou des conserves pour l'adoucir.

Il y a là Andras et Renata, les Hongrois que Drohocki a tant plaisir à voir. Il y a là Dora, toujours seule et hagarde, sur qui le traitement semble glisser comme l'eau sur une plume. D'autres couples français, slovaques, hongrois, polonais chuchotent, la plupart directement assis par terre et profitant du soleil sans corvée à accomplir. Drohocki est particulièrement animé, il prend les mains de toutes les patientes, chuchote un mot à l'oreille des hommes, comme pour se féliciter de la bonne marche des choses, on croirait un prêtre parmi ses ouailles. Il y a là aussi Kristina, seule sur une chaise et à l'écart du groupe.

Drohocki s'approche d'elle et la voilà qui se met à pleurer.

« Comment allez-vous, Kristina ? Pourquoi ces pleurs ? »

Elle ne répond pas. Il s'inquiète d'une convulsion qui aurait causé une fracture ou une entorse.

« Avez-vous eu mal aujourd'hui, Kristina ? Avez-vous mal quelque part, dites-moi…

— Je ne sais pas, docteur.

— Si vous ne savez pas, c'est qu'il n'y a rien, plaisante-t-il. Avez-vous le petit mot de Jadwiga cette semaine ?

— Je n'en ai pas, non, chuchote Kristina en regardant le soleil et en clignant des yeux.

— Kristina, vous n'avez pas pu la voir ?

— J'ai oublié, docteur.

— Oublié, c'est-à-dire ?

— Il n'y a pas de nouvelles.

— Donc dans votre bloc vous demanderez à votre…

— Elle a été emportée, docteur. »

Il est encore sur sa lancée.

« Emportée par qui ?

— Jadwiga, emportée. »

Il regarde ailleurs, prend une profonde respiration et découvre avec effarement que la douzaine de personnes présentes autour de lui se sont tues et que tous les hommes sont repartis. Puis il se tourne vers Kaplan.

« Vous donnerez un petit remontant à Kristina, je crains qu'elle ne divague un peu après cette séance, sa mémoire lui joue des tours. Vous savez, dans le tiroir de gauche. »

Avant que Kaplan ne puisse bouger, Eva, la jeune sœur d'un de leurs détenus polonais, tombe en pleurant elle aussi dans les bras de Kristina.

« Allons, remettez-vous, Eva, dit Drohocki, qu'est-ce que cela signifie ? Est-ce que quelque chose s'est mal passé pendant la séance ? Il faudra noter l'incident dans le protocole, Serge, vous n'êtes pas allé chercher le…

— Jadwiga a été prise, docteur, balbutie Eva. Prise dans une sélection. »

Il s'approche d'elle, son visage s'est durci et crispé.

« Vous ne savez pas de quoi vous parlez, Eva. Vous confondez tout. Où est-elle maintenant ?

— Avec les autres, docteur. »

Drohocki semble infiniment rassuré et reprend sa posture de puissance invitante.

« Eh bien, oui… Voilà… Avec les autres. Avec les autres, les autres. »

Drohocki comprend soudain que toutes ces femmes savent et qu'elles ont peur qu'en le brisant, la nouvelle compromette les traitements, leurs allées et venues et leurs retrouvailles. Elles n'ont pas tant d'égards pour une unique morte, mais pour leur propre survie. Il est probable que Jadwiga soit partie depuis longtemps, et que les dernières nouvelles aient été inventées.

« Quelles autres ?

— Celles qui ont été supprimées, docteur », répond faiblement Eva.

Il ne comprend toujours pas.

« Eva, vous avez toute votre tête ? Jadwiga va bien, n'est-ce pas ?

— Elle allait bien, oui, docteur.

— Elle va bien, elle me donne de ses nouvelles, et soyez logique, il n'y a aucune raison pour qu'il lui arrive quoi que ce soit. Il s'agit de la femme d'un médecin de l'hôpital de Monowitz.

— Aucune raison, docteur. »

Eva serre toujours plus fort la main de Kristina et reprend la parole.

« Mais ils l'ont quand même prise.

— Vous voulez dire, Eva, qu'elle a changé d'affectation. Elle n'est plus à la lingerie.

— Non, elle n'est plus à la lingerie.

— Je préfère cela. C'est pour cela que vous n'avez plus de contacts avec elle, n'est-ce pas ?

— Nous n'avons plus de contacts avec elle, docteur.

— Il faut donc retrouver ces contacts.

— Elle a été avec les autres, docteur. Gazée avec les autres. Il y a quatre mois déjà, le 31 mars. Je suis désolée. »

Il est désormais le seul dans le jardin à ne pas avoir rejoint le groupe dans la triste vérité. Il s'est tu, s'est adossé à un mur. Les femmes savent que le départ est proche et pour une fois ne se font pas prier. Le visage blême, elles défilent devant leur docteur, lui prennent la main, lui serrent l'épaule, évitent son regard. L'une d'elles lui tombe quand même dans les bras, mais il reste de marbre. Kaplan est dans l'obligation de les raccompagner.

Drohocki est resté adossé au mur comme un papillon cloué à un panneau de liège.

1939

Suite à des critiques publiques du régime nazi, Hubert Rohracher, devenu à la suite de Berger un des grands spécialistes des ondes de l'EEG, a perdu sa place à l'Université de Vienne, et il n'a même pas le droit de terminer ses études de médecine. En 1939, il est mobilisé dans l'armée en tant que psychologue, auprès du commandement général de Salzburg. Dans ses lettres à son père, il ne cesse de souhaiter la défaite de l'Allemagne. La Gestapo les intercepte et, à l'automne 1940, demande son envoi en camp de concentration. Rohracher réagit en se portant volontaire pour aller au front. Un mois plus tard, il est transféré dans un bataillon de réserve à Lienz. Les poursuites contre lui sont suspendues. Il parvient à faire annuler sa suspension universitaire et retrouve son habilitation à enseigner à l'université d'Innsbruck. En raison du manque d'enseignants, il est à nouveau embauché. Il souhaite alors rentrer dans le rang et prend sa carte du parti national-socialiste.

En 1943, il est appelé à enseigner à l'Institut de psychologie de Vienne, car l'électroencéphalogramme semble pouvoir être utile dans l'effort de guerre. Dans l'hebdomadaire de propagande grand public *Koralle* du 8 août, une double page le présente maniant ses appareils, étudiant l'activité cérébrale d'un cobaye allongé dans une caisse, entouré d'épaisses plaques d'acier destinées à amplifier les ondes bêta. Cinq courbes sont représentées, flanquées d'une *Vénus endormie* de Giorgione, et de la *Mélancolie* de Dürer. « Ruminant sans cesse, perpétuellement en recherche, l'esprit humain – comme le montre Albrecht Dürer – se plonge dans les problèmes du monde qui l'entoure. Dans le visage et l'apparence du personnage on reconnaît la tension spirituelle qui le traverse. Aujourd'hui, nous sommes capables de rendre visibles sous forme d'images et d'ondes cérébrales les fondements énergétiques du travail de la pensée. »

Quelques mois plus tard, Erwin Otto Marx et Friedrich Gladenbeck, membres éminents du *Reichsforschungsrat*, le Conseil de la recherche du Reich, se tiennent devant Rohracher, de l'Université de Vienne, convoqué la semaine dernière à Berlin. S'offrent à lui des crédits de recherche de 10 000 reichsmarks, avec effet immédiat et urgence absolue dès mars, pour diffuser l'angoisse dans le ciel. « Influence sur les états psychiques au moyen de champs électromagnétiques » : la sobriété de l'intitulé de la mission scientifique dissimule mal l'ambition d'un

Reich aux abois : prendre le contrôle de tout cerveau survolant l'Allemagne.

« Voici le scénario, Herr Rohracher, commence Marx. Les pilotes des Avro Lancaster arrivent bientôt sur objectif. Les quatre moteurs Rolls-Royce Merlin peuvent pousser jusqu'à 450 km/h, mais arrivés au-dessus de Hambourg ils ralentissent. La nuit est propice au largage. Des milliers de feuilles d'aluminium ont brouillé nos radars. Tous ensemble ils sont 739, des Short Stirling, des Wellington, des Handley Page Hallifax. Ce sera la nuit de l'enfer. Ils traiteront tout d'abord le centre-ville, pour attirer les secours et les pompiers. Puis les quartiers périphériques s'embraseront sous les bombes incendiaires. L'oxygène sera monopolisé par le feu, il n'en restera plus pour la respiration des fourmis humaines courant en tous sens, engluées dans le bitume fondu de la chaussée. Hitler détestera le *Feuersturm*, la tempête de feu qu'on lui réserve.

Les hommes du Bomber Command se coordonnent par radio, tous savent que nos Flak 36-37, les Flak 43, toutes nos batteries antiaériennes se tiennent à l'affût. À 100 coups par minute, leurs charges montent jusqu'à près de 5 000 mètres, bien plus qu'il n'en faut. Une toute petite partie des équipages connaîtra le mitraillage de la carlingue, la percussion de l'obus, l'embrasement et l'explosion du moteur, et rien ne sert d'avoir un parachute. Telle est la routine, la vie de soldat. Alors qu'est-ce qui pourrait déranger cette malédiction qui accable notre Reich ? Ce n'est pas seulement la boule au ventre d'un seul, la diarrhée, la sueur ou la respiration coupée. C'est autre chose, qui les touche tous ensemble. Cela vient d'en bas, non seulement du sol, mais de l'esprit de chacun des pilotes, du plancher de l'esprit. Cela traverse tout, le métal, le cuir, le verre, le crâne. Dans les premières minutes, chacun se le reproche par-devers soi, s'en voulant de se laisser gagner par la LMF, "l'absence de force morale" traquée par la RAF plus que nulle part ailleurs.

Ils se rendent compte soudain de leur jeunesse, de tout ce temps de vie et de joies qu'ils gâchent à ces milliers de mètres d'altitude. Ils découvrent le ridicule des pattes de lapin ou des médailles de saint Christophe accrochées en cabine. Ils réalisent qu'insister pour garder le même avion, mission après mission, par superstition, n'est qu'un leurre. Qu'est-ce qui va empêcher la dernière nuit de l'opération Gomorrhe, le succès des *Terrorflieger* ? Dans la formation en cercle, on n'entend rien des batteries habituelles, mais on a peur comme jamais. Plusieurs avions lâchent leurs bombes avant l'ordre, d'autres ne lâchent rien et commencent leur demi-tour. La débandade s'installe, l'aviation alliée est hors service, sans qu'un coup de feu soit tiré au sol. Les enfants séchés de leur graisse et réduits en cendres, emportés dans des valises par leurs parents devenus fous, ces enfants joueraient et dormiraient en paix dans les rues de Hambourg. De l'autre côté de la Manche, les jeunes pilotes honteux divagueraient, se perdraient en mer faute de carburant ou s'écraseraient près des pistes de leur base, perdus dans le brouillard. »

Marx sourit faiblement et passe la parole à son collègue Gladenbeck.

« Nos batteries antiaériennes Flak et nos chasseurs de défense auraient cédé la place à d'immenses émetteurs silencieux que vous-même, M. Rohracher, auriez conçus. Mettez-en autant que vous voulez, sur toutes les places de nos grandes villes. Ce faisant, vous aurez rendu aux cerveaux du peuple allemand ces ondes liées à la paix intérieure. Nous n'avons que trop tardé. Berlin ne ressemble plus à rien et va finir en champ de ruines. Il nous faut un projet d'ici fin 1944, une mise en œuvre début 1945, un succès au plus tard début 1946. »

À l'Institut des techniques de télécommunications de la *Technische Hochschule* de Vienne, Rohracher y travaille d'arrache-pied. Durant ces quelques mois de travail, il puise sa motivation dans le projet d'un émetteur extraordinaire, qui diffuserait les ondes de l'EEG de Berger que l'on croit correspondre à l'effroi et à la peur. Certes, la télépathie naturelle est électriquement impossible, car le cerveau ne peut prétendre au rôle d'émetteur. Mais pourquoi ne pas tout remettre à plat, et imaginer une fréquence et une puissance d'émission telles que l'encéphale en soit gravement perturbé ? À échelle industrielle et pour le salut du Reich, tout est à repenser. Pour s'emparer du cerveau des pilotes, il faut faire encore mieux que la radio, le téléphone, le cinéma, la propagande, tous les rayons connus.

Ses correspondants du *Reichsforschungsrat* l'appellent plusieurs fois par semaine, tour à tour enjôleurs et menaçants, entrant dans des détails techniques tantôt pertinents, tantôt aberrants. Ce n'est pas leur détermination du moment, l'espoir dans leurs voix, leur méticulosité qui impressionnent le plus Rohracher, c'est leur savoir-faire avéré, leur maîtrise ancienne et sans égale des esprits. Ces gens-là savent y faire, et depuis longtemps. Ils ont raison de croire en lui, de croire dans ce projet révolutionnaire d'un rayon de la peur, le rayon A comme *Angst* envoyé dans le ciel.

Venu d'Innsbruck, comme tant d'autres, assister au Congrès du Parti de Nuremberg de 1934, Rohracher avait été sidéré et dégoûté par la musique, les manifestations sportives, les défilés militaires, les vingt-cinq mille drapeaux arrivés de toute l'Allemagne, le discours du Führer. Au cinquième jour, sur le *Zeppelinfeld*, le champ de manœuvres, les cent trente projecteurs de DCA, à douze mètres les uns des autres, pointés vers le ciel, faisaient converger leurs rayons à plus de six kilomètres d'altitude, qui pour les foules valaient l'infini et les faisaient habiter entre les piliers de cette « cathédrale de lumière » conçue par Speer, l'architecte des grands événements. À la croisée des rayons, une coupole flottait dans la nuit, telle une nouvelle étoile, l'étoile du Reich de mille ans. Les maigres nuages qui passaient dans les faisceaux en accentuaient l'effet, comme des faire-valoir.

Dans cette passe difficile, on ne lui demande rien de moins à présent qu'une nouvelle cathédrale d'angoisse où enfermer l'ennemi, à cette même hauteur où avait culminé la joie du peuple, les mêmes émetteurs de puissance, de victoire et de mort. Des monuments qui baliseraient les avenues et resteraient, la guerre terminée, des divinités tutélaires, témoins du génie de la science de Hans Berger et Hubert Rohracher.

ÉPILOGUE

Août 1944

Drohocki a obtenu confirmation auprès de Budziaszek de la « disparition » de sa femme Jadwiga. « Tu ne m'avais pas posé la question, Drohocki, se défend-il, cela remonte à mars ou avril, je pensais que tu savais, par toutes les femmes qui viennent ici. »

Le voilà patient recroquevillé, toute la journée blotti dans son châlit à sangloter. Heureusement, son chef de bloc, le Lapin, a été déplacé. Il n'aurait pas manqué de se moquer du médecin qui n'arrive pas à sauver sa femme de l'enfer de Birkenau, avec toutes ses relations haut placées, sa science et son électricité.

Budziaszek lui donne quelques semaines pour récupérer. Drohocki vient parfois s'effondrer dans son minuscule bureau, traîne sa silhouette ici et là. Il sait que ce mouroir qu'est l'hôpital est le pire endroit pour partager une peine. Pleurer équivaut au luxe d'un manteau de fourrure ou d'un poulet rôti.

Au-delà de quelques mots convenus, personne n'a voulu faire semblant de s'émouvoir de sa perte. Autant gémir à l'éclatement d'une bulle de savon. Contrairement à lui, ses collègues n'ont pas un proche en train de danser au-dessus des flammes, à quelques kilomètres. Aurait-il fallu que sa femme, chercheuse comme lui, arrive elle aussi avec les plans d'un appareil extraordinaire, apte à séduire leurs bourreaux ? Une cheminée qui tire mieux, ou un filtre de fumées ? Comment imaginer une telle chose dans le cloaque de Birkenau ? Leur hôpital est déjà un château de cartes dans le souffle de la guerre. L'amour se termine ici, comme le reste.

Ils ont dû ajourner quelques séances, mais Kaplan a l'autorisation de reprendre par lui-même l'électrochoc. Il se contente de faire du thérapeutique, il baisse les voltages, les durées et les ampérages. Électricien, il ne va pas faire de la science, et pour le tout-venant, sa connaissance de l'appareil suffira bien, murmure Drohocki. Kaplan ne doit pas avoir peur d'envoyer à la casse certaines de ces femmes, qui maintenant savent à quoi elles s'exposent, sans véritablement avoir le choix, si elles veulent retrouver leur parent ou conjoint.

Deux jours plus tard, Drohocki est à nouveau allongé par terre dans son bureau, affligé de douleurs à l'estomac. Pour les médecins, il s'agit d'un ulcère, d'autant qu'il mange à peine et boit l'alcool, souvent mauvais, qu'il trouve sur son chemin. Budziaszek est venu le rencontrer, entre des centaines de vies chancelantes. C'est toujours un étonnement de voir ici un aussi jeune homme, trente ans à peine. Il lui dit qu'il n'est pas pressé d'opérer, que son ulcère est moins préoccupant que son abattement. Il essaie d'être chaleureux, mais sa patience confraternelle diminue. Hélé par deux infirmiers aux blouses tachées de sang, il prend congé, le laissant avec Kaplan. Drohocki hésite quelque temps, puis demande à son adjoint si les patientes se portent mieux. Kaplan ne répond pas à sa question et le regarde droit dans les yeux.

« Stefan pense que ce serait dommage qu'on s'aperçoive de votre état, s'il durait trop longtemps. Cela fait bientôt deux semaines, si je ne me trompe. »

Budziaszek demande à Kaplan de l'accompagner à l'accueil de l'ambulatorium. En cette fin de journée, plus de quatre-vingts prisonniers font la queue dehors pour être examinés, certains sont assis ou allongés par terre. Beaucoup des kommandos extérieurs ont été victimes d'insolation sur leurs chantiers, car sans qu'il fasse très chaud, le soleil a été ardent. Ils tentent comme ils peuvent de se couvrir la nuque de tissus ou de cartons, mais cela les ralentit et leur vaut des coups des kapos. Depuis le bombardement de la Buna, le travail s'est intensifié, comme s'il fallait effacer l'affront. Les pontes d'IG Farben doivent regretter cette mauvaise affaire qu'est la main-d'œuvre servile et déchaînent leur colère. Sans parler des brûlures du soleil, on le voit à leurs mains, à leurs épaules, aux plaies : les prisonniers doivent évacuer des gravats, arracher des tiges d'acier dans le béton, récupérer le maximum de matériaux, finir de détruire à la pioche ou à la masse un mur qu'ils avaient construit de leurs propres mains, pour le remonter à nouveau. Quand bien même : sur les centaines de visites de ce jour, ils n'ont admis que trois nouveaux malades, l'un pour une plaie abdominale, l'autre pour des vomissements répétés qui l'ont plongé dans une maigreur effrayante, le dernier pour une vilaine blessure au pied. Tout en finissant les formulaires, un médecin murmure que l'état de ce Slovaque nécessiterait une amputation, mais que le bonhomme sera gazé bien avant. Cela se jouait à quelques jours, un collègue stupide n'a pas repéré la gravité du problème. On meurt beaucoup par les pieds. Drohocki voit le pauvre Slovaque s'éloigner en claudiquant vers sa dernière couche, un peu moins pisseuse.

Kaplan regagne leur petit local du bloc 19. En rangeant les papiers sur le minuscule bureau, en nettoyant les planches de la table d'examen, il s'aperçoit qu'un fil a été débranché, et qu'une sangle est tombée par terre. Quelqu'un a joué avec ce matériel qu'il connaît parfaitement. Il sent une colère monter et prend à témoin Drohocki, en train d'essayer de rallumer un mégot de cigarette. Le chercheur reste appliqué, tout à sa besogne, comme s'il ne disposait pas d'une importante réserve de cigarettes toutes neuves, acquises par les dizaines de trafics dont l'hôpital a le secret.

« Docteur ? »

Drohocki lève enfin les yeux vers lui.

« Serge, je vous entends. Je vous entends bien, vous savez.

— Excusez-moi, avez-vous utilisé l'appareil aujourd'hui ?

— L'appareil ? Quel appareil ?

— Le Bini.

— Ah, le Bini ! Je ne sais pas.

— Vous ne savez pas si vous y êtes allé ?

— Si, je sais qu'il est là-bas, l'appareil.

— Mais l'avez-vous utilisé ?

— Et pourquoi l'utiliserais-je, Serge ?

— Il a été manipulé par quelqu'un. »

Drohocki marque un temps d'arrêt, il pousse un faible cri, car il s'est brûlé avec le briquet, mais il recommence aussitôt, comme s'il lui fallait atteindre un certain nombre de brûlures.

« C'est dans la nature des choses.

— Pardon ?

— C'est dans la nature des choses, Serge. Il faut que ce soit manipulé. Par qui déjà ?

— Je ne sais pas, justement.

— Il faut juste bien tout remettre en place, voilà. »

Serge le regarde, comme si le savant si méticuleux avait laissé place à autre chose. Drohocki fait un grand sourire vide, heureux de voir les choses ramenées à leur juste mesure, et dit au revoir à Kaplan, qui doit rejoindre son kommando d'électriciens mobilisés pour les réparations.

À présent seul, Drohocki s'énerve. Ils ferment mal cette pièce, c'est certain, mais jusqu'ici ils n'ont pas eu d'intrusion. Il a soudain très mal au ventre et doit s'asseoir sur le tabouret. N'est-ce pas lui-même qui s'est servi de l'engin ? Au lieu de se sentir victime, il se sent coupable. Coupable de ne pas protéger leur héritage, qui est aussi leur raison de ne pas mourir, leur atout permanent dans le regard des SS. Comme s'ils avaient rabaissé leur outil et que n'importe qui pouvait s'en servir, comme d'une fourchette ou d'une chaussure. Il est pris de spasmes, s'allonge, rectifie les réglages – bien trop forts –, tâtonne pour trouver les électrodes et se les appliquer, se fourre un chiffon dans la bouche, il sait qu'il ne se souviendra de rien, mais ses doigts savent aller à l'aveugle sur le déclencheur.

Kaplan est dans la pièce. Depuis seulement hier, Drohocki se souvient à nouveau de ce qu'il cherche. Il sait que ce n'est pas lui qui utilise l'appareil. Il y a Kaplan et lui, qui savent s'en servir, et un sagouin qui laisse pendre les câbles, et surtout fait des réglages aberrants, tantôt trop forts, tantôt trop faibles. Même amnésique, Drohocki ne réglerait pas n'importe comment la durée, le voltage, l'ampérage. Kaplan lui annonce qu'il a lancé une enquête discrète sur les allées et venues dans l'hôpital. Membre du kommando des électriciens, il a partout ses accès et peut parler à n'importe qui. Drohocki compte sur lui, mais en attendant lui demande de faire poser un petit cadenas sur la porte d'entrée par un des menuisiers.

Le lendemain même, elle est forcée, le Bini est déréglé, les sangles sont en désordre. Drohocki se le jure, ce n'est pas lui. Ce ne peut être lui. Cela peut être lui. Il ne sait plus où en sont les jours, les heures. La narcose du choc est un plaisir, il a trouvé exactement la dose qui lui convient, la durée, le voltage, l'ampérage, même si quelqu'un ou lui-même les dérègle en permanence. 0,1 seconde à 70 volts. Il ne les oublie pas, tout est facile à remettre en place. Il ne faudrait pas que quelqu'un – ou lui-même – endommage l'appareil. Il doit s'en servir chaque jour en ce moment, même s'il serait bien en peine de compter les heures, de savoir dans quel présent ils sont *exactement*. Il y a plusieurs présents disponibles. Lorsqu'il sort d'une secousse, il se sent comme tiré d'un sommeil profond. Le présent est si loin, l'avenir paraît clair, c'est ce que viennent chercher les femmes et les hommes, même si Drohocki et Kaplan ne leur demandent pas leur avis : un présent moins lourd et le retour de l'être aimé, contre une fracture et un aller simple dans le conduit de cheminée.

Drohocki a de plus en plus mal aux épaules, mais ce sont comme les épaules de quelqu'un d'autre, larguées très loin, échouées sur un rivage de sable moelleux. Il ne peut reprendre la position de médecin, il va continuer comme infirmier, c'est convenu avec Budziaszek : quelque chose de concret et de simple, pour se perdre dans la souffrance des autres. Il reprend son service dans les salles de la médecine interne, parfaitement dans l'instant, il va de mourant en mourant, de plaie en plaie, d'infection en infection, tout est parfaitement net et juste. Il soigne la pneumonie lobaire d'un Gustaw, qui souffre en plus d'une défaillance cardiaque congénitale. Les sulfonamides ont déjà fait leur effet, on ne peut plus faire autre chose que des injections de glucose ou de la digoxine à base de digitale. Il va bientôt mourir, tout est parfaitement net et juste. Personne ne remarque quoi que ce soit, Drohocki est efficace et disponible, il faut juste ne pas lui demander dans quel présent il se trouve *exactement*. Les râles, les hurlements, les sirènes, les vomissements sonnent juste. Il y a une vraie prédestination, cette guerre mondiale a été préparée rien que pour lui, ces millions de morts sur les champs de bataille, en France, en Russie, en Pologne, tous ces Juifs asphyxiés, tous ces enfants aux nuques brisées sont des anges qui le prennent par la main vers les électrodes du Bini. Le courant mortel qui parcourt les barbelés d'Auschwitz tombe sur sa table en pluie douce et vient lui lécher le visage comme un petit chien poudré. Les prisonniers et les baraques, les kapos et les potences, sont comme des décalcomanies qui flottent dans le temps, et il peut les déplacer à sa guise, passé, présent, futur. Il est opérationnel et tout est *parfaitement* à sa place.

Un certain jour, Drohocki serait bien incapable de savoir lequel, Neubert vient prendre une bière chez eux, en fin d'après-midi. Ou plutôt faut-il dire qu'en échange de ses bons services, ils lui livrent des bières « organisées » par les échanges de l'hôpital et les affaires des morts. Drohocki se sent mieux depuis quelques jours. La plupart des médecins détenus sont là, pour marquer leur territoire et démontrer leur utilité. Neubert aime ce petit auditoire captif et s'affale au soleil dans la cour du potager, toujours plus gras et rose. Drohocki ne croit pas qu'il ait connaissance de la mort de sa femme, elle n'est qu'un bâillement de gardien de Birkenau. Neubert leur parle de la dernière sélection comme d'une « grande réussite ». « Il faut des saignées pour maintenir en bonne santé ! » lance-t-il à Budziaszek.

Le cours de la guerre ne semble pas l'inquiéter, c'est la fin août 1944, et les nouvelles sont bonnes, même si la France donne du fil à retordre. Tous savent pourtant que de nombreuses villes françaises ont été libérées, sans doute avant d'être reprises dans un bain de sang, comme l'a été Varsovie. En bon cabotin, Neubert baisse la voix pour leur confier le grand succès du mois, les épatants avions-fusées Messerschmitt Me 163, contre les bombardiers américains. Ces merveilles vont beaucoup trop vite pour être même mises en joue par une DCA. Un carnage, ajoute-t-il en riant. « À ne pas ébruiter, cela reste entre nous, mais comment voulez-vous que les autres gagnent avec de telles armes ? Je vous le dis, leurs coucous vont arriver en pièces détachées ici et vous pourrez bricoler pendant des années ! » Sans transition, il leur raconte comment il a su mener d'une main de fer une usine de meubles à Diepholz, au début des années 30. Évidemment, la crise a tout emporté, mais lui n'y était pour rien, il le jure, et sans cela il aurait donné du travail à des dizaines de familles. On a toujours besoin de meubles.

« Vous savez que Fischer s'en va ? ajoute-t-il en se levant pour partir. Il est déplacé je ne sais où. »

Budziaszek regarde Drohocki d'un air inquiet. Il n'a pas fini sa bière et ne semble pas regretter le départ d'un de ses principaux soutiens, l'officier qui lui avait demandé un mémorandum sur l'électrochoc, pour briller lors de l'inauguration du nouvel hôpital des SS.

« Vous savez qui le remplace ?

— Pas encore. Sans doute König.

— König ? » s'écrie Budziaszek.

Neubert part d'un grand rire et tapote l'épaule du médecin.

« Il est insatiable, il est comme moi ! Il continue ses études de médecine, il tire tout ce qu'il peut des médecins juifs, et Dieu sait qu'il y en a ici…

— König, c'est bien, ajoute lentement Drohocki en finissant sa bière, il connaît nos travaux. Nous allons les continuer, tout comme l'oiseau en cage continue à chanter. Ne vous inquiétez pas, Neubert. »

Ils ont trouvé l'intrus qui se sert de l'appareil à leur insu, c'est le *Reichsdeutscher* et kapo Bühler, un de ceux qui tentent de se faire intégrer comme aide-soignant et qui ont leurs petites habitudes, leurs petits trafics à l'hôpital. Ils ne l'avaient pas remarqué jusque-là. Il n'y avait pas d'heures fixes pour sa besogne, mais il préférait les fins de matinée pour « administrer des leçons » à des prisonniers. Une fois le coupable attrapé sur le fait, Drohocki fait appeler Budziaszek, qui ne tarde pas à arriver. Un petit attroupement se forme devant la porte. Le *Lagerälteste* semble connaître Bühler, et comme à son habitude il commence par dédramatiser, en bon stoïcien. Il étourdit le kapo sous un flot de questions. « Bühler, je ne savais pas que vous étiez un scientifique ! Vous vouliez punir ce détenu ? Qu'a-t-il fait ? Volé des médicaments ? Lesquels ? C'est vrai que nous en manquons, mais peut-être est-ce une façon de rester apte au travail ? C'est dans l'ordre des choses… Qui est votre officier le plus proche ? Allons lui parler ensemble, nous trouverons un arrangement. Messieurs, merci de retourner à vos tâches ! »

Il s'éloigne avec Bühler en faisant par derrière un petit signe de la main qui se veut rassurant. Drohocki apprendra le soir même qu'en accord avec Neubert, les punitions ne pourront plus avoir lieu dans l'enceinte de l'hôpital. Seules la science et la médecine y ont droit de cité. Bühler avait entendu parler de l'appareil et « traitait » les prisonniers en faute depuis quelques semaines, pendant l'heure du déjeuner. Il les faisait porter ensuite hors de l'hôpital et les laissait étourdis à même le sol.

Fischer n'est pas venu leur faire de grands adieux. Certains disent qu'il a bénéficié d'une promotion, d'autres parlent d'une sanction, ils n'en sauront rien. Toujours est-il qu'en ce matin de septembre, König fait son entrée à l'hôpital en tant que médecin-chef du camp. Drohocki aime à croire qu'il s'agit pour lui d'une promotion, et qu'il est arrivé pour suivre de plus près les aménagements toujours plus ambitieux de l'hôpital en général, et leurs recherches en particulier.

Il a été, avec Wirths et Fischer, un des premiers officiers à assister à leurs expériences. C'est sur ses autorisations exceptionnelles qu'ils ont pu transférer les femmes de Birkenau, ce qui ressemble chaque fois à une petite évasion. Drohocki n'est pas revenu à ses recherches, mais il parvient à faire l'infirmier et, avec Kaplan, à traiter les patients une ou deux fois par semaine, comme s'il puisait dans leurs souffrances pour supporter la sienne.

König fait sa première ronde. Vers 9 h 15, il entre dans le bâtiment de médecine interne où l'équipe l'attend avec Makowski, Schönzweig et les autres infirmiers. Drohocki considère attentivement, comme pour la première fois, ses lèvres minces, son grand front, sa haute stature, son nez qui se rétracte devant les odeurs qui marinent, son maintien encore plus avantageux depuis qu'il n'est plus un médecin sous l'autorité du médecin-chef Mengele, mais le médecin-chef de Monowitz et de ses quelque 10 000 détenus. Il passe devant Drohocki sans le reconnaître ni le saluer, alors qu'ils ont parfois passé une heure entière dans la même pièce du bloc 18. Il n'a d'yeux que pour Makowski. Il passe en revue leurs quelques dizaines de malades, dont la plupart ne peuvent se tenir assis dans leur lit, pose question sur question comme pour vérifier l'expertise des médecins. Makowski l'invite à examiner un cas d'arthrite aiguë, découvre l'épaule d'un détenu, mais König ne bouge pas d'un pouce. Makowski se permet d'insister, pour lui montrer l'ampleur de la réduction de la mobilité et les dommages aux articulations. König se raidit et hausse le ton : « Docteur, je ne vais pas faire le travail à votre place. Laissez-le comme il était ! » Puis il se radoucit et commence à lui parler des tests de médicaments qu'il a menés à Birkenau, pour le compte d'IG Farben et de Bayer. Makowski, habitué à la rondeur de Fischer, reste coi. Ils ne bavarderont pas du cours de la guerre avec cet officier-là. Par ailleurs, leur nouveau médecin-chef porte des gants et fait ouvrir les portes devant lui pour ne pas avoir à toucher les poignées. L'époque du typhus est pourtant loin derrière eux.

Le lendemain après-midi, le même König est annoncé à leur séance de thérapie par électrochoc. La perspective de son arrivée a tiré temporairement Drohocki de la forme la plus grave de sa dépression. Ils ont passé une bonne heure à ranger le local, à trier les papiers, Drohocki a soigneusement établi la chronologie des expériences, avec toutes les variables rangées dans des tableaux et des courbes. König arrive avec un retard de vingt minutes, escorté d'autres médecins SS, et c'est un homme enjoué qui vient à leur rencontre. Il s'incline très légèrement. Drohocki est tout miel et commence un petit exposé. König boit ses paroles, prend même parfois quelques notes. Puis Drohocki informe le *Hauptsturmführer* qu'il lui faut savoir à qui s'adresser à présent pour les envois de patientes en provenance de Birkenau. König, d'un ton grand seigneur, lui donne un nom et lui assure qu'il n'y aura aucun problème de ce côté. Il demande à Drohocki le prêt des graphiques réalisés, ainsi qu'un exemplaire du mémorandum rédigé pour son prédécesseur, comme s'il lui revenait à présent de jouir de l'aura de l'électrochoc.

La rencontre n'a duré qu'une quinzaine de minutes, mais König semble enchanté, et il va jusqu'à ranger les chaises lui-même, comme si cela faisait partie de son nouvel emménagement. Avant de la glisser dans une serviette noire qu'il porte sous le bras, il brandit la liasse de documents de Drohocki et leur lance : « Nous allons faire progresser la science, docteur, et j'espère bien pouvoir faire venir, de temps à autre, mon confrère Mengele. »

Le service de médecine interne fonctionne particulièrement bien après que Drohocki s'est administré un choc de 70 volts pendant 0,1 seconde. Ni plus, ni moins. Il nettoie, il distribue les médicaments, il donne à chacun sa soupe avec ses légumes, sa margarine et ses traces de viande. Il donne le quart de kilo de pain noir quotidien, les 50 grammes de fromage, sans oublier les deux tasses de chicorée. Il donne et redonne encore au jeune Jerzy, un convalescent de la pneumonie, sa double, triple, quadruple, quintuple ration de nourriture. Comme il perd la notion du temps, il redécouvre plusieurs fois Jerzy, il redécouvre son trouble, mais ne s'en étonne jamais. Jerzy ne semble pas lui en vouloir, il ne pense qu'à manger. Il ne sait pas qu'aux yeux de Drohocki, il fait partie d'un très lointain passé, qu'il est le contemporain des premiers âges de la Pologne, que tout ce qu'il fait et dit est écrit d'avance comme un verset de la Bible, et qu'il ne fait que traverser et feuilleter son passé. Tout ce qu'il fait a déjà eu lieu et Drohocki se contente de l'observer, tout comme il observe chacun de ses propres gestes, malgré des lourdeurs de crâne persistantes.

Makowski appelle « polyphagie » le comportement du jeune Jerzy. Drohocki appellerait cela tout simplement de la gloutonnerie et de l'égoïsme, car il ne suffit pas de lui donner un peu de leurs rations ou de ce que certains reçoivent de leurs familles, il lui faut toujours plus. Il en vient à voler la nourriture des autres, ce qui génère des querelles entre ces fantômes à peine capables de lever le bras pour chasser une mouche. Un médecin français semble avoir trouvé un remède, il lui a prescrit des doses homéopathiques d'iode en solution. Sa faim est depuis retombée à un niveau normal.

Voilà à nouveau Drohocki dans le local du bloc 18, aux côtés de Kaplan, et ses souvenirs récents commencent à revenir. L'aide de camp de König leur a intimé de ne rien commencer avant son arrivée, même si la dizaine de femmes est déjà arrivée et patiente, surveillée par deux SS. Ils attendent encore quelques minutes avant d'entendre une conversation enjouée derrière la porte. La voix de König se mêle à une autre, dans un babil à la fois mondain et militaire. L'homme qui entre le premier n'est ni König, ni un des médecins du camp, mais de toute évidence le médecin-chef de Birkenau Josef Mengele.

Drohocki est immédiatement sous le charme de cet homme si bien habillé, avec des bottes impeccables, des cheveux abondants soigneusement ramenés en arrière, des mains délicates, des yeux rieurs et un large sourire aux belles dents. C'est tout le raffinement de leurs maîtres enfin descendu parmi eux, tout le raffinement requis pour justifier leur misère. Si jeune encore, sans doute du même âge que Fischer, l'invité se montre tout de suite extrêmement attentif à eux, contrairement à König qui semble fuir les détenus comme la peste. Jamais Drohocki n'avait vu un officier SS lui serrer la main, lui adresser des mots en polonais, plaisanter sur le départ de König qui lui manquera beaucoup à Birkenau, parier qu'ils auront bientôt tous le prix Nobel de médecine, au minimum ! Car depuis 1943 il est à nouveau décerné, après une petite pause due aux hostilités ! Comment le partageront-ils ? Moitié-moitié ? Où est-ce que Drohocki voudrait s'acheter une maison ? Ou plutôt un bateau pour explorer les pôles ? Drohocki sourit faiblement et baisse les yeux. Ou est-ce qu'il est un bon père de famille qui préfère les placements en toute sécurité ? Alors, Drohocki ? Il faut choisir. C'est sûr, après la guerre, nous aurons tous du bon temps. D'ailleurs, il fera donner ce soir par un des médecins une ou deux bouteilles de vin italien, un des meilleurs du camp, promis ! Et si ce n'est pas pour le Nobel, ce sera au moins pour fêter son propre fils, né en mars !

Drohocki relève à peine la coïncidence avec la mort de sa femme. Il règne tout à coup dans ce réduit rempli de fils et de papiers une atmosphère théâtrale et mondaine, un présent supplémentaire, une hauteur de vues, une légèreté tout à fait en rapport avec l'état dans lequel il se trouve après ses chocs électriques. Il est immensément reconnaissant à la sommité présente, comme s'ils avaient des affinités électives, comme si, au-delà de sa personne, un retour à la normale s'opérait, et qu'un *gentlemen's agreement* avait enfin lieu entre les conquis et les conquérants : la paix des frontières établies dont parlait Fischer. Tout leur petit groupe s'assoit et l'autre continue à divertir la galerie.

« Il nous faut être ambitieux, messieurs ! Je le suis chaque jour, j'essaie de l'être tout du moins. N'oublions pas que nous sommes observés. Si le *Forschungsgemeinschaft*[1] nous a octroyé une bourse, c'est que nous nous consacrons à la question fondamentale, que se posait Socrate à sa façon. *Gnothi seauton !* Connais-toi toi-même ! En langage moderne, c'est de l'anthropologie, et en langage médical, c'est la génétique et l'étude des races. Il ne faut pas seulement soigner les humains, il faut les connaître de l'intérieur, découvrir les mécanismes qui les fabriquent et les déterminent. Tel est l'objectif de notre laboratoire de pathologie que cette bourse a financé. J'aimerais, si vous le permettez, chers docteurs, dit-il en s'adressant à Drohocki et à König, vous y rattacher et que nous utilisions votre merveilleux appareil pour connaître le corps humain. »

Drohocki a les yeux rivés au sol et approuve silencieusement : « Connaître le corps humain, c'est tout à fait notre objectif, soyez-en sûr ! » König lui demande alors la liste des patientes du jour, avec pour chacune d'elles

1. L'Institut de recherches.

le suivi médical. Dans les explications qu'il donne, Drohocki n'entre pas dans les raisons pour lesquelles un petit tiers d'entre elles n'ont pas participé à plus d'une ou deux séances, abîmées par le choc, avant d'être, ils le savent, expédiées dans les gaz.

Mengele lit du bout des lèvres la liste des femmes qui attendent dehors. Il tient alors un conciliabule avec König. « C'est bien elle ? Vous êtes sûr ? »

« Herr Drohocki, le *Standortarzt* Mengele demande si la détenue 123077, que vous appelez Dora, en quatrième position sur la liste, est bien celle qui a été traitée il y a déjà quelques mois en présence de Wirths lui-même.

— Tout à fait, *Hauptsturmführer*, c'est bien elle.

— Et comment évolue-t-elle ?

— Très peu, à vrai dire, elle reste dans une mélancolie stuporeuse… ou quelque chose comme ça.

— Combien de séances a-t-elle déjà subies ?

— Plus d'une vingtaine, je crois. »

Mengele sourit et hoche la tête.

« Commençons donc par celle-là, conclut König, c'est très intéressant. »

Kaplan va chercher Dora dans le groupe. Comme toujours, elle fait partie des « célibataires » qui ne discutent pas avec les autres et n'auront personne à retrouver à leur réveil, même si aujourd'hui, étant donné les circonstances, ils n'ont convoqué aucun mari, frère ou oncle. Elle reste là, hébétée. Sans le petit appareil et l'immunité qu'il confère, elle serait déjà morte depuis longtemps. Kaplan la prend par le bras, elle résiste puis se laisse mener, familière des lieux.

König la reconnaît et glousse de satisfaction, tout en l'évitant soigneusement quand elle le frôle. Mengele se lève, et précise les variables : un sujet tchèque, sexe féminin, vingt-sept ans, patiente de longue durée et de belle endurance, à ce qu'il semble ! « *Dobrý den !* » lui lance-t-il.

Ils commencent comme à l'accoutumée, Kaplan est un peu plus lent, soucieux de bien faire devant des hôtes aussi savants. Il attache Dora lâchement, il sait que son corps est souple et musclé. Si elle pouvait parler, elle leur raconterait sans doute les exploits sportifs de sa jeunesse. Kaplan applique les électrodes sur son crâne dégarni, lui place une cale dans la bouche pour éviter morsures et dents cassées. Il regarde Drohocki du coin de l'œil, et dès qu'il fait un signe de la tête, il envoie le courant. Dora se contorsionne, a ses spasmes qui évoquent toujours une puissante sexualité. Si elle pouvait parler, elle leur raconterait ses amours d'avant les chocs.

Son corps s'est maintenant apaisé et Kaplan s'apprête à enlever les sangles, quand une interpellation mi-amusée, mi-contrariée vient de Mengele. Il ne s'adresse pas directement à lui, mais à Drohocki.

« Docteur, nous ne pouvons nous arrêter là !

— Bien sûr que non, murmure Drohocki, nous passons à la suivante. Nous avons dix sujets inscrits.

— C'est là que votre méthode pèche, docteur, vous n'approfondissez pas.

— C'est-à-dire ?

— Cette jeune femme, reprend Mengele d'un ton plus sérieux, fait des allers-retours depuis des mois, sans perspective. Par ailleurs, si j'en crois vos comptes-rendus, elle présente une bonne résistance. Il faut opérer une thérapie d'annihilation en bonne et due forme.

— Annihilation ? demande Drohocki.

— Enfin docteur, ce sont les termes mêmes de Cerletti et de Bini, dont vous avez reproduit l'appareil. Multiplier les chocs pour extirper le mal.

— Certes, mais je n'ai pas suivi…

— Vous avez tort, certainement tort. Nous allons reprendre tout cela. Le double, s'il vous plaît.

— Le double ? demande Drohocki, à la fois éberlué et résigné.

— Double durée, double voltage, s'il vous plaît.

— La prochaine fois, demain ?

— Non, maintenant, vous dit le docteur », répète König.

Kaplan guette la réaction de Drohocki.

« Allons-y, Serge.

— Préparez-vous à prendre le pouls, à regarder l'œil », lance Mengele en claquant des mains, puis en sifflotant une fantaisie.

Tout semble à Drohocki extrêmement construit et pensé, le docteur Mengele les sort de leur routine, et c'est une occasion à saisir. Il fait les réglages et déclenche le choc. 180 volts, 0,4 seconde.

Le corps manque tomber de la table, les yeux sont révulsés, il y a des traces de brûlures sur les tempes. De la salive en abondance coule à travers la cale de bois qu'elle a dans la bouche.

« Prenez le pouls, regardez l'œil ! » répète Mengele en battant toujours des mains comme un moniteur de gymnastique.

Alors que König se presse à ses côtés pour voir, Drohocki prend le pouls, quasiment inexistant. Il éclaire la pupille.

« Est-elle toujours vivante ? lance Mengele.

— Il semblerait bien, dit joyeusement König. Même si elle ne respire quasiment pas.

— Formidable, nous pouvons continuer. Il y a des races ainsi faites !

— Continuer ? demande Drohocki.

— Continuer notre démarche anthropologique, docteur. Augmentez de moitié la tension et la durée. Ne changez pas l'ampérage. Nous verrons cela une autre fois.

— Elle est encore sous le choc, me semble-t-il, répond Drohocki.

— Justement, docteur, justement. Ce sont les limites qui nous définissent, vous le savez comme moi !

— Vous pensez bien qu'elle ne survivra pas à…

— Nous ne sommes pas là pour faire primer l'intérêt particulier sur l'intérêt général, docteur. »

Drohocki fait signe à Kaplan de faire les réglages demandés. Drohocki voit les mains tordues de Dora, il sait parfaitement vers quoi ils vont, mais est-ce si indésirable ? Tant d'agonies ont lieu en ce moment même dans l'hôpital. Ils se rapprochent encore un peu plus des

400 volts en circulation sur les clôtures du camp. Ils économisent à ces humains l'amertume du désespoir, la triste décision de courir s'accrocher aux barbelés, ils leur dispensent la même électricité, puisée aux mêmes sources du camp. Et ils continuent à sauver des vies, les leurs.

Kaplan actionne le déclencheur, l'appareil grésille, car lui aussi touche à ses limites. La décharge a lieu, et Drohocki entend un petit spasme inconnu sortir de la bouche de Dora.

« Le pouls, la pupille, la respiration », semble chanter Mengele.

König et Drohocki font le même constat. Dora est cette fois morte sur le coup. Au hasard des attachements, malgré le temps passé ensemble, malgré qu'elle fût cette première patiente physiquement si résistante, Drohocki ne ressent rien. Avec l'aide d'un médecin, il transfère son corps sur une civière et l'évacue par-derrière. Mengele semble à la fois excité et contrarié.

« Il y a donc une valeur que nous avons enjambée, messieurs, nous sommes allés trop vite. Il aurait fallu augmenter avec de plus petits paliers. C'est un enseignement. »

Un lourd silence se fait, et Mengele paraît peiné de leur manque d'allant.

« Messieurs, puis-je tenter de deviner vos objections ? Vous pensez sans doute que l'électrothérapie n'a pas été conçue pour délivrer des décharges aussi fortes, mais qu'elle consiste à doser au mieux des décharges thérapeutiques. Je vous donne raison sur ce point. Mais pour parvenir au thérapeutique, il est nécessaire d'avoir une vue d'ensemble sur le phénomène. Je reviens aux origines du procédé, des essais sur les chiens, une électrode dans la gueule, l'autre dans le rectum. Les chiens mouraient par fibrillation ventriculaire. Mais les humains, qu'en sait-on ? Les Américains exécutent à la chaise électrique avec une tension de 2 000 volts pendant une dizaine de secondes, pour provoquer l'inconscience, puis reprennent avec une tension de 500 volts pendant une vingtaine de secondes, pour éviter la combustion du corps. Avec du courant alternatif, et non pas continu. Tout cela est intéressant, tout cela interroge. Mais il y a mieux. Lucio Bini, le célèbre inventeur de ce procédé, s'est laissé inspirer par l'exemple des porcs tués à l'abattoir. L'animal est électrocuté, puis il connaît une courte période de repos, qui laisse à l'abatteur le temps de lui trancher la gorge. La crise épileptique commence, et alors, merveille, les spasmes accélèrent grandement la sortie du sang du corps de l'animal. Et nous passerions à côté de tant d'utilité ? Nous allons faire entrer le sujet suivant. »

C'est une Berlinoise d'une quarantaine d'années, avec qui ils ont échangé plusieurs fois. Kaplan et Drohocki savent qu'elle se porte volontaire avant tout pour pouvoir échanger quelques mots avec son frère, un *Reichsdeutscher* travaillant au *Schreibstube* de Monowitz. Ils savent qu'elle était designer de mode. Ils en savent presque trop sur elle. La voilà qui s'avance dans la petite pièce, tout d'abord souriante, puis elle pâlit à la vue de Mengele, qu'elle ne s'attendait pas à retrouver ici. Le *Hauptsturmführer* est pour elle lié à Birkenau. Soudain la pièce n'est plus le havre de paix auquel ses trois séances l'avaient habituée. Elle regarde Drohocki et son visage commence à tressaillir, car ils n'ont plus les manières rassurantes qu'elle connaît. Drohocki voit deux faibles larmes couler sur ses joues et devine qu'elle sait qu'elle va mourir, dans une promiscuité de jeunes hommes qui la dévorent des yeux.

Elle accepte de s'allonger, mais plus lentement, et avec des mains tremblantes. Elle murmure en allemand « *Mach's sanft, mach's sanft* », « Faites doucement, faites doucement… ». Parle-t-elle d'une mort douce ou d'un choc doux ? Mengele les interrompt, toujours avec sa voix d'opéra.

« Excusez-moi, docteur, avez-vous le poids et la taille du sujet ? »

Drohocki prend un certain temps pour répondre.

« Bien sûr, *Hauptsturmführer*, pour tous les patients nous disposons de ces données.

— Je n'en attendais pas moins ! Avançons ! »

Kaplan a repositionné les réglages, et interroge du regard Drohocki. König lui demande de commencer par le niveau habituel. Kaplan finit de la sangler puis envoie la décharge. Tout se passe normalement, elle est étourdie sous le choc et Kaplan s'apprête à l'évacuer.

Mengele continue ses instructions.

« Nous allons maintenant changer le dispositif, si vous en êtes d'accord, docteur Drohocki. Pourrait-on juste changer de place une des électrodes s'il vous plaît, la fixer à la main ou à la jambe ? »

Drohocki sait ce que cela signifie, mais il n'y a aucune échappatoire. Il n'empêche rien, et ces médecins allemands semblent ravis d'avoir sous la main une matière inépuisable et des laborantins aussi obéissants. Kaplan fixe l'électrode à la main de la jeune femme et envoie le déclencheur. Son corps est parcouru de spasmes.

« Pouls, pupille, respiration ! chantonne Mengele, tandis que König s'approche à nouveau pour faire ses constats.

— Est-elle toujours vivante ?

— Tout à fait, *Hauptsturmführer* ! répond König.

— C'est parfait, à la jambe, réglages inchangés, s'il vous plaît ! »

Le manège continue, cette fois le corps de la Berlinoise est pris de secousses nouvelles, et l'électrode se détache. Cela ne semble incommoder personne, tant que la décharge a bien eu lieu.

« Pouls, pupille, respiration !

— Elle semble sans vie, cette fois, *Hauptsturmführer* ! »

Mengele se lève et bat des mains.

« Messieurs, c'est une leçon ! dit-il en s'adressant aux deux médecins assis en retrait. Les effets du courant sur le corps humain dépendent de multiples facteurs : tension, fréquence, intensité, bien sûr, mais aussi durée, forme de courant (l'alternatif a démontré sa dangerosité supérieure) et enfin, enfin, messieurs, le trajet du courant. Toutes choses égales par ailleurs, passe-t-il par le cœur, et c'est sans doute cette fibrillation ventriculaire dont je vous parlais pour le chien, l'autopsie le dirait. Toutes choses égales par ailleurs, passe-t-il simplement entre les tempes, et c'est une simple commotion thérapeutique. C'est une *terra incognita* que nous devons explorer sans trembler et avec enthousiasme. Nous devons savoir, en moyenne, quelle tension l'être humain peut supporter, et pour quelles raisons. Seulement alors, continue-t-il en se tournant vers Drohocki, nous pourrons comprendre les mécanismes intimes du “traumatisme réparateur”, celui qui contraint le malade à fuir vers la santé. »

Il reste huit candidates dehors, sous un ciel de septembre assez couvert.

Ce matin, Drohocki enfourne dans la bouche de trois des patients du service de médecine interne des cuillers d'une pâte vitaminée faite d'oignons et de levure. Au sujet de cette expérience menée par le médecin français Waitz, König assure à l'équipe que Mengele, lui aussi, cherchait à traiter les causes de cette autre horrible maladie qu'est le noma, avec ces visages troués, et avant de repartir finir sa ronde, il les prend à part et chuchote à Makowski : « Sachez que le docteur Mengele, malgré sa charge écrasante au camp de Birkenau, mène toutes ses recherches sur son temps libre ! Sur son temps libre, messieurs ! »

De retour dans leur local du bloc 18, Drohocki rajuste les câbles et les électrodes qui ont donné la mort il y a quelques jours, dans l'allégresse du docteur Mengele, dont les trois bouteilles de vin italien sont posées sur une petite étagère. Avec l'énergie des barbelés, ils ont tué par petites touches. Drohocki ne peut s'empêcher d'admirer leur jeunesse à tous, bourreaux comme victimes. Il s'agit d'une guerre de jeunes, pour la jeunesse du monde, pour savoir qui a le droit de naître. Le monde doit être éternellement détruit, pour qu'il reste jeune, c'est une phrase de Marc-Aurèle que Budziaszek aime citer, quand il s'agit d'une partie de l'hôpital qu'ils doivent reconstruire ; mais elle pourrait s'appliquer aux humains, et sans doute le pense-t-il aussi, sans doute cette pensée anime-t-elle leurs maîtres quand ils procèdent aux sélections. Le camp doit être purgé pour qu'il reste sain, pour qu'il accueille de nouvelles souffrances qui seront soulagées, auxquelles on mettra un terme le jour venu.

Drohocki s'envoie sa décharge favorite, qui elle aussi provient directement des barbelés, le relie à l'Histoire, lui donne ce sentiment de communion avec leurs maîtres. Il s'envoie sa décharge favorite et oublie tout cela, il est dans le même oubli efficace que leurs maîtres, profite d'une forme de télépathie inespérée. Par bonheur, ils peuvent ici donner un sens à leur mort. S'il doit mourir, ce sera dans leur projet grandiose, comme l'esclave écrasé par un bloc de pierre sur un chantier de pyramide. Un jour, très proche, leurs maîtres sauront exactement la fréquence, la durée, l'intensité des décharges, les points d'application qui reconstitueront indéfiniment leurs forces armées. Comment voudrait-on les défaire à ce compte ? Drohocki s'envoie sa décharge favorite et oublie tout cela, comme leurs maîtres il dispose de l'oubli qui permet d'agir et de survivre, un jour puis un autre.

La nuit suivante, le 13 septembre, les sirènes d'alarme. Une nouvelle attaque aérienne commence. Comme auparavant, les prisonniers de son bloc courent dehors pour constater l'extinction des lumières, et sans doute la coupure d'électricité des clôtures, qui leur permettrait de s'évader, mais comme toujours ils n'en font rien, paralysés par le fracas des explosions. Une nouvelle fois, le bombardement n'a pas été prévu. Neubert viendra encore dénoncer l'arme des faibles et des lâches, qui montre bien à quel point les Alliés sont à bout, mais des détenus disposant d'appareils radio parleront à nouveau des progrès fulgurants des Anglais, des Français, des Américains, des Russes, de la délivrance toujours plus proche.

C'est un va-et-vient comparable aux séances d'électrochocs, qui n'aboutit qu'à la répétition incessante du quotidien, un travail de Sisyphe. Ils auront davantage de matériel tombé du ciel, pour que Kaplan et d'autres construisent des appareils tirés du fatras du *Zerlegebetrieb*, les diffusent au camp principal, les diffusent à Birkenau, ce qui rendra les transferts inutiles. Les camps seront câblés au plus près, au meilleur voltage, et chacun aura sa prise, sa séance quotidienne où, comme Drohocki, il pourra communier avec l'énergie qui anime leurs maîtres, qui le videra de ses peurs et de sa misère. Ils sauront inventer les anesthésiants, le curare qui leur manque pour éviter les fractures, les morts subites et les tassements vertébraux, cela sera du plus grand confort, leurs maîtres pourront couper les barbelés et faire s'écouler leur tension apaisée directement dans les têtes, personne ne songera à s'évader. L'équipement sera parfait, et quand bien même le monde entier aurait-il retrouvé la paix, il y aura toujours quelqu'un pour envoyer dans un coin de Pologne ou d'ailleurs des trains remplis d'inutiles, de difformes, de mal pensants, c'est le jeu des humains.

Le bombardement, au petit matin, se révèle particulièrement meurtrier, trois cents morts et blessés au bas mot, selon Budziaszek. Comme l'autre fois, ils courent en tous sens pour entasser les blessés dans les châlits, pour envoyer les morts à Birkenau. Ils reçoivent à nouveau la visite de König et de Neubert, dont les mines soucieuses annoncent une sélection impitoyable, d'autant qu'ils déplorent quelques morts SS. Il y a finalement les sélections que les détenus préparent eux-mêmes, celles décidées par leurs maîtres, puis celles larguées par les bombardements. Où est la différence ? Comme toujours, ceux qui ont le plus besoin de soins sont ceux qui doivent mourir les premiers. Plus de cent cinquante détenus viennent de partir en camion pour Birkenau, c'est autant de paquets de nourriture, de places, de médicaments, de vêtements à se partager pour tout l'hiver 1945-1946, pour que le camp continue et que l'humanité entière se régénère dans ce bûcher, ce mouvement perpétuel. Les officiers SS, une fois leur travail accompli, semblent toujours plus courtois et plus détendus. Il y aura du travail de reconstruction, les morts de la reconstruction, les corps calcinés de la reconstruction. Un jour, l'humanité entière viendra mourir chez eux, comme les éléphants se dirigent vers leur cimetière.

Comme toujours, Neubert, qui aime à élargir les sélections, revient boire chez eux les quelques bières qu'il estime être siennes. Attablé devant le petit potager, il s'amuse à tous les inclure dans l'avenir de la « zone d'intérêts » d'Auschwitz en 1946, 1950, 1955 et même 1960, même si Drohocki ne voit pas exactement la place qui leur sera réservée dans cette Europe de mille ans. Tout d'abord, et c'est imminent selon lui, leur camp sera élevé à la même dignité que les autres, avec le beau titre officiel d'Auschwitz III-Monowitz. Auschwitz, dans cette Allemagne retrouvée, sera la ville modèle. Auschwitz sera la Ville Lumière, le Paris de l'Est, non seulement elle rassemblera Allemands d'hier, d'aujourd'hui et de demain, mais elle reliera ces nouveaux hommes à leur terre et à leur sang. Les Allemands comme Neubert, les officiers comme König, Schwarz, Fischer ou Mengele ont vocation à devenir des soldats-fermiers. Savaient-ils que Himmler était ingénieur agronome ? La future ville d'Auschwitz a déjà été dessinée par de grands architectes, qui revoient leurs plans régulièrement. Mais il est acquis qu'elle abritera 80 000 habitants, avec un centre au style authentiquement médiéval allemand, avec des faubourgs luxuriants, des banlieues est et ouest remplies de familles circulant chacune en voiture, dans de grandes maisons reliées à l'électricité avec de vastes jardins, dans un paysage aux normes paysagères allemandes. Quant à Himmler, il suit de très près le devenir des fermes agricoles, des fermes piscicoles, de l'Institut botanique de Rajsko qui produira un caoutchouc végétal. La Buna ne sera plus utile à personne.

Drohocki a pour objectif de construire un second appareil, spécialement destiné à l'électronarcose, ainsi pallieront-ils le manque d'anesthésiants et de narcotiques. Il est toujours désireux de faire de la science, de continuer à chanter comme l'oiseau en cage. Une fois Neubert parti, il ne cesse de répéter à Kaplan et à ses collègues qu'il y a ses expériences scientifiques d'un côté, et les pseudo-expériences des SS de l'autre, et qu'il y a bien évidemment un monde entre les deux, même si tout se déroule dans la même pièce.

Après l'évacuation d'Auschwitz en janvier 1945, Zenon Drohocki est conduit à Buchenwald. Le médecin SS Wirths le fait transférer au camp de Dora, où il est en fonction. Il lui demande de poursuivre, malgré son état d'épuisement, les recherches sur l'électronarcose qu'il menait à Monowitz. Libéré, Drohocki redevient chercheur, pionnier de l'électro-encéphalographie quantitative, et ne travaillera plus jamais sur l'électrochoc. Il meurt en 1978.

Après l'évacuation, Stefan Budziaszek est conduit à Buchenwald. Après la libération du camp en avril 1945, il exerce la médecine avant de se spécialiser en chirurgie plastique et esthétique à l'université de Göttingen. Il devient docteur en médecine en 1948. Il germanise son nom de famille en Buthner, puis ouvre un cabinet médical à Hanovre. Lors des procès d'Auschwitz, il est accusé par certains survivants d'avoir fait tuer des détenus, sans que les témoignages suffisent à l'incriminer. Il meurt en 1994.

Après janvier 1945, Gerhard Neubert poursuit ses fonctions d'intendant d'infirmerie dans les camps de Buchenwald et de Neuengamme. De retour à Diepholz, il travaille comme aide agricole puis retrouve son poste de direction d'une usine de meubles. Jugé en 1965 dans le deuxième procès d'Auschwitz, il est condamné à trois ans et demi de prison. Libéré en 1971, il meurt en 1993.

Après la guerre, Horst Fischer exerce la médecine durant vingt ans en République démocratique allemande. En 1965, il est arrêté et jugé par le ministère de la Sécurité d'État. Il est déclaré coupable de crimes de guerre et guillotiné en juillet 1966.

Parmi les rescapés du camp de Monowitz, on compte l'Italien Primo Levi, auteur de Si c'est un homme *(1947), et le Roumain Elie Wiesel, auteur de* La Nuit *(1955), prix Nobel de la paix en 1986.*

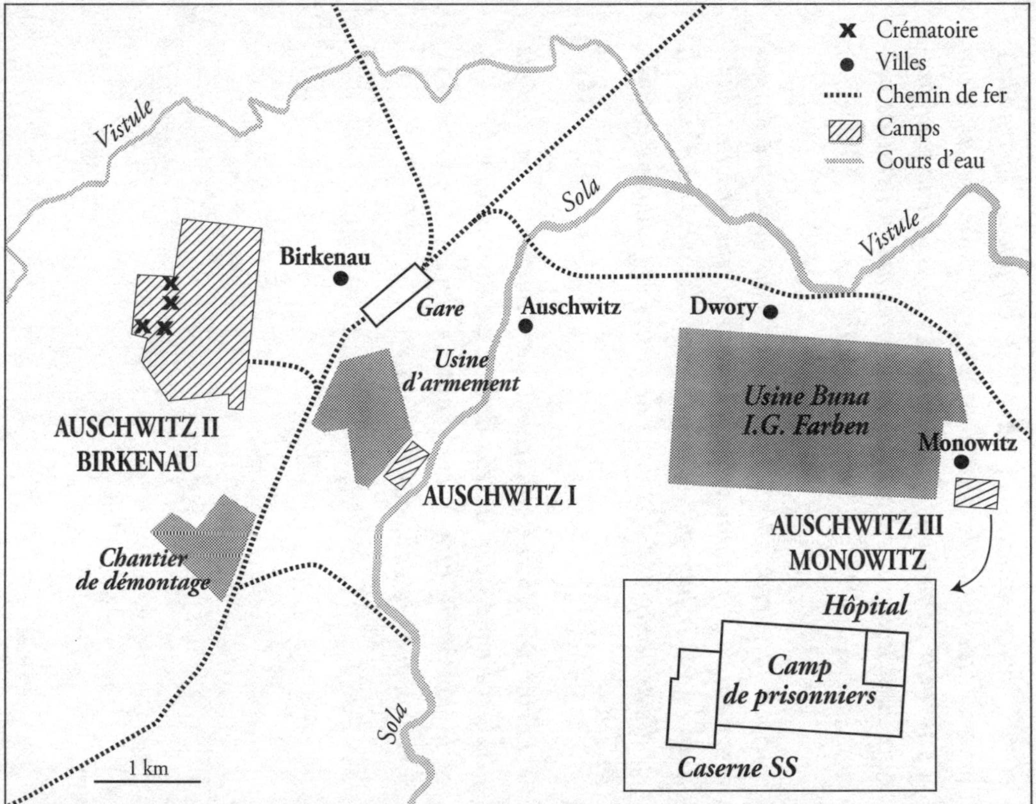
Crématoire
Villes
Chemin de fer
Camps
Cours d'eau
Vistule
Sola
Birkenau
Gare
Auschwitz
Dwory
Usine d'armement
Usine Buna I.G. Farben
Monowitz
AUSCHWITZ II BIRKENAU
AUSCHWITZ I
AUSCHWITZ III MONOWITZ
Chantier de démontage
Hôpital
Camp de prisonniers
Caserne SS
1 km

SOURCES PRINCIPALES

Hans Berger et l'électroencéphalogramme

Millett, « Hans Berger, from psychic energy to the EEG », *Perspectives in Biology and Medicine*, volume 44, numéro 4 (automne 2001) : 522-43, Johns Hopkins University Press.

Kaplan, « The mind reader : the forgotten life of Hans Berger, discoverer of the EEG », *The Royal Australian and New Zealand College of Psychiatrists*, 2011.

Fischgold, « Hans Berger et son temps », *Actualités neurophysiologiques*, 1962 ; 4197-221.

Gloor, « Hans Berger and the Discovery of the Electroencephalogram », *Electroencephalography and Clinical Neurophysiology*, 1969 ; Suppl. 28 :1-36.

Ginzberg, « Three Years with Hans Berger, A Contribution to His Biography », *Journal of the History of Medicine and Allied Sciences*, vol. 4, nº 4, 1949, pp. 361-71, Oxford University Press.

Collura, « History and Evolution of Electroencephalographic Instruments and Techniques », *Journal of Clinical Neurophysiology*, 10(4) : 476-504, 1993.

Borck, *Hirnströme. Eine kulturgeschichte der Electroenzephalographie*, Wallstein, 2015.

Reichel, *La Fascination du nazisme*, O. Jacob, 1996.

Rousseau, *Cosa mentale, art et télépathie au* XXe *siècle*, Centre Pompidou-Metz/Gallimard, 2015.

Koch, *Geschichte der Stadt Jena*, Fischer, 1996.

Richard, *La Vie quotidienne sous la République de Weimar*, Hachette, 2000.

Beltran, Carré, *La Vie électrique : histoire et imaginaire*, Belin, 2016.

Reid, « War Psychiatry and Shell Shock », *Encyclopedia of the First World War*, 2019.

Tatu, Moulin, Chopard, Bogousslavsky, « The "torpillage" neurologists of World War I », *Neurology*, 2010 ; n° 75, pp. 279-283.

Linden, Jones, « German Battle Casualties : The Treatment of Functional Somatic Disorders During War I », *Journal of the History of Medicine*, Oxford University Press, 2012.

Lerner, *Hysterical Men : War, Psychiatry and the Politics of Trauma in Germany*, 1890-1930, Cornell University Press, 2009.

Monestier, *Les Gueules cassées*, Cherche-Midi, 2009.

Czech, Uzarczyk, Weindling, Ungvari, Gazdag, « Electro-convulsive Therapy in the Shadow of the Gas Chambers : Medical Innovation and Human Experimentation in Auschwitz », *Bulletin of the History of Medecine*, volume 94, numéro 2, été 2020, Johns Hopkins University Press.

Bacon, *Saving Lives in Auschwitz, The Prisoner's Hospital in Buna-Monowitz*, Purdue University Press, 2017.

Makowski, « Internal Medicine Ward 1 in the Monowitz camp hospital. » Kapera M., trans. *Medical Review – Auschwitz.* 17 juin 2019 (1ère publication en 1969 en polonais).

Makowski, « Prisoners' improvements to the hospital facilities in the Monowitz camp. » Kantor, M., trans. *Medical Review – Auschwitz.* 18 novembre 2019 (1ère publication en 1970 en polonais).

Drohocki, « Electric shock at Monowitz hospital. » Chłopicki, W., trans. *Medical Review – Auschwitz.* 12 novembre 2019 (1ère publication en 1975 en polonais).

Waitz, « Auschwitz III Monowitz », in *De l'Université aux camps de concentration, témoignages strasbourgeois*, Presses Universitaires de Strasbourg, 1996.

Wagner, *IG Auschwitz : Zwangsarbeit und Vernichtung von Häftlingen des Lagers Monowitz 1941-1945*, Saur, 2000.

Bruttmann, *Auschwitz*, La Découverte, 2015.

Kielar, *Anus Mundi. Cinq ans à Auschwitz*, Les Belles Lettres, 2020.

Wachsmann, *KL. Une histoire des camps de concentration nazis*, Gallimard, 2017.

Levi, *Si c'est un homme*, Pocket, 1988.

Rzesnitzek, Lang, « A material history of electroshock therapy », *NTM International Journal of History & Ethics of Natural Sciences Technology & Medicine*, 24(3)2016.

Langbein, *Hommes et femmes à Auschwitz*, Tallandier, 2019.

Evans, *Le Troisième Reich, I, II, III,* Flammarion, 2009.

REMERCIEMENTS

Je tiens à remercier tout particulièrement Sonya, Antoine H., Nicolas, Antoine D.C., Delphine et Frédéric, Xavier, Amandine pour leur relecture, leurs remarques, leurs conseils et leurs encouragements.

Merci à Pierre Astier, Juliette Joste et Simon Labrosse pour leur confiance et leur rigueur.

Merci à Renaud pour le havre d'écritures qu'il m'offre depuis tant d'années, merci enfin à Lise pour la joyeuse cantine.

Cet ouvrage a été achevé d'imprimer sur Roto-Page
par l'Imprimerie Floch à Mayenne
pour le compte des Éditions Grasset
en décembre 2023

Mise en pages
PCA 44400 Rezé

PAPIER CERTIFIÉ

Grasset s'engage pour
l'environnement en réduisant
l'empreinte carbone de ses livres.
Celle de cet exemplaire est de :
1,1 kg éq. CO_2
Rendez-vous sur
www.grasset-durable.fr

N° d'édition : 22996 – N° d'impression : 103584
Dépôt légal : janvier 2024
Imprimé en France